« Fidel c'est Cuba, Cuba c'est Fidel.
Si j'avais été une femme, j'aurais aimé
me faire caresser par ses mains admirables
et longues, aux doigts fuselés, aux ongles
d'un ovale parfait, d'une propreté immaculée
et aux poignets fins d'un pianiste de concert. »

Jean-Edern Hallier,
Conversations au clair de lune.

Prologue

L'écrivain ne bandait plus.

Pas plus pour les femmes que pour les livres ou la vie en général.

Sur sa table de nuit, il y avait tout un tas de bouquins aux titres évocateurs et qui reflétaient bien ses problèmes du moment : *Guérir sa vue sans lunettes*, *Le foie et ses maladies*, *Les sédatifs et l'alcoolique*, *Contributions à l'étude physique, physiologique et clinique de l'électrochoc*. Et, au-dessus de la pile trônait, prémonitoire, *Votre fusil et vous* de Russel Elliot.

Le matin du 2 juillet 1961, l'écrivain se leva, enfila sa robe de chambre et marcha jusqu'à la fenêtre située au premier étage de sa maison, côté ouest. C'était l'été. Il faisait beau à Ketchum, et la vue sur les montagnes était splendide. L'automne venu, les forêts se pareraient de flamboyantes couleurs rouge et ocre. Pour l'instant, tout était encore vert. Les collines ondulaient à l'horizon. L'écrivain avait toujours aimé la nature, mais les paysages de l'Idaho ne lui apportaient plus le même réconfort qu'autrefois. Une conséquence de la dépression, mais aussi, et surtout, de ses foutues séances à la clinique Mayo. Il détestait cet endroit. Il le haïssait. Les électrochocs avaient achevé de gommer en lui toutes les bonnes choses de la vie. Il se sentait comme une coquille vide. Il avait roulé sa vieille bosse aux quatre coins du monde et maintenant il errait tel un spectre dans la grande maison triste. Trouver la force de se lever le matin était un exploit. Les journées s'étiraient, mornes et sans espoir.

Au début, les docteurs avaient juré leurs grands dieux que les électrochocs ne feraient pas mal et qu'ils soigneraient tant la dépression que les crises de paranoïa. Bien sûr, les docteurs mentaient. Les docteurs mentent toujours ; l'écrivain aurait dû le savoir.

Mais il avait voulu y croire. Mary l'avait encouragé : après tout, il n'avait plus grand-chose à perdre.

Les traitements étaient administrés avant le petit déjeuner dans une salle spécialement équipée. Un anesthésiste, une infirmière et un médecin s'occupaient de vous. On insérait une aiguille dans une veine, comme pour une prise de sang, puis un produit anesthésiant était injecté. On vous donnait ensuite d'autres médicaments destinés à détendre les muscles et à diminuer l'excitabilité du cœur. On vous bloquait les poignets et les chevilles, par mesure de sécurité, et on vous coinçait un morceau de caoutchouc entre les dents. Le médecin appliquait les électrodes sur vos tempes préalablement enduites d'une pommade conductrice à base de graphite puis on vous balançait des décharges allant de trente à cent cinquante volts, et ça faisait mal, rudement mal, comme d'avoir le cerveau traversé par le grésillement d'une poêle à frire.

Au réveil, on n'était bon à rien, avec un mal de crâne digne d'une cuite d'anthologie, mais sans avoir pris du bon temps. Hagard, on flottait dans un brouillard flou. On avait la mémoire pleine de trous et on peinait à reconnaître les gens. Les souvenirs revenaient progressivement, mais pas toujours au complet.

L'écrivain discernait son reflet fantomatique dans la vitre. Il y avait cette vilaine maladie de peau – une tache rouge, pelée, allant d'une pommette à l'autre en passant par le nez – qui le défigurait. Il avait été magnifique, autrefois. « Papá ». Le grand « Papá ». L'homme qui chassait les fauves et courtisait les femmes. Ou l'inverse. Cela remontait à loin, lui semblait-il. Une autre vie.

Il se retourna et contempla son lit défait. Le lit était vide. Mary et lui faisaient chambre à part depuis un bout de temps. Mary avait sans doute été la plus compréhensive de ses épouses – beaucoup plus patiente que Pauline, Hadley et surtout cette peste de Martha –, mais, au bout du compte, elle en avait soupé, elle aussi, de ses frasques tapageuses, de son égocentrisme forcené et de son penchant pour les jeunettes et les putes.

L'écrivain soupira. Il ne lui restait plus rien. Même son talent avait fini par se dissoudre dans les vapeurs de l'alcool et les éclairs crépitants de la clinique Mayo. Il ne voulait pas repenser à ces misérables lignes qu'il avait dû écrire pour un livre édité en l'honneur de l'investiture du président Kennedy, quelques mois plus tôt. Le résultat était pitoyable.

Que veulent les gens, après tout ? songea-t-il. *Rester en bonne santé. Faire du bon travail. Manger et boire avec leurs amis. S'amuser au lit… Je n'ai plus droit à tout cela. Un homme ne devrait pas vivre dans de pareilles conditions.*

Il avait fait deux tentatives de suicide depuis le début du traitement. La première fois, il s'était avancé, comme hypnotisé, vers l'hélice d'un petit bimoteur, et des âmes bienveillantes s'étaient interposées de justesse. La seconde fois, son ami Don Anderson avait dû lui arracher un fusil des mains. Personne n'avait été blessé. Il ne s'agissait pas de tentatives préméditées ; plutôt des gestes impulsifs, « des SOS », comme disait le psy de la clinique Mayo.

L'écrivain commençait à regretter sérieusement d'avoir traité son père de lâche quand il avait appris que ce dernier s'était collé un flingue derrière l'oreille droite et avait appuyé sur la détente.

En vieillissant, on voit les choses différemment.

Il était au bout du rouleau.

Mais il y avait pire que le spectre de la déchéance, les éclairs dans le cerveau et la mort à petit feu. Le pire, c'était l'espionnage permanent que lui infligeaient les gens de Hoover. On le prenait pour un individu louche, en haut lieu, peut-être même pour un communiste, et ça ne datait pas d'hier. Il se sentait harcelé. On avait mis son téléphone sur écoute. La maison de Ketchum était sans nul doute truffée de micros. Des hommes le suivaient, souvent par deux. Pas plus tard qu'hier, il avait aperçu l'un de ces binômes au *Christiana*, le restaurant dans lequel il dînait en compagnie de sa femme et d'un ami, George Brown. Les deux types ressemblaient à des représentants trop transparents pour être honnêtes : ni jeunes ni vieux, ni grands ni petits, ni gros ni maigres. Inodores, incolores, sans saveur… Le modèle parfait des agents du FBI. Autant épingler une plaque sur leur costume de toile et de coton gaufré. L'écrivain avait alerté Mary et George. Ces derniers ne l'avaient pas cru. Personne ne le croyait, mais au fond de lui il savait qu'il avait raison.

Il mit ses pantoufles, descendit au rez-de-chaussée et se rendit dans la cuisine. La maison était calme et l'air du petit matin agréable. L'écrivain balaya la pièce du regard. Elle était bien rangée. La clé du placard à fusils se trouvait sur le rebord de la fenêtre, au-dessus de l'évier. Pourquoi Mary ne l'avait-elle pas planquée mieux que ça ? Peut-être était-ce sa manière à elle de lui dire : « Fais comme tu veux. En dernier recours, c'est ton choix. »

Il avait choisi.

Les armes étaient entreposées dans le débarras du sous-sol. L'écrivain descendit les marches en bois qui émirent de petits craquements sous ses pas. Le sous-sol était silencieux, comme le reste de la maison, et sentait un peu le moisi. Il y avait une réserve à charbon, sur le côté. Il faisait sombre. La lumière entrait par un unique soupirail et découpait un rectangle clair sur le tas de charbon. L'écrivain ouvrit le placard à fusils et prit un Boss à double canon fabriqué en Angleterre qu'il avait acheté chez Abercrombie & Fitch. Il prit aussi une boîte de cartouches calibre douze et remonta dans le vestibule sans refermer le placard. Une fois au rez-de-chaussée, il s'assit sur un tapis, entre la porte principale et l'escalier. Là, on ne pourrait pas le manquer. Il imagina la détonation, puis Mary, choquée, en haut des marches, avec une vue imprenable sur son cadavre à la tête à moitié emportée, les éclaboussures de sang tout autour, les morceaux de cervelle sur les murs – une cervelle qui n'aurait plus jamais à souffrir des effets secondaires de l'électrothérapie.

Traitement de choc.

Il enfourna deux cartouches dans l'arme, enleva le cran de sûreté et cala la crosse entre ses cuisses. Il ouvrit la bouche, avalant quelques centimètres d'acier froid au goût métallique. L'extrémité des deux canons était plaquée contre son palais. La position était inconfortable, mais il n'en aurait pas pour très longtemps.

Il ferma les yeux et se concentra. C'était bizarre, quand même, de finir ainsi. Tous ces souvenirs – un merlin aux écailles brillantes de gouttelettes, le corps d'une femme encore jeune et belle, sa peau, les muscles d'un taureau roulant sous le cuir pareils à une mécanique bien huilée, les vertes collines d'Afrique, cet éléphant qui lui avait fichu une trouille bleue, avec ses grandes défenses recourbées raclant le sol, un bombardement à la nuit tombée, le *Pilar* filant au maximum de ses capacités et le vent salé sur sa peau, des cheveux décolorés par le sel, les vieux copains, l'ovale pur d'un visage angélique et cet accident de voiture où il s'était – une fois de plus ! – ouvert la caboche, la *Finca* à la saison des pluies, Key West, de vieux amis avec qui il s'était brouillé, Gertrude, Dos, Scott, Paris et ses terrasses de café, le *Ritz*... Toutes ces expériences, ces moments riches ou inutiles qui convergeaient en un point unique de l'espace et du temps : ici et maintenant.

Il entendait le gazouillis des oiseaux, dehors, le vent dans les branches et aussi le bois de la véranda qui grinçait.

Des bruits de pas ?

« Ernest ! » brailla quelqu'un.

Il sursauta, manquant presque de s'envoyer *ad patres*, puis il enleva le calibre douze de sa bouche.

« Ernest !

— Quoi ?

— C'est moi, George ! » George Brown, avec qui il avait dîné la veille.

Il se leva en grommelant, un pan de la robe de chambre ouvert, son fusil toujours à la main. Il n'aimait pas qu'on le dérange, pas davantage quand il écrivait un roman que quand il essayait de se faire sauter le ciboulot. Il ouvrit la porte. George paraissait surexcité.

« Qu'est-ce qu'il y a ?

— Un débarquement à Cuba ! Des anticastristes ! On ne parle que de ça à la radio ! »

Tout doucement, les traits de l'écrivain se décrispèrent et il esquissa un sourire de fripouille.

Un débarquement à Cuba...

Voilà qui pouvait être intéressant.

1.

L'opération avait été reportée de trois mois. Robert Stone ne savait pas qui avait pris la décision : il avait beau travailler pour la CIA depuis des années, il n'était pas dans le secret des dieux. Le plan initial avait des défauts, aussi bien au niveau du timing que dans le choix du point d'infiltration. À l'origine, la brigade de choc anticastriste entraînée à grands frais par l'Agence devait débarquer au centre de l'île, dans un endroit surnommé la baie des Cochons. Il s'agissait en fait d'une toute petite plage – la *playa Girón* – entourée de mangroves, un bourbier où les attaquants se seraient immanquablement enlisés… Que s'était-il passé à Washington ? Peut-être que quelqu'un s'était dégonflé au dernier moment ? Bissel ? Dulles ? Kennedy ? Oui, sans doute Kennedy. L'Irlandais n'aimait pas ce plan. Il ne l'avait jamais aimé. Il en avait hérité de l'administration précédente et, maintenant, c'était à lui de prendre tous les risques. Kennedy redoutait Castro, à juste titre. Le *Líder Máximo* était un malin. Il avait réussi à faire de sa petite île un enjeu de taille entre les deux blocs dominants, et les projecteurs du monde entier se braquaient sur Cuba, depuis que les *barbudos* avaient mis à la porte le dictateur Batista, un *caudillo* ni pire ni meilleur que tous ceux qui sévissaient en Amérique latine.

Au printemps dernier, donc, quelqu'un avait stoppé l'invasion *in extremis*. Ce quelqu'un, quelles que fussent son identité et sa place dans l'organigramme, avait fait preuve de bon sens. Mieux conçue, la nouvelle opération avait fonctionné !

Les mille cinq cents exilés cubains avaient débarqué le 2 juillet, à une heure du matin, sur la plage de Yateritas, quelque part entre Guantánamo et Baracoa. Un point de chute beaucoup plus malin que la baie des Cochons. Les organisateurs du plan B avaient retenu la leçon du D-DAY, en Normandie : ne pas aller au plus court. Yateritas était située à la pointe de l'Oriente et, sur le papier, cet éloignement paraissait moins propice à une invasion maritime venue du continent. Ensuite, il y avait la proximité avec la base américaine, véritable épine yankee plantée dans le flanc de l'île. La CIA espérait secrètement que Guantánamo allait prendre des coups et ça n'avait pas raté. Les artilleurs cubains n'étaient pas réputés pour leur précision. Quand les obus avaient commencé à pleuvoir dans l'enceinte de la base, le gouvernement américain s'était immédiatement insurgé contre cette agression. On tirait sur une zone neutre, bordel ! Les apparences étaient sauves et Kennedy pouvait lancer la phase 2. Soutenus par le porte-avions *Forrestal*, quarante mille Marines avaient débarqué deux jours plus tard du côté de Varadero, à cent kilomètres de La Havane – cette fois, c'était bien le point le plus court entre la Floride et Cuba qui avait été retenu.

Robert Stone contemplait la plage de Varadero depuis le cargo *Houston*, sur lequel il avait embarqué à Miami. Tout était tranquille, à présent, mais trois mois plus tôt, un terrible combat avait fait rage ici même, comme de nombreux cratères et le faîte de quelques arbres déchiquetés en témoignaient encore. Beaucoup de Marines étaient morts. Les Cubains semblaient décidés à ne pas céder un pouce de terrain, et il avait fallu mettre le paquet avec l'aviation. Malgré tout leur courage, les castristes avaient dû battre en retraite devant la puissance de feu yankee.

Robert Stone enleva ses lunettes de soleil et les rangea dans une poche de sa chemise. La côte se rapprochait et il voyait les silhouettes qui s'activaient, les pieds dans l'eau ou sur le sable. La mer était calme, couleur turquoise, comme sur les cartes postales. Du côté de la plage, les soldats faisaient la chaîne en se passant des caisses de main en main. Les cartons de conserves étaient stockés à l'ombre des bananiers aux feuilles caressées par la douce brise venue du large, et il y avait aussi de l'artillerie, du matériel lourd : canons remorqués par des tracteurs, camions, tanks…

« C'est votre tour, monsieur, lança un jeune lieutenant à l'adresse de Robert Stone.

— Mon sac est déjà embarqué ?

— Oui, monsieur.

— Très bien. »

On l'avait traité avec la déférence due à un hôte de marque durant toute la traversée. Les Marines ne connaissaient pas sa véritable identité, même s'ils nourrissaient sûrement des soupçons à son égard.

Robert Stone descendit le long de la coque grâce à un filet d'épaisses mailles tressées. Les vagues cognaient contre le métal à coups répétés et l'air iodé empestait l'huile rance et la rouille. Robert Stone se laissa tomber dans la péniche, au milieu des hommes de troupe avec armes, casque et paquetage. Il avait repéré son sac et s'assit entre deux garçons pâlichons, sans doute sujets au mal de mer.

« Vous n'allez pas me vomir dessus, hein, les gars ?

— Non, m'sieur... » Mais leur teint livide laissait augurer du contraire.

La péniche rémora se décolla du *Houston* et prit la direction de la plage. Le va-et-vient ininterrompu des engins de débarquement ressemblait à une noria, et Robert Stone essaya de se projeter dans la peau des Marines qui avaient dû affronter le feu de l'ennemi, le jour J. Il imaginait beaucoup de fumée et l'eau qui se soulevait en grandes gerbes quand un obus tombait. Il imaginait le bruit et la peur, et il n'aurait pas aimé être à la place de ces soldats.

Après ce deuxième débarquement réussi, Castro s'était trouvé à la fois pris en tenaille et démuni, car une grosse partie de ses forces était occupée sur le front de l'Oriente. D'après les rapports que Robert Stone avait lus, le *Líder Máximo* avait piqué une crise mémorable, cassant pratiquement tout dans son bureau. Pendant ce temps, à l'est, la brigade 2506 consolidait sa tête de pont.

Dans les villes, les militants du MRP avaient joué le jeu à fond. Le Mouvement révolutionnaire du peuple était une organisation de résistance intérieure puissante. Son chef, Manuel Ray – ancien ministre des Travaux publics de Castro –, avait lancé une série d'attentats visant à déstabiliser le régime en place. Ces foyers de diversion monopolisaient nombre de miliciens qui faisaient cruellement défaut aux troupes régulières engagées à Varadero ou dans l'Oriente. Castro avait dépêché en catastrophe son frère Raúl à Santiago de Cuba. Raúl commandait un régiment d'élite, la crème de la crème. Mais la ville était tombée et Raúl avait été tué durant les combats. Mort en héros, pour la Révolution. Tout avait été alors très vite. Le

16 août, les Américains s'étaient emparés de La Havane. Coup dur pour le *Líder Máximo*. Il n'avait eu d'autre choix que de se replier vers le massif de l'Escambray, au centre de l'île, avec le restant de ses forces, alors que l'étau yankee se resserrait autour de cette dernière poche de résistance.

Sur le plan international, personne ne bougeait. Les États-Unis niaient tout lien avec la brigade 2506. Officiellement, ils n'avaient fait que répliquer à l'attaque de leur territoire souverain, Guantánamo. Leur image de champions de la liberté était à peine écornée. Les Chinois et les Russes avaient eu beau protester au siège de l'ONU, ces coups de gueule étaient restés lettre morte. Khrouchtchev avait envoyé la flotte de la Baltique au secours de « l'ami cubain », mais les navires US faisaient barrage. Les deux plus grandes puissances mondiales s'observaient comme deux chiens prêts à mordre, et le message de Kennedy était clair : « Nous nous sommes tenus à carreau quand vous avez envahi la Hongrie ; à votre tour maintenant. »

Un gouvernement provisoire dirigé par l'ancien Premier ministre José Miró Cardona – maintenant farouchement opposé à Castro – siégeait à La Havane, garant des institutions. Officiellement, les États-Unis souhaitaient un retour rapide à la démocratie, et des élections pluralistes seraient organisées une fois le chef de la Révolution définitivement mis hors d'état de nuire. Évidemment, l'administration Kennedy récupérerait au passage les sociétés nationalisées par le *Líder Máximo* au lendemain de sa prise de pouvoir. Les actionnaires de la United Fruit et ceux des compagnies pétrolières seraient contents. Idem pour la pègre qui avait noyauté La Havane durant les fifties, avec la bénédiction de Batista : Meyer Lansky, Lucky Luciano et consorts... Toutes les puissances de l'argent, occultes comme officielles, trouveraient leur compte dans cette nouvelle redistribution des cartes. Castro leur avait chié sous le nez ; maintenant, il en payait le prix.

Robert Stone pensait à tout cela quand la péniche s'immobilisa à quelques mètres du rivage. Il se leva et prit son lourd sac à l'épaule. La rampe de débarquement s'abaissa. Il arriva sur la plage en quelques enjambées, sans même se mouiller les pieds. Contre toute attente, ses voisins n'avaient pas vomi. Il nota qu'autour de lui la discipline semblait s'être relâchée. La plupart des hommes travaillaient le torse à l'air, voire en caleçon, leur plaque d'identification brillant sur leur poitrine nue. Le casque réglementaire avait disparu au profit de chapeaux de paille ou de rudimentaires couronnes en palmes. Les gars s'invectivaient. Certains fumaient une clope en prolongeant leur pause plus que nécessaire.

Robert Stone apostropha un sous-officier : « Je cherche le général Cartwright ?

— Vous continuez, vous passez la route, le QG provisoire est de l'autre côté. Vous ne pouvez pas rater la tente. C'est la plus grosse du camp.

— Merci. »

Le sous-officier s'éloigna. Robert Stone le vit enguirlander un groupe qui paressait, assis sous les bananiers.

Comme indiqué, il marcha jusqu'à la route. Un convoi de véhicules divers passa devant lui en grondant et en soulevant un nuage de poussière. Quand la poussière se dissipa, il commença à discerner, de l'autre côté du ruban mal asphalté, une sorte de grand campement de cirque où les clowns, les jongleurs et les trapézistes auraient tous été vêtus de kaki. C'était le quartier général de campagne.

Robert Stone traversa la route sans se faire écraser par les jeeps qui filaient à vive allure, ce qui relevait de l'exploit. La tente principale avait été érigée au centre du camp, à côté de l'infirmerie signalée par sa grosse croix rouge sur fond blanc. Robert Stone poussa les rabats en toile de l'entrée et pénétra dans un antre mal éclairé où les estafettes et les opérateurs radio s'affairaient fébrilement. Les tables étaient couvertes de cartes et de circulaires tapées à la machine, et l'endroit sentait le café et le tabac froid. La sueur aussi. Robert Stone repéra tout de suite Cartwright, un grand bonhomme sec, rasé de près, qui s'égosillait dans le combiné d'un téléphone.

« Je me fous de vos histoires de mines ! Vous avez des démineurs, non ? Ils servent à quoi ? Si je vous dis de foncer sur l'Escambray, vous foncez sur l'Escambray, est-ce que je me fais bien comprendre ? »

Il n'attendit pas la réponse de son interlocuteur et raccrocha rageusement. Robert Stone lui tendit la main.

« Robert Stone. Je suis envoyé par…

— Je sais qui vous envoie. » Le général se leva et serra la main de Robert Stone puis il reporta les yeux sur la carte posée devant lui : un massif montagneux piqueté de petites punaises rouges, bleues et vertes. Le général grimaçait.

« Des problèmes avec l'Escambray ? risqua l'agent de la CIA.

— Des problèmes ? C'est un putain d'euphémisme. (Il montra les punaises à tête verte.) Les trois quarts des rebelles du MRP ont rejoint l'Oriente pour soutenir la brigade 2506, mais il reste encore quelques unités isolées dans les hauteurs.

— Des opposants à Castro ?

— Oui. Il les appelle les *bandits*. Maintenant que le *Líder Máximo* s'est replié ici avec ses forces régulières, ces pauvres types se retrouvent au milieu d'un nid de frelons. Ils sont à court d'approvisionnement, de munitions. J'ai envoyé un régiment pour les soutenir. Ils doivent se rejoindre à cet endroit. (Il indiqua le nord de la carte.) Mais ça traîne... Si les nôtres arrivent en retard, les *bandits* vont se faire étriller.

— Je vois. »

Cartwright se massa l'arête du nez, comme s'il souffrait de sinusite, puis il demanda : « Vous êtes là depuis quand, monsieur Stone ?

— J'arrive à l'instant. On m'a dit que je devais prendre mes ordres auprès de vous.

— Oui, oui, tout à fait... Sortons.

— Je laisse mon sac ici ?

— Non, gardez-le. Je n'ai pas beaucoup de temps à vous consacrer. (Il se tourna vers l'un de ses subalternes.) Donnez-moi le dossier *Papá*. »

Robert Stone fronça les sourcils. « Papá » ? Un drôle de nom de code. Un capitaine à l'uniforme impeccable remit une pochette bouffie de feuilles à Cartwright. Celui-ci demanda à Robert Stone : « Vous avez un appareil photo ?

— Oui. On m'a dit d'en prendre un.

— Un appareil de qualité ?

— Un Leica.

— Vous savez vous en servir ? Je veux dire, pas simplement appuyer sur le bouton : ouvrir le bon diaphragme, faire la mise au point...

— Oui, j'ai suivi une formation qui comprenait...

— Parfait. »

Ils sortirent et marchèrent dans le camp où régnait une grande agitation.

« Regardez-moi ça, dit Cartwright en englobant le décor du bras. Nous sommes ici depuis deux mois et c'est encore la pagaille.

— Vous pensiez que vous écraseriez Castro rapidement ?

— Castro est une anguille, et ce fils de pute connaît la guérilla. Il va se planquer dans ses foutues montagnes et on aura toutes les peines du monde à l'en déloger.

— Les *bandits* peuvent vous aider, non ?

— S'ils échappent à Castro et à Guevara, oui. Mais rien n'est moins sûr. Ils sont isolés, je vous l'ai dit. Le vrai problème, c'est que le *Líder Máximo* est encore très populaire dans une bonne partie du pays. Vous savez quelle est la grande chance de sa révolution ?

— Non.

— Elle n'a pas encore eu le temps de décevoir les gens.

— On aurait dû attendre plus longtemps avant d'intervenir, d'après vous ?

— Je ne suis pas un politicien.

— Mais vous croyez qu'on aurait dû attendre davantage…

— Oui. Les barbus se seraient décrédibilisés tout seuls. »

Robert Stone fit la moue et dit : « Peut-être. Pas sûr. Ils ont le soutien des Soviétiques… Il paraît que Guevara avait commencé à importer du matériel pour moderniser l'industrie du pays. »

Robert Stone avait suivi l'affaire de près. C'était son travail, mais cela allait au-delà du simple intérêt professionnel. L'odyssée de Castro le fascinait. Pensez donc : une poignée de loqueteux parvenus à vaincre l'appareil de guerre d'un État moderne ! C'était du jamais vu.

Le général eut un geste méprisant. « Ces gens des Caraïbes ne sont pas foutus de tenir un plan de production rigoureux. Ils ont une expression ici : "*por la libre*", ça signifie qu'on fait les choses sans souci des règles établies et parfois en dépit du bon sens… Et puis on les aurait étranglés avec l'embargo, de toute façon, ces barbus de mes deux. »

Robert Stone n'en était pas persuadé, mais il n'était pas là pour polémiquer.

Les deux hommes s'assirent à l'ombre, sur un gros rocher. Il faisait chaud, et le vent déportait la poussière de la route vers le campement. Les tempêtes poudreuses s'élevaient et retombaient par intermittence. Cartwright toussa et proposa un cigare à Robert Stone, qui refusa, paume en avant.

« Vous avez tort, ils sont bons, dit le général. C'est même ce qu'il y a de meilleur sur cette île. Avec le rhum. Et les femmes. »

Robert Stone avait remarqué que le général portait une alliance à l'annulaire. Il ne fit pas de commentaires. Cartwright alluma son cigare, tira dessus puis donna le dossier *Papá* à Robert Stone.

« Vous connaissez Ernest Hemingway ? questionna-t-il.

— Comme tout le monde.

— Vous avez lu ses livres ?

— *Le vieil homme et la mer*, c'est tout. »

Robert Stone ouvrit le dossier. Il y avait des photos de l'écrivain et quantité de notes, de mémos, d'appendices. Sur l'un des clichés, on voyait Hemingway en compagnie de Castro. Il souriait et remettait une coupe au Cubain. Les deux hommes étaient de profil. Robert Stone savait que le célèbre Prix Nobel de littérature avait vécu non loin de La Havane durant des années.

« Elle a été prise quand ? questionna-t-il en sortant la photo du dossier.

— En 1960. À l'occasion d'une compétition de pêche. C'est la seule fois où ils se sont rencontrés, si j'en crois les rapports concoctés par vos collègues. »

Robert Stone rangea la photo et referma le dossier. « Je ne vois pas ce que...

— *El señor Papá* s'est mis en tête de jouer les correspondants de guerre, l'interrompit Cartwright. Comme au bon vieux temps, quand il écrivait des papiers en Europe, vous savez, ses articles sur la guerre d'Espagne ou le débarquement...

— Il est ici, à Cuba ?

— Il est en chemin. Je ne sais pas s'il veut retrouver une seconde jeunesse ou s'il a simplement perdu la boule – c'est le cas, d'après beaucoup de gens qui le côtoient. Bref, toujours est-il que son avion atterrit à La Havane demain. Le département d'État a essayé de le tenir à l'écart. On a fait traîner son accréditation autant qu'on a pu, mais *el señor Papá* est du genre têtu. Et puis, c'est une vedette internationale, vous comprenez ? On ne peut rien lui refuser, ou presque. (Il ricana sombrement.) De mon point de vue, *el señor Papá* est surtout un emmerdeur de toute première catégorie.

— Je dois le surveiller, c'est ça ? »

La bouche en cul de poule, Cartwright exhala un rond de fumée presque parfait. « Oui. Et plutôt deux fois qu'une. Officiellement, vous êtes photographe. Vos papiers sont dans le dossier. »

Robert Stone passa en revue les fausses pièces d'identité : passeport, carte de presse, permis de conduire... Il s'appelait Ronald Hooper cette fois ; un nom qui en valait bien un autre.

« Hemingway a accepté de travailler avec vous, continua Cartwright. Pour être franc, on ne lui a pas laissé le choix.

— Donc il va me mener la vie dure.

— On ne sait pas ce que le vieux a derrière la tête. On compte sur vous pour le découvrir. On ne sait même pas s'il est pour ou contre Castro. »

Robert Stone glissa les faux papiers dans une poche intérieure de sa veste puis demanda : « Vous croyez qu'Ernest Hemingway est communiste ?

— Ce sera à vous de nous éclairer sur cette délicate question, monsieur Stone, pardon, monsieur Hooper. On vous a réservé une chambre à l'hôtel *Nacional* de La Havane. Bel endroit, vous verrez. Vous avez rendez-vous avec Hemingway demain soir, au *Floridita*, son bar préféré. Tâchez de lui faire bonne impression. »

Robert Stone poussa un profond soupir.

« À qui dois-je adresser mes rapports ?

— Quelqu'un de l'Agence prendra rapidement contact avec vous. Il vous parlera des Dodgers, c'est le signal de reconnaissance.

— Bon, d'accord... C'est tout ?

— Oui. Lisez le dossier. Tout est là-dedans. »

Robert Stone se leva, la volumineuse pochette sous un bras, son sac sous l'autre.

« Vous n'avez pas l'air content, lança Cartwright. De quoi vous plaignez-vous ? Vous allez vous payer du bon temps, fréquenter l'un des plus grands écrivains américains...

— J'ai passé l'âge de jouer les nounous », maugréa Robert Stone en s'éloignant. Il se retourna avant d'ajouter : « Et puis, pour être franc, je n'ai pas aimé son histoire de poisson. »

2.

Vous êtes en guerre. Vous avez toujours été en guerre, d'aussi loin qu'il vous en souvienne. Contre votre père, d'abord, ce riche planteur de Birán qui ne vous a reconnu que du bout des lèvres. Contre les institutions, ensuite – l'école, l'université. Contre votre ex-femme, qui a osé vous enlever votre fils, Fidelito. Contre vos propres alliés du M26, du Parti orthodoxe, du PSP. Vous les avez tous éliminés physiquement ou mis sur la touche. Contre le pouvoir, enfin, qu'il s'appelle Grau, Estados Unidos *ou Batista. Vous êtes en guerre contre la Terre entière. Vous êtes un aimant à conspirations et vous ne faites confiance à personne, ou presque. Il y avait bien Raúl, votre frère cadet, et Celia Sánchez, fidèles parmi les fidèles. Pour votre plus grand malheur, le premier a été abattu et la seconde doit croupir dans une prison militaire de La Havane, à l'heure qu'il est. Peut-être la Moncada, sinistre forteresse qui résonne encore des salves tirées par vos propres pelotons d'exécution ?*

Reste le Che… mais ce dernier est une cabeza dura *doublée d'un rêveur qui peut facilement perdre le sens des réalités. Il ne comprend pas qu'en politique il faut avancer masqué, comme Fabio Grobart, alias Abraham Semjonvitch, vous l'a appris. Vous avez bien retenu la leçon du KGB. Brouiller les pistes, jouer sur tous les tableaux : « Vert dehors, rouge dedans. » Quelle joie de voir la CIA y perdre son latin ! Vous repensez à votre voyage aux USA, peu de temps après votre arrivée au pouvoir. Vous avez exécuté un sans-faute. « Communiste, moi ? Jamais ! » Flirter avec le danger, se faufiler entre les complots et les coups du sort. Vous aimez l'urgence et les conflits d'un amour qui frôle l'autodestruction. Vous êtes en perpétuelle ébullition. Bouger, tout le temps. Se cacher. Puis surgir et frapper là où on ne vous attend pas. Il y a eu ce grand vide, après la victoire sur Batista. Plus d'opposants dignes de ce nom face à vous, juste des seconds couteaux, comme Huber Matos. Le vide a bien failli vous engloutir. Votre entourage n'y comprenait rien. Le peuple était en liesse et vous, vous déprimiez dans votre suite de l'hôtel* Hilton, *au vingt-troisième étage. Les purges ? Une formalité. Rien à voir avec l'exaltation de la lutte, qu'elle soit armée ou rhétorique. Vous êtes avocat de formation, même si le rôle de procureur vous conviendrait mieux. Torquemada vindicatif, vous savez manier la dialectique, les mots et les foules. C'est un don accordé aux seuls Grands, l'histoire l'a prouvé à maintes reprises. Pour l'heure, assis sur une éminence rocheuse, jumelles pendues au cou, vous attendez en fulminant intérieurement. Vous savez qu'un petit contingent de* bandidos *va franchir le gué situé à une centaine de mètres en contrebas. Vous avez intercepté leurs communications radio. Vous avez un vieux compte à régler avec Alfredo Izaguirre, leur chef. Ils n'opéreront jamais la jonction tant espérée avec les yankees. Pour l'instant, l'eau du torrent est claire, cristalline. Dans quelques minutes, elle rougira du sang de ces traîtres. Vous avez le goût du châtiment, il ne vous suffit pas de vaincre vos ennemis. Il vous faut aussi les écraser, les souiller, les avilir.*

Voilà ce que c'est, d'être le Líder Máximo.
Voilà ce que c'est, d'être Fidel Castro.

Les hommes attendaient. Ils avaient les mains sur leurs armes et leurs paumes étaient moites contre le bois des crosses et le métal des canons. Il ne servait à rien d'épauler les fusils tant que l'ennemi n'avait pas montré le bout de son nez. Les guérilleros savaient l'heure de l'action imminente, et une part d'eux-mêmes la redoutait pendant que l'autre la désirait ardemment. Ces émotions contradictoires tiraillaient les ventres de l'intérieur. Les hommes attendaient. Les mouches tournaient autour d'eux et les agaçaient. Ils les chassaient, mais elles revenaient toujours, et leur bourdonnement tapait sur les nerfs à vif. Les hommes attendaient. Le soleil chauffait les têtes protégées de casquettes. Les genoux faisaient mal et on devait lutter contre l'envie de trouver une position plus confortable. Au bout d'un moment, toutes les positions devenaient inconfortables. Les hommes attendaient. Les fumeurs avaient envie de s'en griller une. Ils ne pensaient qu'à ça. Les autres pensaient à leurs proches ou alors ils anticipaient la fusillade à venir, ou bien encore ils revoyaient des moments heureux de leur enfance ou de leur passé plus récent défiler devant leurs yeux. Tout un tas de pensées tournaient dans la tête des hommes tout comme les mouches tournaient autour d'eux.

Ils se raidirent encore davantage quand un cri d'oiseau curieusement modulé s'échappa des frondaisons.

« Les voilà », murmura Fidel.

Il avait placé deux mitrailleuses en batterie, non loin du torrent, sous le couvert des arbres, ainsi que des tireurs partout. Les hommes restaient tout à fait immobiles, conformément aux ordres. On entendait le bruit du torrent et les cris brefs de petits animaux. Fidel faisait partie de ceux qui avaient envie de fumer. Il tripotait le cigare enfoui dans la poche de son battle-dress depuis une demi-heure déjà. L'homme assis à côté de lui, derrière un rocher, portait un grand chapeau de paille au bord retroussé façon Camilo Cienfuegos, l'icône de la Révolution disparue dans un « accident » d'avion, en 1959. L'homme était chargé de la radio, un équipement datant de la Seconde Guerre mondiale que l'on actionnait grâce à une manivelle. Un cadeau des Soviétiques, tout comme son fusil-mitrailleur. Fidel, lui, avait opté pour un fusil à lunette, son arme préférée. Quand Herbert Matthews l'avait interviewé dans la Sierra Maestra, en 1956, il avait insisté : « Veillez à ce que mon fusil Johnson soit bien visible sur la photo. » Le cliché – une contre-plongée triomphaliste – avait fait le tour du monde. Fidel Castro, le révolutionnaire romantique. Un David barbu contre un Goliath corrompu. Les légendes avaient encore de beaux jours devant elles.

« Tenez-vous prêts », dit Fidel à voix basse.

Il épaula son fusil. Il avait chaussé ses lunettes à grosse monture noire sur le nez. Pas comme ce fameux 26 juillet, à la Moncada, où il les avait oubliées. Ne jamais répéter une erreur. Le temps des opérations foutraques et mal préparées était révolu. Fidel avait fait ses classes de soldat et de stratège à la Sierra Maestra, avec le succès que l'on connaissait.

Quelques secondes passèrent, puis un homme sortit prudemment des fourrés. Un *bandido*. Il ne portait pas le treillis vert olive des *barbudos* et ressemblait plutôt à un paysan mal fagoté. Il regardait autour de lui comme un gibier aux abois et fit signe d'avancer à ceux restés sous les arbres. La file indienne s'engagea sur l'espace découvert entre la forêt et le torrent. Ils étaient pauvrement armés : de vieux tromblons, quelques fusils de chasse… Ils marchaient en silence, par petits groupes, le fusil à la bretelle. Ils observaient les environs, mais ne voyaient rien de suspect. Deux d'entre eux transportaient un blessé sur une civière de fortune.

Fidel attendit que l'homme de tête fût parvenu au milieu du gué pour crier : « *¡ Fuego !* »

Aussitôt, les fourrés s'ébrouèrent dans un vacarme assourdissant de fusillade et l'enfer se déchaîna autour des *bandidos*. Ils avaient de l'eau jusqu'au genou. Les impacts hachuraient de petits geysers la surface du torrent et les hommes tombaient en essayant d'atteindre l'autre rive ou de revenir en arrière. Les deux brancardiers lâchèrent tout et chacun partit dans une direction différente. Le blessé sortit la tête de l'eau. Il insultait ses camarades en les traitant de lâches. Une rafale de mitrailleuse remonta en pointillé jusqu'à lui et mit un terme à son chapelet d'injures. Fidel visa un solide gaillard qui donnait des ordres en accompagnant ses hurlements de grands gestes. Il le rata, mais quelqu'un d'autre lui logea une balle dans la tête. Le type s'écroula.

La majorité des *bandidos* refluaient. Quand ils voulurent s'enfoncer de nouveau dans la forêt, les soldats de Fidel surgirent des halliers pour leur barrer le chemin. Un des fuyards fit mine de tirer sans décoller de sa hanche la crosse de son fusil. Une rafale le coupa pratiquement en deux. Les *bandidos* encore en vie lâchèrent leurs armes et levèrent les bras. Trois autres survivants avaient rallié la berge opposée. L'un des brancardiers était parmi eux. Ils tentèrent de gagner le couvert des arbres en courant, le dos arrondi. Ils avaient balancé leurs sacs pour aller plus vite. Une grenade explosa non loin d'eux et ils se jetèrent au sol. Ils ne se relevèrent pas quand la fumée et le bruit se furent dissipés. Mais ils n'étaient pas morts. Ils bougeaient encore. Fidel ordonna le cessez-le-feu.

La forêt tout autour retenait son souffle. Elle n'avait pas l'habitude de ces démonstrations de force guerrières. Les bruits d'animaux revinrent, un par un, timorés, puis le concert de la nature reprit comme si rien ne s'était produit.

Fidel redressa sa grande carcasse et observa la scène à la jumelle. Des corps flottaient sur le ventre ou sur le dos, emportés par le courant. Les *bandidos* encore sur pied avaient l'air terrifiés ; ils se mirent à genoux, mains sur la tête. Un groupe de *barbudos* traversa le torrent pour aller voir les blessés qui se tortillaient sur l'autre rive. Ils les achevèrent d'une balle dans la nuque. Un prisonnier protesta sans enlever les mains de sa tête. Il reçut un coup de crosse dans le menton en guise de réponse. Soudain, une détonation sèche claqua et l'homme qui avait donné le coup de crosse fit un petit bond sur place avant de s'effondrer. Le tir était parti de derrière des troncs pourris amassés dans l'eau. Dans la confusion générale, personne n'avait vu le *bandido* qui s'était caché là. Les deux mitrailleuses crachèrent leurs projectiles en direction de ce pauvre refuge. Les bouts d'écorce volaient dans les airs, hachés menu. Le tireur isolé poussa un dernier cri de défi puis ce fut tout.

« Cette fois, c'est fini », dit Fidel en reposant ses jumelles sur la poitrine.

L'opérateur radio opina de son grand chapeau de paille.

« Appelle les autres et dis-leur que c'est fini », reprit Fidel.

L'homme actionna la manivelle et la radio se mit à crachoter. Fidel remit son fusil en bandoulière et descendit le versant rocailleux de la colline. Il se sentait bien, repu... comme après un bon repas. Il marcha jusqu'au torrent, accompagné de son escorte personnelle, tous des vétérans de la Sierra Maestra. Les soldats se congratulaient mutuellement. L'embuscade s'était déroulée comme prévu.

« Bon travail », dit Fidel. Puis il passa en revue les prisonniers à la mine piteuse. « Traîtres », leur cracha-t-il à la figure.

Les *bandidos* avaient du mal à affronter son regard.

« Comment avez-vous pu trahir la Révolution et vos frères ? » continua-t-il.

Un homme osa répondre. Un petit mulâtre à la peau grêlée. « C'est toi qui as trahi nos idéaux, Fidel. Tu avais promis des élections libres. Tu as destitué le président Urrutia.

— Urrutia était un petit-bourgeois. On ne pouvait pas lui faire confiance. »

Fidel gardait son calme, mais on le sentait bouillir sous la surface.

Pourquoi je me justifie devant ce traître ? Je n'ai pas à me justifier.

Mais l'homme avait eu le courage de parler et, d'une certaine façon, il aimait cela. Il demanda : « Où est Alfredo Izaguirre ? »

Silence.

« Parlez ! hurla Fidel. Où est Izaguirre ?!

— Il est mort, répondit un autre prisonnier.

— De quoi ?

— Intoxication alimentaire. Ou mauvaise fièvre. Je ne sais pas. Nous n'avons pas de médecin.

— Où est son corps ?

— Dans la forêt, par là, à un jour de marche. »

Fidel était contrarié. Il aurait aimé s'occuper du chef des rebelles personnellement. La colère pulsait sur son visage en bouffées de chaleur synchronisées avec les battements de son cœur.

Il se tourna vers ses troupes. « Toi et toi, vous accompagnez cet homme. Il vous conduira jusqu'au cadavre et vous me ferez un rapport. (Il pivota de nouveau pour menacer le prisonnier.) Si jamais tu m'as menti…

— Je dis la vérité », rétorqua l'homme.

Le barbu au grand chapeau de paille questionna : « Qu'est-ce qu'on fait des autres ?

— On les ramène au camp, grogna Fidel. On les interrogera là-bas. »

Et il s'octroya un cigare en guise de récompense.

3.

L'hôtel *Nacional* donnait sur le Malecón, la fameuse promenade du front de mer. L'océan martelait la digue. Des gerbes d'embruns aspergeaient les trottoirs, même par temps calme. Robert Stone marchait sur le boulevard, sa valise à la main, les manches de chemise retroussées, son veston plié sous le bras. Chaque fois que les embruns explosaient, le vent les déportait, et Robert Stone sentait des dizaines de petites piqûres fraîches mitrailler sa peau. Une odeur de varech planait dans l'air. Robert Stone passa devant deux canons Krupp datant du début du siècle. Ils étaient censés protéger la baie. Stoïques, ils braquaient leur gueule vers le large. Ces gros chiens de garde n'avaient pas empêché les Marines de prendre la ville quelques mois plus tôt. Il y avait encore des traces de combats çà et là, mais elles étaient moins flagrantes qu'à Varadero. Sur la droite, les volets des maisons luisaient d'un vernis censé protéger le bois contre l'humidité et le sel marin. Robert Stone s'arrêta sur l'esplanade, posa sa valise et alluma une cigarette. Le plus célèbre hôtel de La Havane se dressait devant lui, perché sur une éminence. Avec ses deux flèches jumelles, il ressemblait à un édifice public, genre palais présidentiel. C'était dans ce même hôtel que les pontes du syndicat du crime avaient tenu leurs plus importantes réunions.

Ici, ils s'étaient partagé la capitale cubaine comme on découpe un gros gâteau. Ici, ils avaient scellé le sort de Bugsy Siegel, leur incontrôlable associé du Nevada. Pour l'heure, aucun mafieux ne traînait dans les parages. L'entrée du *Nacional* était gardée par des gus de la police militaire, brassard passé autour du biceps. Il y avait assez peu de va-et-vient car le tourisme local en avait pris un coup. Dans les années 1950, La Havane était un mélange détonant de Monaco, Casablanca et l'ancienne cité espagnole de Cadix, autrement dit « paillettes, putes et mambo ». Castro avait mis bon ordre à tout cela, au grand dam de la pègre américaine qui blanchissait son fric dans le Vegas des Caraïbes. Le *Líder Máximo* voulait rompre avec l'ère Batista, symbole de dépravation. Résultat, il s'était fait des ennemis puissants, et pas seulement dans les hautes sphères de Washington. Les touristes allaient sûrement revenir un jour. Ils attendaient que Castro soit définitivement hors jeu.

Robert Stone termina sa cigarette, songeur. Il exerçait tout de même un drôle de métier : être payé pour aller dans des palaces et servir de nounou à un vieil excentrique pendant que d'autres hommes moins chanceux se battaient quelque part dans l'île, le fusil à la main. C'était vraiment une vie bizarre. Il ne comprenait pas bien la finalité de sa mission. Selon toute vraisemblance, Ernest Hemingway n'était pas un danger pour la sécurité de l'État. Juste une star qui faisait un caprice. Robert Stone pensa qu'il aurait sans doute été plus utile ailleurs, mais ça ne servait à rien de remuer tout ça puisqu'il ne prenait pas les décisions et n'avait pas toutes les cartes en main. Il écrasa son mégot et pénétra dans le grand hall. De la musique provenait du piano-bar voisin, une belle salle décorée de fresques. Il y avait beaucoup de types au comptoir qui discutaient tout en sirotant leurs cocktails. Quelques militaires, mais surtout des civils. Ces derniers avaient des têtes de journalistes. Robert Stone en connaissait plus d'un. Il les avait croisés au Guatemala en 1954. Il pensa : *Il faut que je les évite. Il n'y a rien de pire que les journalistes pour quelqu'un qui fait ce que je fais.* Durant les opérations clandestines, certains agents de la CIA n'avaient qu'un seul rôle : tenir les fouineurs de la presse à l'écart. Robert Stone se rappelait encore cette histoire entre Dulles et Arthur Sulzberger, le patron du *Times*, après le renversement du président Arbenz. Sulzberger n'appréciait pas d'avoir été roulé dans la farine et il avait écrit au directoire de l'Agence en employant des termes courtois mais fermes. Bien sûr, le grand public n'était pas au courant de ce qui se tramait dans l'arrière-boutique. On lui avait fait gober l'histoire officielle, relayée par les médias : le putsch était une affaire interne au Guatemala, l'œuvre d'anti-communistes pro-occidentaux. Pas une ligne sur l'implication de la United Fruit – la Pieuvre – ni sur l'appui aérien fourni par Eisenhower. L'opération *Success* portait bien son nom. Le pouvoir avait changé de mains en neuf jours, et quasiment sans effusion de sang. Il n'y avait eu qu'une seule victime dans les rangs de la CIA : un agent de liaison qui s'était tué en essayant de rejoindre un groupe de partisans dans les montagnes. Eisenhower aimait citer cette opération en exemple.

J'aurais pourtant bien bu un verre au bar, songea Robert Stone avec un pincement au cœur. Mais c'était trop risqué, avec ces petits malins habillés classe qui essaieraient de le cuisiner. Il était fatigué, après toute cette route en bus, et il avait soif. Il entendait des éclats de rire et des *plouf* venant de l'extérieur, signe qu'il y avait une piscine. Il se présenta au guichet et sonna le réceptionniste. L'homme – un basané à la moustache impeccablement taillée – regarda sur son registre et lui remit sa clé. Il parlait un anglais très correct, presque sans accent. Robert Stone prit l'ascenseur avec un groom et le garçon d'étage qui portait sa valise, puis il sortit au deuxième et remonta un couloir richement moquetté jusqu'à sa chambre. Il entra, laissa un pourboire, écarta les rideaux. Vue imprenable sur le front de mer et ses allées de palmiers rappelant la Floride. La mer moutonnait. Il y avait beaucoup de navires qui se croisaient sous la ligne d'horizon. Des caboteurs, des bateaux de pêche, des corvettes de l'US Navy, et un porte-avions, au loin. Sans doute le *Forrestal*. Robert Stone inspecta la salle de bains puis revint dans la pièce principale. C'était une belle chambre, indiscutablement. Il avait dormi dans des endroits pires que ça, en Iran par exemple. Une autre mission incroyable et un autre succès. Ils n'étaient que cinq là-bas, sans compter leur chef d'équipe, « Kermit » Roosevelt, et ils avaient fait un boulot du tonnerre ! Il leur avait suffi de recruter des agitateurs dans les salles de gymnastique et dans les clubs de lutte pour organiser le coup d'État qui avait mis sur la touche Mossadegh, le Premier ministre alors en fonction. Heureusement, l'armée iranienne était restée fidèle au chah. C'était du travail net et sans bavure. Pas comme ici. Castro était un client autrement plus retors que Mossadegh ou Arbenz. Il s'était bien foutu de leur gueule avec sa révolution pastèque. À tel point que, fin 1958, en pleine chute de l'empire Batista, les services secrets américains avaient essayé de s'attirer les bonnes grâces du futur vainqueur en lui livrant des armes. Ils avaient financé en douce celui-là même qu'ils tenteraient d'assassiner quelques années plus tard par tous les moyens possibles et imaginables : cigares explosifs, désherbant dans la barbe, etc. Robert Stone ne savait pas trop s'il fallait en rire ou en pleurer. Ça sentait le cafouillage à plein nez, comme avec Lumumba, au Congo. Peut-être que l'âge d'or de l'Agence était révolu ?

Robert Stone avait envie de prendre un bain et de se faire monter une bouteille d'absinthe. Il regarda sa montre. L'heure tournait et il n'aurait sûrement pas le temps. Il devait encore consulter le dossier *Papá* avant de rencontrer ce fichu écrivain au *Floridita*. Et il devait garder les idées claires. Il chercha des micros dans les coins habituels – plinthes, abat-jour, combinés téléphoniques – et n'en trouva pas. Il avait faim. Son ventre gargouillait. *Je mangerai plus tard*, songea-t-il. On lui avait dit que la nourriture de l'hôtel n'était pas terrible. Il prit le dossier et s'allongea sur le lit. Il avait déjà lu les premières pages dans le bus bondé qui l'avait amené à La Havane. L'introduction résumait rapidement la vie de Hemingway. Celui-ci semblait fasciné par la guerre. Elle l'attirait irrésistiblement ; il y participait en électron libre, puis il en tirait du vécu pour nourrir ses romans. À en croire le rapport, il avait tâté du contre-espionnage dans les années 1940, à Cuba. Il avait monté une cellule locale – surnommée « la manufacture d'escrocs » – chargée de débusquer les sous-marins allemands qui passaient au large de l'île. Une lubie ! Le pire, c'était que l'ambassade des États-Unis lui avait apporté son soutien, allant même jusqu'à armer son bateau de pêche, le *Pilar*, au cas où ce dernier aurait croisé un U-Boot ! Hemingway devait avoir une force de conviction peu commune pour entraîner des officiels dans de pareils délires. Robert Stone parcourut les appendices. Quelqu'un avait été chargé de répertorier les accidents et les maladies de l'écrivain. La liste était longue :

Enfance : tombe avec un bâton qui s'enfonce dans sa gorge et lui arrache les amygdales. Octobre 1918 : jaunisse. Avril 1922 : brûlures provoquées par l'explosion d'un chauffe-eau. Octobre 1922 : malaria. Avril 1935 : se tire une balle dans la jambe en harponnant un requin. Septembre 1949 : sévèrement griffé en jouant avec un lion. Janvier 1954 : deux accidents d'avion en Afrique, cinquième commotion, fracture du crâne, hémorragie interne, deux disques de la colonne vertébrale fêlés, foie, rein droit et rate éclatés, bras droit et épaule droite démis. Janvier 1955 : exanthème au visage et sur la poitrine. Etc.

Une autre liste, tout aussi impressionnante, détaillait ses voyages. Robert Stone se concentra sur les dernières lignes :

Avril 1956 : par avion de La Havane à Cabo Blanco, au Pérou.

Fin mai 1956 : de Cabo Blanco à La Havane.

*Fin août 1956 : de New York au Havre sur l'*Île-de-France.

*Fin janvier 1957 : du Havre à New York puis Matanzas, Cuba, sur l'*Île-de-France.

Début avril 1959 : de New York à Algésiras sur le Constitution.

Fin octobre 1959 : du Havre à New York sur le Liberté *; arrivée le 1er novembre.*

Début août 1960 : par avion de New York à Madrid.

8 octobre 1960 : par avion de Madrid à New York.

Il y avait tout un chapitre qui analysait les opinions politiques de l'écrivain sans parvenir à en tirer des conclusions claires. Apparemment, Hemingway n'aimait pas Nixon et n'avait pas voté pour lui. De McCarthy, alors au faîte de sa puissance, il avait dit : « Je me demande si une balle de 5,77 ne pourrait pas résoudre ce qui ne va pas avec le sénateur du Wisconsin. » C'était dans *Look*, écrit noir sur blanc. Il n'aimait pas davantage John Edgar Hoover et considérait le FBI comme « antilibéral, profasciste et dangereux dans la mesure où il se transforme en Gestapo américaine ». Hoover n'avait jamais osé se frotter publiquement à lui parce qu'il savait que son ex-femme, Martha, était amie avec Eleanor Roosevelt. Et puis Hemingway était trop populaire pour être attaqué frontalement. Il fallait éviter tout incident. L'écrivain avait été proche de Gustavo Durán, un ancien officier de l'armée républicaine espagnole, mais cela ne suffisait pas à lui coller l'étiquette de communiste. Hemingway ne s'était jamais fait d'illusions au sujet de Batista, même s'il avait entretenu de bonnes relations avec son régime durant des années. On l'avait décoré de l'ordre de Carlos Manuel Céspedes en 1954 et de l'ordre de San Cristóbal en 1955. Lui-même avait fait don de sa médaille d'or du prix Nobel à la sainte nationale, la Vierge de Cobre. En privé, Hemingway ne se gênait pas pour dénigrer Batista. « *Sic transit hijo de puta* », aurait-il déclaré en apprenant le départ du dictateur. Il avait accueilli d'un œil bienveillant – et naïf ? – l'arrivée de Castro au pouvoir. Le 3 novembre 1959, il avait publiquement déclaré à des journalistes cubains :

1. Qu'il soutenait complètement le gouvernement castriste et tous ses actes et pensait que c'était la meilleure chose qui soit arrivée à Cuba.

2. Qu'il n'avait ajouté foi à aucune des informations publiées à l'étranger dénigrant Cuba. Que le gouverne-

ment cubain avait toute sa sympathie, et qu'il comprenait ses difficultés.

3. Qu'il espérait que les Cubains ne le considéraient pas comme un « yankee », mais comme un Cubain lui aussi. Après quoi il avait embrassé le drapeau cubain.

Plus troublant encore, il avait reçu Anastas Mikoïan, le ministre du Commerce soviétique chez lui, à la *Finca*, en février 1960, soi-disant pour discuter du gel de ses droits d'auteur en Union soviétique.

Quand les relations entre Cuba et les États-Unis s'étaient dégradées jusqu'à atteindre un point de non-retour, Hemingway avait décidé de partir pour Ketchum, dans l'Idaho. Il se voulait un Américain scrupuleux dans son patriotisme comme pour ses impôts et était conscient que sa présence sur l'île risquait de porter préjudice aux intérêts de son pays.

Un homme de contrastes, donc.

Robert Stone referma le dossier. Il avait les paupières lourdes. La chaleur qui régnait dans la pièce l'ensuquait. Il se leva, tira sur la cordelette du ventilateur pendu au plafond. L'appareil ne démarra pas. Robert Stone monta sur une chaise et se mit à trifouiller dans le moteur, au-dessus des pales.

Il comprit rapidement pourquoi ça ne marchait pas : un micro était caché à l'intérieur du mécanisme.

4.

Néstor Almendros était assis sur un gros rocher. Il avait fourré sa caméra – une Bolex 16 mm – dans un sac en tissu noir. Autour de lui, les guérilleros de la colonne 5 bivouaquaient. Leur commandant, Juan Almeida, étudiait une carte. Il avait le teint très mat, les traits épais et une barbe frisottée. Néstor commençait à ressembler à un vrai *barbudo*, lui aussi. Cela faisait près de deux mois qu'il ne s'était pas rasé. Il se lavait dans des torrents, quand l'occasion se présentait, entre deux marches. Il avait maigri et il puait.

Il frissonna. Le soir n'allait pas tarder à tomber et l'air était frais dans l'Escambray ; plus qu'il ne l'aurait imaginé. Il n'avait pas pris de vêtements assez chauds quand il avait dû quitter précipitamment La Havane en compagnie de Juan Almeida, Felix Duque et leurs colonnes respectives. Heureusement, il avait eu le temps d'attraper sa caméra, ainsi que des chutes de pellicule.

Néstor travaillait pour l'ICAIC (l'Institut cubain de l'art et de l'industrie cinématographiques) depuis deux ans en tant qu'opérateur et réalisateur. Il avait tourné de nombreux films à thèses politiques et éducatives – réforme agraire, hygiène, éducation –, mais il avait également eu le temps de développer des projets personnels. Cette activité annexe était sa bouffée d'oxygène. Pour être honnête, il en avait sa claque des films de propagande. Certes, il croyait toujours en la Révolution et en ses rêves de jours meilleurs, mais il avait aussi besoin de s'exprimer par lui-même, chose qui n'était guère évidente dans le cadre étriqué de l'ICAIC.

Néstor mangea un morceau puis se lava les mains avec l'eau de sa gourde. Il les essuya avant de les plonger dans le sac de chargement. Ses doigts caressèrent la surface froide et lisse de la Bolex. Il y eut un déclic. Néstor extirpa la bobine de trente mètres insérée dans le magasin de la caméra puis il en glissa une nouvelle, toujours à l'aveuglette. Il était un bon opérateur. Il lui fallait entre trois et cinq minutes pour effectuer cette manipulation. Une fois le film vierge introduit, les boucles se formèrent toutes seules. Néstor fourra la pellicule impressionnée dans la boîte où il avait préalablement collé un papier sur lequel étaient inscrits un numéro, la marque de la pellicule, sa longueur, et les ouvertures de diaphragme avec lesquelles il avait travaillé. Il ne savait pas quand il pourrait confier ses films à un labo, mais il avait l'impression de faire quelque chose d'important. Il enregistrait l'Histoire.

« La colonne 4 ! » cria quelqu'un.

Néstor entendit les bruits des hommes en marche et celui des sabots des mules avant même de les voir. Puis les fourrés s'écartèrent et les hommes apparurent, courbés sous le poids de leur équipement. Ils étaient plus de cent ; peut-être même le double. Une longue file de guérilleros fourbus qui ressemblait davantage à une procession de clochards qu'à un défilé militaire. Les vieux de la vieille portaient le brassard rouge du 26 juillet. Les hommes se donnaient une tape dans la main avant de la serrer fraternellement.

« Dans mes bras, mon salaud ! »

Il y eut un surcroît d'agitation dans le camp lorsque le Che apparut à son tour, en milieu de colonne.

« Che ! criaient les compagnons de Néstor. Che ! »

Sous le couvert des arbres, le poncho du *comandante* Guevara était sombre, comme si les ailes noires de la mort l'enveloppaient déjà. Il avançait près de sa mule et portait un lourd sac à dos, un fusil télescopique et des cartouchières d'où pendaient deux grenades. Il était maigre, comme les autres. Sur son béret brillait une étoile dorée, au-dessus d'une petite demi-lune. Il était le seul à avoir des guêtres et des chaussures de montagne. Les poches de sa chemise vert olive débordaient de papiers, carnets et autres stylos. Un pistolet .45 était accroché à sa ceinture, et les poches de son pantalon étaient bourrées comme des besaces, déformées par le poids des balles et des livres. Néstor n'avait jamais vu le Che d'aussi près, à part ce jour de mars 1960, sur la tribune officielle. Il s'agissait d'une cérémonie funèbre à la mémoire des victimes de *La Coubre*, cargo français coulé dans le port de La Havane. Pour Castro, les Américains avaient fomenté l'attentat, aucun doute possible. Il s'était d'ailleurs livré à l'une de ces virulentes harangues dont il avait le secret. Ce jour-là, Néstor filmait le discours, assis au premier rang. Le philosophe Jean-Paul Sartre et sa compagne, Simone de Beauvoir, se tenaient également sur l'estrade, non loin de Castro. Puis le Che les avait rejoints. Il arborait une expression farouche qui avait fait forte impression sur Néstor. Son regard était sombre et lointain. Pour l'heure, le Che avait l'air fatigué. Néstor l'examina, fasciné. Ses yeux étaient légèrement bridés, son front proéminent. Il portait une barbe bien fournie sauf à deux endroits où elle refusait obstinément de pousser. Il s'assit à l'ombre d'un laurier-rose, un peu plus loin, et Juan Almeida vint parler avec lui. La discussion était animée. Le Che paraissait de mauvais poil. Il congédia Almeida au bout de quelques minutes, sortit de son sac thermos et *yerba*, puis entreprit de se préparer un maté, sa boisson préférée.

« Qu'on m'apporte de l'eau bouillante ! » cria-t-il.

Une femme s'exécuta, et il laissa infuser sa mixture durant de longues minutes. La vie du camp reprenait son cours. On servait à manger et à boire aux nouveaux arrivants. On passait en revue les hommes manquant à l'appel.

Le Che but une gorgée de son maté avant de lancer à la cantonade : « Est-ce qu'il y a quelqu'un qui sait jouer aux échecs, ici ? »

Le brouhaha des conversations s'estompa. Un homme leva la main.

« Non, pas toi, Ignacio, dit le Che. Tu es trop mauvais. Je veux quelqu'un qui sache *vraiment* jouer.

— Moi, je sais », risqua Néstor.

Le Che avisa le jeune cameraman puis il hocha la tête, l'air de dire *ça va*.

« Approche, alors. »

Le *comandante* but encore. Il sortit de son sac un plateau en carton rigide plié en deux ainsi que des pièces contenues dans un sachet.

« Tu joues correctement, hein ? demanda-t-il.

— Je crois, répondit Néstor.

— Nous allons voir ça. Je te laisse les blancs. »

Le Che disposait les pièces sur l'échiquier. Sans lever les yeux du jeu, il questionna : « Tu t'appelles comment ?

— Néstor Almendros.

— Tu n'as pas de fusil, Néstor ?

— Je suis cameraman.

— Il te faut un fusil.

— Je ne sais pas si je saurais m'en servir.

— Ce n'est pas très compliqué. Si tu sais viser avec une caméra, tu sais viser avec un fusil. »

Néstor acquiesça. Il ne voulait pas contrarier le commandant. On le disait fier, ombrageux et intransigeant. Et pourtant tout le monde l'aimait. À ce niveau-là, le charisme est un cadeau donné à peu d'hommes. Le Che possédait un magnétisme incroyable. Il le savait, mais ne cherchait pas en profiter, au contraire de Castro, son mentor. Il y avait quelque chose de désarmant en lui. Il pouvait éclater de rire aux moments les plus inattendus, et c'était comme un rayon de soleil éclairant brusquement un paysage plombé de lourds nuages.

Les pièces installées, le Che dit : « Vas-y, à toi. »

Néstor bougea un pion sur son aile droite. Le Che l'imita et demanda : « Tu viens d'où, Néstor ?

— Ma famille est originaire d'Espagne. Mon père était républicain. Il s'est exilé le premier. On l'a rejoint en 1948.

— *Bueno.* Tu as fait tes études où ? »

Le commandant posait les questions tout en continuant de jouer, sans quitter l'échiquier des yeux. Il buvait son maté. Il était pleinement absorbé dans le moment présent. Néstor, au contraire, avait du mal à se concentrer.

« Au Centro Sperimentale de Rome, répondit ce dernier. Puis au City College de New York. » Comme pour se justifier, il ajouta : « C'était au milieu des années 1950. Batista était encore au pouvoir. »

Le Che sortait ses cavaliers et gardait ses fous en réserve. Sa tactique se précisait. « Tu as aimé New York ? lança-t-il.

— Oui, avoua Néstor. C'est une belle ville. Une grande ville. Mais je suis revenu dès que Fidel a renversé le dictateur.

— *Bueno...* »

Le cavalier du Che mangea un pion de Néstor, qui n'avait pas vu venir le coup. Néstor grimaça.

« Tu travaillais avec mon homonyme à l'ICAIC, c'est ça ? » demanda le Che.

Celui-ci faisait référence à Alfredo Guevara, directeur de l'institut et vieil ami de Castro depuis le temps des études universitaires.

« Oui », dit Néstor. Il bougea prudemment un nouveau pion. Il avait l'impression d'évoluer sur un champ de mines, aussi bien dans le jeu que dans la conversation.

« Et tu aimais ton travail ?

— J'aimais ça », acquiesça le cameraman.

C'était vrai. Du moins, au début. La bureaucratie sclérosait l'ICAIC, et Néstor ne s'entendait guère avec Alfredo Guevara. Ce dernier était partisan d'une image « propre », à l'éclairage équilibré. Une image hollywoodienne, en quelque sorte. Néstor trouvait cela paradoxal pour un cinéma qui se voulait avant tout révolutionnaire. Et puis, quand il siégeait à l'association des critiques, le jeune homme était le seul à défendre des films qui n'étaient pas d'origine russe. En 1959, tout le monde avait voté pour *La ballade du soldat* de Tchoukraï. Tout le monde, sauf Néstor. Pour lui, le meilleur film de l'année était *Les quatre cents coups,* de François Truffaut.

Juste avant l'arrivée des Américains, Néstor terminait un court-métrage intitulé *Gente en la playa*. Il filmait les gens, sur les plages de Cuba, et leurs silhouettes se découpaient sur fond de mer étincelante, en contre-jour, sans lumière additionnelle. Il aimait travailler à pleine ouverture avec un diaphragme de 1,4. Il n'y avait pas de commentaire, juste des bruits d'ambiance et de la musique typiquement cubaine enregistrée sur des juke-box. Encore une hérésie pour Alfredo Guevara. Il avait entendu dire que son supérieur était mort durant la chute de La Havane. Une balle perdue. Le plomb ne faisait pas de différence entre les soldats, les artistes ou les fonctionnaires.

« On a besoin de gens comme toi pour construire un "homme nouveau" et orienter la pensée des masses, leurs aspirations, dit le Che tout en continuant à jouer. Renverser des dictatures est facile. C'est après que les choses se compliquent. »

Néstor hocha la tête distraitement. L'un de ses pions menaçait le cavalier de son adversaire, qui s'esquiva, mettant du même coup en danger une autre de ses pièces, un « simple soldat » dont Néstor s'empara sans hésiter. Le Che resta sans réaction, puis il dégagea le passage pour sa tour.

« Il faut faire comprendre aux gens que le profit pour le profit ne sera jamais au final une source d'accomplissement, tu saisis ? Notre révolution est une révolution de sacrifices. On trouve le bonheur dans le don de soi, pas dans les colifichets de la société capitaliste. Voilà ce que tu dois dire dans tes films, Néstor. L'homme nouveau doit remplacer l'homme-loup… »

Il parlait comme si les révolutionnaires étaient encore au pouvoir, comme si les *Norteamericanos* n'avaient jamais débarqué. On aurait dit que le temps s'était figé, pour lui. Ou peut-être pensait-il que l'occupation yankee n'était qu'une parenthèse indigne d'être mentionnée ?

« Tu as lu Marx ?

— Non.

— C'est un tort. Tu as des livres avec toi ?

— Pas eu le temps d'en prendre. Quand il a fallu quitter La Havane, j'ai…

— Un guérillero devrait toujours avoir un bon livre sur lui. Pas quelque chose de futile. Je te parle de textes qui élèvent l'esprit. C'est aussi important que, disons, l'entraînement au tir.

— Vraiment ?

— Oui. Si on ne fait que jouer aux cartes, manger ou dormir durant les périodes d'attente, eh bien, au bout d'un moment, on ne sait même plus pourquoi on combat. Les révolutionnaires doivent pouvoir discuter de choses intéressantes, comme nous le faisons, toi et moi. »

Pour l'instant, c'était surtout lui qui parlait. Il mangea encore un pion, mais ouvrit une brèche sur son flanc droit, ouverture dans laquelle Néstor s'engagea aussitôt. On était parvenu à un point pivot de la partie.

« Nous devons nous démarquer des Soviétiques pour qui la récompense matérielle est un levier essentiel du progrès social, continua le Che. Il existe d'autres stimulants : le don de soi, l'effort. Voilà des gratifications saines. Et immédiates. Tout cela dans le but de l'intérêt commun. Faire des heures supplémentaires, servir d'exemple, passer son temps à étudier, aller le dimanche aux travaux volontaires, oublier toute vanité… »

Le commandant était lancé. Il continuait de jouer avec précision, prouvant ainsi qu'il pouvait mener les deux actions de front. Néstor se débrouillait bien, mais sa tentative de percée sur le flanc découvert avait été stoppée et il en était de nouveau réduit à la défensive.

« L'homme nouveau sera libéré des chaînes de l'aliénation, continua le Che.

— Oui, mais d'abord, il nous faut repousser les yankees, non ? risqua Néstor.

— Tu as raison, sourit le Che. C'est pour cela que tu dois troquer ta caméra contre un fusil.

— Les yankees sont puissants.

— Il y a deux sortes de puissance… » Pour la première fois de la partie, le Che leva les yeux du plateau et regarda son adversaire. « La puissance objective, d'abord. (Il énuméra sur ses doigts.) Effectifs, armes, munitions, artillerie, aviation… Mais il faut aussi compter avec cette puissance-là. (Il toucha d'abord sa poitrine, puis son large front.) Le cœur et l'âme font la différence. Surtout quand on n'a rien à perdre. Il n'y a qu'un seul sentiment plus fort que la peur : l'espoir. Nous avons montré la voie à tous les pays d'Amérique latine…

— Et ça, les États-Unis ne nous le pardonneront pas.

— Une armée d'occupation n'a jamais remporté une guerre. Trouve-moi un contre-exemple dans toute l'histoire de l'humanité. »

Néstor chercha ; sans succès.

« Tu vois ? Les Cubains vaincront. Et si nous périssons dans la lutte, nos enfants ou leurs enfants triompheront. Ils y mettront le temps qu'il faudra, mais ils chasseront les yankees. (Il fit un clin d'œil au cameraman.) Évidemment, tant qu'à faire, je préférerais voir ça de mon vivant.

— Che, arrête de bourrer le crâne à ce gamin », fit une voix rocailleuse.

Les joueurs se tournèrent vers Juan Almeida, qui s'approchait, le visage sombre.

« Que veux-tu, Juan ?

— Il faut vraiment que je te parle.

— Encore ? Bien. »

Le Che se leva, posant au passage une main sur l'épaule de Néstor. « Tu as bien joué, petit. Nous reprendrons cette partie une autre fois. »

Néstor regarda les deux commandants s'éloigner, puis reporta son attention sur le plateau. Encore trois coups, et il aurait sans doute été échec et mat.

5.

Le *Floridita* était décoré dans des tons chauds et de nombreuses photos garnissaient les murs. Il y avait beaucoup de monde au bar. Les serveurs portaient tous des vestes et des nœuds papillon rouges. Très affairés, ils préparaient des daïquiris à la chaîne.

Robert Stone entendit l'écrivain avant de le voir. Les clients parlaient fort et riaient encore plus fort, mais une voix se détachait clairement du brouhaha : elle tonnait comme celle de Zeus, dominant toutes les autres, et Robert Stone sut tout de suite qu'elle appartenait à Hemingway. Les tirades de ce dernier étaient saluées par des acclamations enthousiastes. L'écrivain jouait son rôle de mâle alpha devant un auditoire conquis d'avance. Robert Stone s'avança dans la salle bondée et dut se frayer un passage pour approcher du bar. Hemingway était assis sur *son* tabouret, non loin de *son* buste sculpté. L'homme et la légende. L'homme se tenait moins droit que son double figé pour l'éternité et il avait pris un sale coup de vieux. La maladie de peau qui lui bouffait le visage n'arrangeait rien.

« *Papá*, c'est vrai que vous avez libéré le *Ritz*, en 1944 ? demanda un type à la cravate en berne.

— Si c'est écrit quelque part, c'est que ça doit être vrai », répliqua Hemingway, et tout le monde rigola.

Hemingway paya une tournée générale, même s'il n'avait pas besoin de ces largesses pour se mettre le public dans la poche. Robert Stone lui tapa sur l'épaule.

« Bonsoir, je suis Ronald Hooper. »

Hemingway l'examina sans s'arrêter de sourire, mais ses yeux se plissèrent avec méfiance. « Alors c'est vous le photographe ?

— Oui, c'est moi.

— Vous avez travaillé pour qui ?

— Un peu tout le monde.

— Mais encore ?

— *Life Magazine*.

— Vous connaissez Sam Shaw ?

— Je l'ai croisé.

— Shaw est un sacré bon photographe.

— Il est très bon », acquiesça Robert Stone, mal à l'aise. Il n'aimait pas cet interrogatoire en règle et avait l'impression de passer sur le gril. Hemingway lui serra la main avec plus d'énergie que ce que la simple politesse nécessite. Il avait encore une bonne poigne et, là aussi, cela ressemblait à une sorte de test.

« Bienvenue à Cuba, monsieur Hooper. »

Robert Stone ne broncha pas. Hemingway le libéra aussi brutalement qu'il lui avait attrapé la main et se tourna vers le barman : « Un *Papá Doble* pour ce gentleman.

— C'est quoi ? demanda Robert Stone.

— Un cocktail spécialement créé pour moi : daïquiri sans sucre mais avec une double ration de rhum et un zeste de pamplemousse.

— Je vais prendre un whisky. »

Hemingway haussa ses larges épaules. « Comme vous voudrez… Moi, je suis à l'eau gazeuse. Déplorable, hein ? Même plus le droit de boire d'alcool… »

Robert Stone était déjà au courant. Il avait lu le dossier médical de l'écrivain, en plus de tout le reste. Il hocha la tête d'un air compatissant.

« Vous en voulez ? » demanda Hemingway en montrant une assiette de crevettes qui reposait sur le comptoir.

Les crevettes étaient grosses et fraîchement cuites, et des rondelles de citron décoraient l'assiette.

« Non, merci, dit Robert Stone.

— Vous êtes sûr ?

— Oui. »

Il y eut un silence.

« Vous êtes arrivé quand, monsieur Hooper ?

— Hier.

— C'est votre première fois à La Havane ?

— Oui.

— Et vous trouvez la ville comment ?

— Jolie. »

Hemingway poussa un sombre soupir.

« Vous auriez dû voir le pays avant qu'on ne défonce les plages pour en extraire le sable destiné au ciment des gratte-ciel. C'était autre chose, vous pouvez me croire. »

Les locaux approuvèrent. De toute façon, chaque mot qui sortait de la bouche de l'écrivain était parole d'évangile.

« Je veux bien vous croire », dit Robert Stone.

Le serveur posa un petit verre rempli à ras bord devant lui. Il le prit sans trembler et sans en renverser une goutte.

« Vous logez où, monsieur Hooper ? » continua Hemingway d'une voix où la politesse n'était clairement qu'un vernis.

Rober Stone vida son verre d'un trait, le reposa et répondit : « Au *Nacional*. Et vous ?

— À l'*Ambos Mundos*, chambre 511. C'est là que j'ai écrit *Pour qui sonne le glas*. Vous l'avez lu ?

— Non. »

Hemingway ne se formalisa pas.

« Je n'ai pas eu le courage de retourner à ma maison d'avant, poursuivit-il. Les castristes l'avaient transformée en camp d'entraînement. Je ne sais pas ce que nos compatriotes en ont fait et je ne veux pas le savoir. » Mélancolique, il ajouta : « Je me demande où sont mes chats, maintenant.

— Les chats se débrouillent, *Papá*, dit un homme au teint buriné et à la barbe blanche, trapu et costaud, qui aurait pu être le double latino de Hemingway, en plus petit.

— Je m'inquiète surtout pour Boy, continua ce dernier.

— Boy était le plus malin. Je suis sûr qu'il va très bien.

— J'aimais ce chat, dit Hemingway.

— Oui, c'était un magnifique animal. »

Robert Stone était consterné.

Ils vont parler du chat encore longtemps ?

L'écrivain posa sa main sur l'épaule du petit homme buriné.

« Hooper, je vous présente Gregorio Fuentes, de Cojímar. Il était mon second à bord du *Pilar*. Un bon marin et un ami encore meilleur. Il m'a inspiré le personnage du pêcheur dans *Le vieil homme et la mer*.

— Je l'ai lu, celui-là, dit Robert Stone.

— Et vous l'avez aimé ?

— J'ai trouvé ça... intéressant. »

Fuentes serra la main de l'Américain.

« Ravi de vous connaître, dit ce dernier.

— Moi aussi, dit Fuentes.

— Vous buvez autre chose ? lança Hemingway à l'intention de Robert Stone.

— Merci, ça ira pour ce soir.

— Bien. Sortons un instant, voulez-vous ?

— D'accord.

— Excusez-moi, messieurs, dit Hemingway à l'adresse de son fan-club. Je dois parler seul à seul avec ce gentleman. Je reviens. »

Ils sortirent. La Calle Obispo était éclairée par la lumière jaune pisseuse des lampadaires. Une jeep avec à son bord deux MP casqués passa devant le *Floridita*. Il n'y avait pas grand monde dans la rue, comme si un couvre-feu avait été décrété. Un air de salsa sortait d'un établissement à la façade décrépite.

« Je n'ai pas abandonné tous mes vices », fit Hemingway avec un clin d'œil. Il extirpa un paquet de cigarettes de son pantalon et le tendit à Robert Stone.

« Merci, j'ai les miennes », dit celui-ci.

Une explosion assourdie lui arracha un sursaut. Elle provenait de l'ouest, mais il ne voyait nulle fumée monter au-dessus des toits.

« C'était quoi, ça ? questionna-t-il. Une bombe ?

— Non, sourit Hemingway. Le canon de la forteresse San Carlos. Il tonne tous les soirs à 21 heures pétantes, et l'horaire est scrupuleusement respecté. C'est grâce à lui que les gens règlent montres et horloges, ici.

— Amusant. »

Ils s'allumèrent chacun une cigarette et commencèrent à tirer dessus en silence.

« Vous êtes qui, en vrai ? demanda enfin Hemingway.

— Je vous l'ai déjà dit, répliqua Robert Stone.

— Je ne vous crois pas.

— C'est votre problème. »

La fumée des cigarettes montait en se tortillant dans la lumière jaune des lampadaires.

« Je n'aime pas qu'on me prenne pour un con, dit Hemingway.

— Je ne vous prends pas pour un con.

— Vous êtes du FBI ? De la CIA ?

— Je suis photographe.

— Photographe, mon cul. On a déjà essayé de me coller un petit malin dans votre genre, en 1942, quand j'ai monté mon réseau d'espions.

— Et alors ?

— Il n'a pas tenu la distance… » Hemingway recracha sa fumée au visage de Robert Stone. « Je n'ai pas envie de vous avoir sur le dos, monsieur Hooper ou qui que vous soyez.

— Je me ferai très discret.

— Je sais très bien me débrouiller seul. Je connais les gens et le pays par cœur.

— Je n'en doute pas. »

Robert Stone dut relever le menton pour cracher sa fumée au visage de l'écrivain car celui-ci était légèrement plus grand que lui. Hemingway ne cilla pas.

« Vous allez me coller comme ça tout le temps ? questionna-t-il.

— C'est le deal. Si vous faites cavalier seul, le secrétariat d'État vous retire votre accréditation illico. »

Hemingway railla : « "Notre agent à La Havane", hein, c'est ça ?

— Qu'est-ce que vous entendez par là ?

— Vous n'avez jamais lu Graham Greene ?

— Non.

— Vous n'avez pas lu grand-chose, on dirait.

— Je n'en ai pas souvent le temps. »

Hemingway regarda Robert Stone droit dans les yeux.

« Vous jouez les durs, mais est-ce que vous êtes un dur, monsieur Hooper ?

— Un dur ? Je ne sais pas ce que ça veut dire.

— Je pense que vous le savez très bien, au contraire. Nous allons rencontrer des gens sérieux, des gens qui ne plaisantent pas.

— Sans blague… Quel est le programme ?

— Je vous le communiquerai en temps voulu.

— C'est-à-dire ?

— C'est-à-dire bientôt. » Hemingway écrasa sa cigarette. « Bonsoir, monsieur Hooper. Profitez de La Havane… Ces nuits cubaines, il n'y a pas plus grisant.

— Joueurs de congas et danseuses en bikini, c'est pas trop mon truc.

— Pourquoi, vous êtes un *maricón* ?

— Un quoi ?

— Laissez tomber… » Hemingway poussa la porte du *Floridita* et entra.

Robert Stone écrasa sa cigarette à son tour. « *Tâchez de lui faire bonne impression* », avait dit Cartwright. C'était raté.

Il enfila les ruelles de La Habana Vieja et passa devant des entrepôts qui sentaient l'odeur de la farine en sacs, celle des caisses de café ouvertes et celle du tabac. Il réfléchissait, les mains dans les poches : *Cette histoire prend un mauvais départ. Le vieux n'est pas idiot. Je ne sais pas s'il est communiste, mais il n'est assurément pas idiot. Il va vouloir marquer son territoire et il va passer son temps à essayer de me rabaisser. Il n'a pas l'habitude d'être contrarié ou contredit. Ce vieux bonhomme va me causer des problèmes, c'est couru d'avance. Je préférerais encore être sur le front plutôt qu'accroché aux basques d'un type qui se prend pour Dieu le père. Il me rappelle mon paternel, d'ailleurs ; ça ne va pas être une partie de plaisir !*

Une prostituée accosta Robert Stone. Elle était jeune et plutôt jolie, mais trop maquillée, comme toutes les prostituées. Robert Stone lui dit non plusieurs fois, en secouant la main. Elle n'insista pas. Elle avait l'air gentille, mais lui n'avait pas la tête à ça. Il pensait à ce vieux mal embouché qui allait lui donner du fil à retordre. Il remit les mains dans les poches et continua à marcher. La nuit était douce et la musique omniprésente, même si le centre-ville paraissait aussi vide et calme que le vieux quartier. Un cinéma jouait un film avec Marilyn. Il y avait beaucoup de voitures américaines stationnées dans les rues, des grosses mangeuses de pétrole raffiné par la Standard Oil ou la Texaco, vestiges de l'époque où Batista et Meyer Lansky régnaient sur le pays : Cadillac, Oldsmobile, Buick, Pontiac, Chevrolet... Les autres véhicules étaient pour la plupart des tacots rouillés. Robert Stone avait du mal à s'orienter. Les numéros des rues étaient gravés sur des bornes coniques posées sur le trottoir, à chaque carrefour. Il croisait des silhouettes dans la nuit, parfois un couple, parfois un promeneur solitaire. L'un d'eux l'arrêta pour lui demander du feu : un grand homme coiffé d'un feutre qui portait un complet de flanelle blanc. Il avait des pommettes saillantes et deux traits de fusain finement lustrés en guise de moustaches. Robert Stone lui tendit son briquet et, quand la flamme jaillit, le visage éclairé par en dessous prit des airs de squelette vivant.

« Vous êtes américain ? questionna l'homme.

— Oui, répondit Robert Stone.

— Vous avez déjà vu jouer les Dodgers ?

— Oui, au Los Angeles Memorial Coliseum. »

L'homme hocha la tête plusieurs fois de suite. On aurait dit George Raft, cet acteur d'origine germano-italienne qui avait bâti sa carrière en jouant des rôles de gangsters aux côtés de Bogart ou de Jimmy Cagney. Il souriait, même si sourire ne paraissait pas naturel chez lui.

« Sacrée équipe, hein ?

— En effet.

— Et Sandy Koufax, quel joueur !

— Sûr. Le meilleur. »

L'homme continua de hocher la tête bêtement puis, sans transition, il demanda : « Vous avez rencontré l'écrivain ?

— Oui.

— Et alors ?

— Il m'a dans le pif. »

L'homme tira sur sa cigarette.

« Le *señor Papá* a son petit caractère, c'est vrai. Mais il est très aimé chez nous.

— J'ai vu ça.

— Il vous a parlé de ses projets ?

— Il m'a juste dit "en temps voulu".

— Il va vous filer entre les doigts si vous n'y prenez garde.

— Je suis sûr que rien ne pourrait lui faire plus plaisir. »

L'homme arrêta de sourire et son visage se fit très sérieux. « Rendez-vous à son hôtel demain en fin de matinée. Une voiture doit passer le prendre à midi. Elle sera conduite par son ami Fuentes. Ils ont l'intention de se rendre dans l'Escambray, tous les deux.

— Quoi ? En pleine zone de combat ? Et comment comptent-ils franchir les barrages de l'armée ?

— On les laissera passer entre les mailles du filet après les avoir arrêtés une fois, pour la forme. Le *señor Papá* a dans l'idée d'interviewer Fidel Castro et le Che. Il rêve de rapporter le scoop aux États-Unis, comme Herbert Matthews en son temps.

— Nom de Dieu ! » souffla Robert Stone. Le vieux était plus cinglé qu'il ne l'avait cru de prime abord. « Vous en savez plus que moi, pesta-t-il. Comment êtes-vous au courant de tout ça ?

— La chambre du *señor Papá* est sur écoute.

— Je vois. » Robert Stone se gratta le front. L'affaire se compliquait. « Comment il compte se rendre dans la montagne, votre foutu *señor Papá* ? demanda-t-il. En voiture ? Dans l'Escambray ? J'ai un peu étudié le terrain : il rêve…

— On ne sait pas ce qu'il a prévu une fois dans la zone de combat, mais il a sûrement un plan.

— Quelles sont mes instructions ?

— Petit un : vous veillez à la sécurité de notre célèbre ami. Petit deux : si vous arrivez au camp des *barbudos*… »

Robert Stone redoutait la suite. L'homme lui tendit un sachet. Il l'ouvrit et renifla son contenu : des feuilles pilées à l'odeur forte, entêtante.

« Essayez de glisser ça dans la nourriture de Fidel – nom de code *Grand Frère* – ou du Che – nom de code *Petit Frère*. Si vous parvenez à nous envoyer un message radio pour rendre compte de la mission, ne prononcez jamais leur nom. (Il remit à Robert Stone un papier plié avec plusieurs chiffres inscrits dessus.) Il y aura toujours du monde sur cette fréquence, à n'importe quelle heure du jour ou de la nuit.

— *Si* j'arrive à mettre ce truc dans leur bouffe… *Si* j'arrive à trouver une radio… (Robert Stone grimaça.) Ça fait beaucoup de si… Vos herbes puent.

— Le Che, pardon Petit Frère, raffole d'une boisson très forte qui s'appelle le maté. Il en prend pour son asthme. Il ne sentira rien du tout. »

Robert Stone n'aimait pas ça. « En cas de mort suspecte, tous les regards vont se tourner vers moi et le vieux, non ?

— C'est probable. Mais j'imagine que, si on a fait appel à vous, c'est que vous savez gérer ce genre de situation.

— Oui, mais ça ne va pas être de la tarte.

— Si vous n'arrivez pas à empoisonner Petit Frère ou Grand Frère, donnez-nous les coordonnées du campement et on enverra l'aviation… »

Robert Stone rangea le sachet et le papier dans la poche intérieure de sa veste. Au fond de lui, il doutait que l'écrivain parvienne aux contreforts de l'Escambray. Toute cette histoire était rocambolesque au possible. « Autre chose ? soupira-t-il.

— Non. Enfin, si : essayez de sauver votre peau.

— Je ferai de mon mieux », grommela Robert Stone.

L'homme amorça un geste en soulevant légèrement son feutre puis, ce salut effectué, il se fondit dans les rues enténébrées de la vieille ville.

Robert Stone pensa : *Je vais peut-être les entendre, finalement, les balles qui sifflent…*

6.

Le Che avait passé une très mauvaise nuit. Son asthme, tenace, ne lui laissait aucun répit. Au petit matin, on lui fit une injection de cortisone, et il parut aller mieux.

« Je crois que je vais monter à cheval, aujourd'hui », dit-il alors que deux hommes l'aidaient à se remettre debout.

Il savait qu'il ne pourrait pas marcher, et cet aveu de faiblesse lui coûtait. Juan Almeida lui fit amener un cheval bai. Le Che insista pour grimper sur l'animal sans le soutien de personne. Il toussait beaucoup.

« Allons-y », dit-il entre deux quintes.

Les colonnes 4 et 5 progressaient le long d'un sentier sinueux et caillouteux. Les cailloux rentraient dans les chaussures et faisaient boiter les hommes. Personne ne prêtait attention au paysage, pourtant magnifique. La végétation dense de l'Escambray se composait principalement de caféiers, de pins, d'orchidées, d'hortensias et d'eucalyptus. On y trouvait également la *mariposa*, fleur symbole de Cuba. Les blessés étaient transportés sur des hamacs accrochés à de longs et solides bâtons, presque des poutres. Ces bâtons sciaient les épaules des porteurs qui devaient se relayer tous les quarts d'heure environ. En terrain plat, la tâche était déjà difficile. Elle devenait encore plus épuisante quand on attaquait une pente ou même une descente, car le poids du blessé ne se répartissait plus de manière égale.

Les guérilleros communiquaient par gestes : « serrez les rangs », « stop », « en route ». Chaque homme réagissait au quart de tour.

Néstor marchait derrière le Che. Le cheval avançait au pas et son cavalier se tassait de plus en plus sur la selle. Le jeune homme observait le dos voûté du *comandante* dont l'apparence n'évoquait plus du tout celle d'un chef de guerre redouté. Avec son allure débraillée et son pantalon tire-bouchonnant, il ressemblait plutôt à une version rajeunie de Cantinflas, ce héros comique du cinéma mexicain, archiconnu au sud du Río Grande. Comme s'il avait senti le regard du cameraman peser sur lui, le Che se tourna lentement et lança : « Viens, Néstor. Tu marcheras à mon côté. »

Néstor accéléra le pas pour se maintenir à la hauteur du Che. Ce dernier resta silencieux durant de longues minutes. Il respirait mal.

« Tu aurais pu me battre hier, dit-il. Tu sais pourquoi tu as perdu ?

— Vous avez pris le contrôle du centre de l'échiquier ?

— Oui. Parce que tu gaspillais ton temps à parer mes coups au lieu de développer un mouvement continu. Et tu as fait l'erreur de commencer les opérations actives alors que ton roi n'était pas suffisamment à l'abri.

— Vous avez un jeu… agressif, commandant. »

Le Che sourit.

« Je crois qu'on peut dire ça, en effet. Nous disputerons une autre partie quand je serai en meilleure forme. Tu es un bon joueur. Trop prudent, mais un bon joueur.

— Ce sera avec plaisir », répondit Néstor.

Il y eut un silence ponctué par les bruits de sabots et les godasses qui écrasaient les cailloux du chemin.

« Tu ne t'es toujours pas procuré de fusil, à ce que je vois, remarqua le Che d'une voix neutre, à peine enrouée.

— Non.

— Qu'on donne une arme à cet homme ! »

Un guérillero apporta un Browning à Néstor, et celui-ci passa la bretelle à son épaule sans faire d'histoire.

« Prends-en soin comme si c'était ta fiancée », dit le Che.

Néstor acquiesça docilement.

« Si tu perds cette arme au combat, tu vas la rechercher. Tout seul. Les armes sont précieuses.

— Je comprends.

— Ne va pas croire que je n'aime pas les caméras et les appareils photo, Néstor. J'ai été photographe, moi aussi.

— Vraiment ? » Néstor avait du mal à masquer sa stupéfaction.

« Oui. J'ai obtenu ma carte de photographe au Mexique, en 1956. Qui sait ? Si je n'avais pas rencontré Fidel là-bas, peut-être que je serais devenu quelqu'un comme toi, *amigo* ? »

Le Che se plia en deux sur son cheval, le nez pratiquement sur la crinière, secoué par une quinte de toux glaireuse, puis il se redressa et cracha.

« Vous aviez quoi, comme appareil ? demanda Néstor, comme s'il n'avait rien vu ou entendu.

— Un reflex. Un bon appareil.

— Et qu'est-ce que vous preniez en photo ?

— Un peu de tout. Des foules, des monuments, des campagnes, des usines…

— Couleur ou noir et blanc ?

— Les deux. C'est un beau métier que le tien, Néstor, mais… on ne fait pas la guerre avec une caméra, hein ? »

Le regard du Che était insistant. Il avait repris contenance et se tenait aussi droit que possible. Néstor comprit que le *comandante* lui proposait une nouvelle partie, une partie qui se jouait cette fois sur l'échiquier des idées. Il avait avancé le premier pion et attendait la riposte. Néstor hésita. Il ne faisait pas le poids face à ce géant et il le savait. Néanmoins, il ne se déroba pas.

« Je ne suis pas un guerrier, avoua-t-il avec sincérité. Je ne sais pas si je pourrais tirer sur quelqu'un. Je ne sais pas comment je réagirai le moment venu.

— Tu feras comme tout le monde. Tu essaieras de survivre. Si cela veut dire "tuer", tu tueras. » Le Che sourit. Cheval prend tour. « Je vais te raconter une histoire. Quand j'ai débarqué avec Fidel, en 1956, j'étais le médecin de la troupe. Je devais soigner les hommes… mais j'étais aussi un soldat de la Révolution. Un jour, le dilemme s'est présenté à moi de manière très concrète. Nous campions sur une colline, à Alegría del Pío. Nous étions tous exténués par la traque que nous livraient les soldats de Batista. (Il toussa, reprit :) J'avais ma petite pharmacie de campagne et je m'occupais des pieds des blessés qui ne pouvaient plus rentrer dans leurs chaussures. Nous étions au commencement de l'aventure. De vrais bleus, et on ne prenait pas assez soin de nos pieds. Les paysans cubains appellent la maladie des pieds qui ont trop marché "la bouillie de maïs". Bref, à côté de moi se tenait mon ami Chucho, témoin de mon premier mariage, au Mexique. Nous étions appuyés contre un tronc d'arbre et nous parlions de nos enfants tout en mangeant notre maigre ration, une demi-saucisse et un cracker. Soudain, il y a eu un coup de feu isolé et un déluge de plomb s'est abattu sur notre campement. Les avions passaient bas, lâchaient des rafales de mitrailleuses, ce qui ajoutait à la confusion du moment. Je me souviens d'un compagnon corpulent qui essayait de se cacher derrière un pied de canne à sucre. Un autre réclamait le silence au milieu de cette fusillade généralisée. »

À cette évocation, le Che partit d'un rire bref et rauque, qui se transforma en une nouvelle quinte de toux. Il continua néanmoins : « Un homme a laissé tomber une caisse de balles à mes pieds. Je lui ai dit de la ramasser. "Ce n'est pas le moment de s'occuper des caisses de balles", a répondu le type. Et il a décampé. J'avais devant moi un sac à dos plein de médicaments et une caisse de balles. Leur poids m'interdisait de les porter tous les deux.

— Vous avez choisi quoi ? demanda Néstor.

— La caisse de balles. » Le Che esquissa un nouveau sourire, ironique cette fois.

« Un jour, tu devras peut-être choisir entre ta caméra et ton fusil, Néstor. On verra alors de quel bois tu es fait. (Il émit un petit rire auquel son accent argentin donnait des teintes cristallines.) C'est Sartre qui a raison, en définitive. Nous nous définissons par nos actions.

— Vous l'avez rencontré, avec sa femme, quand il est venu à Cuba ?

— Le philosophe ? Oui, il m'a rendu visite au ministère.

— Il était comment ?

— Sympathique. Je crois qu'il a été sensible aux arguments de la Révolution. Il était surpris par la jeunesse de toute l'équipe gouvernementale, et par notre capacité à encaisser le manque de sommeil.

— Vous vous considérez comme un existentialiste ?

— Quand Sartre écrit “chaque personne est un choix absolu de soi”, oui. Pour le reste, je ne sais pas. Je n'ai pas tout lu, je t'avouerai... Et toi ?

— Quelques articles de la revue *Les Temps modernes*, et son essai *Qu'est-ce que la littérature ?*

— Je ne connais pas. Il en ressort quoi ?

— Que l'artiste doit être engagé.

— Évidemment. »

Cette affirmation était proférée sans agressivité aucune, mais il était clair qu'elle ne saurait souffrir de controverse. Néstor ne répondit rien. Il marchait en regardant droit devant lui. Il commençait à s'habituer au contact du fusil contre son épaule et il devait reconnaître que ça avait quelque chose de rassurant et de grisant à la fois. Le Che était silencieux, lui aussi, quand il ne toussait pas. De temps en temps, de petites pierres dégringolaient du versant de la montagne. Les hommes étaient absorbés dans le caractère répétitif de leur progression. Des rochers bordaient le chemin qui montait de plus en plus. Les hommes peinaient, et le soleil tapait dur, même quand on avait le crâne protégé par une casquette. De la poussière soulevée dans l'air restait en suspension et se déposait sur les battle-dress. Néstor but de l'eau à sa gourde.

« Il est triste qu'il faille tuer d'autres hommes pour défendre une cause, si juste soit-elle », dit-il en revissant le bouchon de la gourde.

Tour prend fou. Il regretta presque aussitôt cette attaque hardie – il allait se faire bouffer tout cru, mais il avait exprimé le fond de sa pensée.

« Tu voudrais quoi ? pouffa le Che. Des révolutions de salon ?

— Il doit y avoir d'autres moyens.

— Tu crois peut-être que les dictateurs sont prêts à abdiquer sans combattre ? »

Cavalier prend reine.

« Non, reconnut Néstor. Mais je le déplore.

— Parfois, les révolutions sont moches, mais la liberté est à ce prix. »

Néstor attendait cet argument, comme un chat attend que le mulot sorte de son trou. Il asséna : « Certains philosophes ne sont pas de cet avis. Kant, par exemple. Pour lui, toute action doit trouver sa justification en elle-même et non dans sa finalité. Dans cette optique, faire son devoir, ce n'est pas rechercher le meilleur résultat, mais agir selon un code moral, respecter la personne humaine, ne pas la réduire à un instrument de notre volonté. »

Tour prend tour.

« L'impératif de la raison, répondit le Che en hochant la tête, comme s'il était d'accord. Moi, je crois au contraire que tout est justifiable du moment que l'on recherche le bien commun, le bonheur du plus grand nombre. On appelle ça l'utilitarisme, mon jeune camarade qui-ne-mâche-pas-ses-mots. »

Néstor se demanda s'il n'avait pas été trop loin.

Et si cet homme cherchait à me faire tenir des propos séditieux pour me punir ensuite, ou même me faire fusiller ?

Il essaya de déchiffrer l'expression du Che qui le regardait, du haut de son cheval, un sourire fatigué sur le visage. Le sourire paraissait bienveillant et non sournois.

« Ne t'inquiète pas, lui dit le commandant, comme s'il avait deviné ses craintes. Je ne suis pas en train de te tester. Tu as de la culture et c'est agréable pour moi d'avoir un interlocuteur de ta qualité… »

Néstor rosit de fierté. Son buste s'était redressé tout seul, en dépit du poids du paquetage.

Le Che questionna : « Tu as lu John Stuart Mill ?

— Non.

— Tu devrais. C'est lui qui a le plus écrit sur l'utilitarisme. Cela remet Kant en perspective, je t'assure. »

Sûrement bien pratique pour laver sa conscience, songea Néstor.

« L'histoire nous a enseigné ceci, déclara le Che d'un ton docte. La violence est le moteur du progrès. On ne fait pas reculer les champs du possible en douceur.

— Les yankees pourraient justifier de cette manière la conquête de l'Ouest, l'expansionnisme…

— Non, tu ne peux pas comparer le génocide d'un peuple avec notre lutte. Nous ne nous croyons pas au caractère divin de notre mission. Il n'y a pas de "destinée manifeste" dans la révolution cubaine. Nous luttons pour la liberté et l'égalité. Point. »

Cavalier prend fou. Néstor réfléchit.

« Fallait-il vraiment fusiller tous ces gens, à la Moncada ? » demanda-t-il.

Cette fois, il avait peut-être vraiment dépassé les bornes. Il attendit la réaction du Che, une boule d'angoisse dans la gorge, mais ce dernier ne paraissait ni choqué, ni en colère.

« Oui, il le fallait, répondit-il d'une voix grave. Ils ont fait bien pire que nous du temps de Batista. Ils ont eu un procès.

— Avaient-ils une chance de s'en tirer ?

— Non. Mais la justice révolutionnaire est une justice véritable. Elle n'est pas rancœur ou débordement malsain. Quand nous infligeons la peine de mort, nous le faisons correctement.

— Même durant l'"opération-vérité", en janvier 1959 ? »

Peu de temps après le renversement du dictateur, un grand tribunal public avait été organisé au Palais des sports de La Havane, devant dix-huit mille spectateurs et toute la presse internationale. Trois cents accusés étaient passés en jugement sous les huées de la foule qui interrompait les plaidoiries. Un vrai cirque romain.

« C'était une erreur, reconnut le Che. Ce procès aurait dû se dérouler à huis clos. »

Ce fut au tour du *comandante* de réfléchir durant de longues secondes au terme desquelles il lâcha :

« Je vais te dire quelque chose, Néstor. Tu es comme ces gens qui veulent la pluie sans le tonnerre et les éclairs. Mais ce n'est pas possible. On ne peut pas avoir l'océan sans le terrible rugissement de ses eaux immenses, et ce rugissement, c'est celui de tous les peuples opprimés qui se soulèvent et se soulèveront encore jusqu'à ce que la justice règne enfin sur la Terre. »

Échec et mat.

C'était une très jolie tirade, et il y avait sans doute du vrai là-dedans, mais c'était une chose de voir le chaos comme un mal nécessaire et une autre d'y prendre goût. Et Néstor pensa que l'homme qui chevauchait à côté de lui, ce joueur d'échecs aguerri, cet idéaliste en quête de croisades périlleuses, n'aimait rien de plus au monde que le chaos. Dans un monde calme et apaisé, il aurait perdu sa raison d'être.

Néstor garda ses réflexions pour lui.

7.

L'*Ambos Mundos* se trouvait dans La Habana Vieja, et Robert Stone dut traverser à nouveau une bonne partie de la ville pour s'y rendre. Il renonça très vite aux *guaguas*, ces autobus surchargés. Il y avait trop de monde, aussi bien dans les engins que sur leurs toits. L'Américain choisit de prendre un taxi à la place. Le véhicule en question était une Oldsmobile. Son compteur – sans nul doute trafiqué – tournait un peu vite, mais Robert Stone laissa filer ; il n'allait pas se bagarrer pour quelques pesos. Au final, l'Agence réglait la facture.

Le taxi remonta la longue, très longue, Calle Neptuno. Le chauffeur, un gros homme qui semblait dégouliner de partout, n'était pas bavard, et Robert Stone aimait autant ça. Son sac reposait à côté de lui, sur la banquette arrière, avec ses affaires de rechange et son appareil photo. Il planquait son arme fétiche, un .38 à canon court, dans un holster logé au creux de l'aisselle. Il nota qu'il y avait des tas de cyclo-pousse dans les rues. Certains étaient motorisés : des scooters tricycles jaunes en forme de noix de coco, équipés de banquettes à l'arrière. Un petit toit protégeait les clients des intempéries autant que du soleil. Beaucoup moins stressés que leurs homologues new-yorkais, les chauffeurs restaient cool en toute circonstance. Les rues grouillantes de la vieille ville donnaient à La Havane de faux airs de Saigon, version Caraïbes. Robert Stone n'était jamais allé là-bas, mais c'est ainsi qu'il imaginait la circulation dans la capitale du Vietnam.

Le taxi prit la Calle O'Reilly et tourna sur la droite avant d'arriver à la Plaza de las Armas. Robert Stone regarda sa montre. Il était 11 heures. Le chauffeur l'arrêta devant l'*Ambos Mundos*, quatre étages de crépi rose qui faisaient l'angle des rues Obispo et Mercaderes. Robert Stone paya la course et posa son sac sur le trottoir. Il avait une heure à tuer, si son contact ne s'était pas trompé. Il décida de rester dans les parages et fit un tour jusqu'à la plaza. L'architecture coloniale était partout. Le nez en l'air, Robert Stone admirait les toits, les frises, les encadrements de fenêtres originaux, les balcons en fer forgé… Les murs se badigeonnaient de coloris pastel fanés. Le soleil brillait à son zénith et aucun pan de rue ne lui échappait. Les ombres étaient dures et noires, réduites à leur strict minimum. Robert Stone avait l'impression de traîner à ses pieds une flaque mouvante de goudron. Il sentait la chaleur peser sur son crâne brûlant et se dit qu'il aurait dû acheter un chapeau. Il déboucha sur la grande place par le sud-ouest, là où l'esplanade était tapissée de pavés de bois. À sa gauche un *palacio* baroque exhibait son porche encadré de colonnes. La place était pratiquement déserte, contrairement aux petites rues. Un cireur de chaussures attendait d'éventuels clients. Il s'épongeait le front en fumant une cigarette. Il y avait aussi un vendeur de ballons, assis au bord d'une fontaine. Des pigeons arpentaient les pavés de bois par petits groupes ou en solitaires. Des MP patrouillaient non loin de la statue de Carlos Manuel de Céspedes. Les hommes de la police militaire contrôlèrent un barbu qui se promenait en bordure du jardin public. L'homme trimballait une sorte de casier à bretelles rempli de confiseries, de cigarettes et de billets de la loterie nationale. Les policiers discutèrent avec lui durant quelques secondes puis, sans transition, il cria « *¡ Viva Fidel !* » avant de disparaître dans une boule de feu jaune orangée qui avala aussi les MP. Robert Stone sentit le souffle chaud de l'explosion lui gifler la face. Il avait fait un bond en arrière et cligna des yeux, ahuri. Ses oreilles bourdonnaient. Trois corps brûlaient par terre et une fumée noire, charbonneuse, s'en élevait. Les pigeons fuyaient dans un concert de battements d'ailes qui évoquait des gants que l'on claque l'un contre l'autre. Il y eut des coups de sifflet, une grande agitation et des militaires déboulèrent de tous les côtés en même temps. Robert Stone avait lâché son sac. Il le ramassa et battit en retraite sans être inquiété. L'odeur âcre de la chair carbonisée irritait ses narines. Il revint sur ses pas en maîtrisant des haut-le-cœur. Il avait besoin de boire ; il s'engouffra dans le premier bar venu, un endroit sombre et bondé. L'endroit sentait le vieux. Tout était vieux ici : le comptoir, les clients, la toile cirée sur les tables... Robert Stone se posa lourdement sur un tabouret vide et commanda un cognac. L'alcool lui fit du bien. Il recouvrait ses esprits peu à peu. Les voix reprenaient une tessiture normale. Les habitués du coin exhibaient un festival de faciès patibulaires et jetaient au nouveau venu des regards peu amènes. Ils n'avaient pas interrompu leurs jeux de cartes, pas plus que ceux avec plusieurs dés qu'ils secouaient dans un cornet avant de les faire rouler, et ils parlaient entre eux, à voix basse, en donnant des coups de menton en direction de Robert Stone. On entendait les sirènes d'une ambulance qui arrivait trop tard. Il y avait un canari en cage, au-dessus du bar. L'oiseau émettait des trilles joyeux, mais il semblait vieux, lui aussi, comme tous les objets et les êtres vivants qui peuplaient cet établissement. Robert Stone but un deuxième cognac puis il alluma une cigarette.

Castro a encore beaucoup de partisans dans les villes, et il n'y a rien de mieux qu'une invasion pour souder le peuple, pensa-t-il. *Il va y avoir un deuxième Vietnam ici. Un Vietnam à nos portes. C'est une sale histoire, parce qu'il n'y a aucun moyen de s'en sortir la tête haute. Je n'aimerais pas être à la place des généraux et encore moins à celle des politiciens. Ils se sont fourrés dans un drôle de bourbier… Castro est trop populaire, et c'est Cartwright qui avait raison, je crois, dans le fond. Ils auraient dû laisser le temps au* Líder Máximo *de se mettre plus de monde à dos. Les révolutionnaires ne sont pas faits pour l'exercice du pouvoir. Il n'y avait qu'à attendre que le fruit mûrisse pour le cueillir. Là, on va droit à la boucherie.*

Les clients du bar murmuraient entre eux en continuant de reluquer Robert Stone d'un sale œil. L'oiseau avait arrêté de chanter, comme s'il voulait lui aussi manifester son hostilité à l'égard de l'étranger. Celui-ci paya ses consommations et s'en alla. Il retrouva la lumière et les couleurs de la rue avec soulagement, même si ses yeux avaient du mal à s'habituer au changement de luminosité. Le calme était revenu, et Robert Stone retourna à l'*Ambos Mundos*, son sac à l'épaule. Il était sur le qui-vive, cette fois, beaucoup moins détendu qu'à l'aller. Des vendeurs ambulants proposaient du poulet, du porc, du riz ou des haricots noirs. Les plats sentaient bon, mais Robert Stone dépassa ces étals sans ralentir car l'incident de la Plaza lui avait coupé l'appétit.

Quand il parvint devant l'*Ambos Mundos*, il vit l'écrivain qui prenait le soleil sur le trottoir, son sac de voyage posé à côté de lui. Hemingway avait le visage tourné vers le ciel, comme s'il cherchait à faire rissoler sa tache rouge qui ressemblait à de la couperose, et il avait les mains dans les poches. Il portait une chemise blanche et un pantalon gris. À la fois décontracté et chic.

Il a du goût en matière de vêtements, pensa Robert Stone.

« Qu'est-ce que vous foutez là ? jeta Hemingway.

— Je pourrais vous retourner la question. On dirait que vous attendez quelqu'un. (Il montra le sac.) Vous êtes sur le départ ?

— Ouais.

— Très bien. Où allons-nous ?

— *Nous* ?

— Oui, *nous*. Vous écrivez, je prends les photos. Nous formons une équipe, je vous le rappelle. Votre accréditation, c'est moi.

— Vous savez que vous êtes un emmerdeur de première ?

— Oui, je suis au courant. Ce que je ne sais pas, c'est où nous allons.

— Surprise.

— Je n'aime pas les surprises.

— C'est votre problème.

— On va jouer à ce petit jeu longtemps, dites ?

— Abattez vos cartes et je vous répondrai.

— Je demande juste à faire mon travail.

— Lequel ?

— Les photos.

— Nous tournons en rond.

— Là, je suis d'accord. »

Hemingway gonfla sa puissante poitrine. « Si vous tenez à m'accompagner, apprenez à la mettre en veilleuse, Hooper, d'accord ? »

Robert Stone ne chercha pas à répliquer.

« Vous êtes tout pâle, reprit Hemingway. Vous avez entendu l'explosion ?

— Oui. C'était pas le canon de San Carlos.

— Où est-ce que ça a pété, cette fois ?

— Sur la Plaza... »

Hemingway hocha la tête.

« Ça arrive souvent ? questionna Robert Stone.

— Quasiment tous les jours. À mon avis, ça ne fait que commencer. Les gens d'ici savent bien qui était derrière la brigade 2506.

— Qui, d'après vous ?

— *Los Estados Unidos*. La United Fruit. Texaco... Vos petits copains de la CIA !

— Je vous ai déjà dit que... »

Robert Stone s'interrompit. Une Chevrolet décapotable noire, modèle Impala, freinait devant les deux hommes. Gregorio Fuentes était au volant.

« *¡ Amigo !* » lança Hemingway.

Le conducteur avisa Robert Stone. On pouvait deviner son regard étonné derrière ses lunettes de soleil.

« *¿El yankee viene con nosotros ?* grogna-t-il.

— *Muy probable*, soupira Hemingway.

— Vous ne pouviez pas trouver plus discret comme véhicule ? râla Robert Stone.

— Si on doit se faire zigouiller dans une bagnole, autant en choisir une qui a de la gueule.

— Qui parle de se faire zigouiller ?

— Moi.

— C'est donc si dangereux, là où on va ?

— Ça pourrait le devenir. »

Hemingway jeta son sac sur la banquette arrière. Robert Stone fit de même. L'écrivain monta à l'avant pendant que Stone prenait place à l'arrière et Fuentes démarra en trombe.

« La nourriture est dans le coffre ? demanda Hemingway.

— *Sí, Papá*, répondit son chauffeur.

— Et les jerricanes d'eau ?

— *También.*

— Et la tente ?

— *También.*

— La tente ? hoqueta Robert Stone. Vous comptez nous faire camper ?

— Là où on va, il n'y a pas de trois-étoiles, Hooper.

— Là où on va, là où on va… Ça vous arracherait la bouche d'être plus précis ?

— Patience, monsieur Hooper, patience… »

Robert Stone comprit qu'il n'en apprendrait pas davantage. Il enfourna un chewing-gum dans sa bouche puis se mit à le mâcher hargneusement.

Ils sortirent de la ville sans encombre. Les habitations devenaient de moins en moins jolies. Slalomant entre des tas de charbon, des enfants morveux couraient après des volailles au cou déplumé devant des baraques à toit de tôle ondulée. Les eaux usées se déversaient dans le lit de ruisseaux puants. La pauvreté et la crasse semblaient omniprésentes. Même les palmiers paraissaient misérables, avec leurs feuilles jaunies et craquelées.

Les oubliés de la Révolution, songea Robert Stone.

Comme il le subodorait, la voiture prit la direction de l'est.

Ils passèrent devant une enceinte grillagée dont la partie intérieure brillait de mille feux.

« Qu'est-ce que c'est que ça ? demanda Robert Stone.

— Une décharge d'enseignes au néon, dit Fuentes. On les stocke là depuis que les casinos ont fermé. »

Le monticule de tubes de toutes les couleurs et de toutes les formes devait mesurer quatre à cinq mètres de haut. Réfractée par le verre, la lumière émise par les néons morts était éblouissante.

Un cimetière de néons… Ils brillent toujours, comme les étoiles mortes, pensa Robert Stone.

Il ferma les yeux, mais la rémanence des éclats lumineux s'était imprimée sur sa rétine.

8.

Vous suffoquez, ni plus ni moins. Vos voies respiratoires s'étiolent. Vos bronches se chargent de mucus. Un boa constrictor resserre son étreinte autour de votre poitrine. Vous connaissez bien cette sensation. Vous avez appris à vivre avec depuis votre plus jeune âge. Le premier mot que les jeunes enfants prononcent est souvent « maman » ou « papa ». Vous avez distinctement articulé « piqûre » à deux ans. Vous auriez pu accepter d'être une victime toute votre vie. Vous avez refusé. Vous avez dit non, ou plutôt votre mère, Célia de la Serna, a dit non pour vous quand elle a cessé de vous couver, quand elle vous a enfin laissé voler de vos propres ailes et vous jeter à corps perdu dans le sport, les voyages… C'est durant l'un d'eux que la misère du peuple sud-américain vous a sauté à la figure, allumant un brasier qui ne s'est depuis jamais éteint. Vous avez côtoyé les mineurs de Chuquicamata, au Chili, ainsi que les lépreux relégués au fin fond de l'Amazonie. Il y a eu des moments difficiles, dans la cordillère des Andes, quand vos crises étaient si violentes que votre compagnon de route pensait que vous ne passeriez pas la nuit. Mais vous n'avez pas baissé les bras. Vous avez tenu bon. Vous luttez, car vous savez que vous êtes plus fort que la maladie. Dans un sens, vous pouvez dire merci à la maladie. Elle vous a aidé à vous forger une volonté d'airain. Il n'y a pas de fatalité. On est l'homme que l'on veut être. Vous êtes aussi dur avec vous-même qu'avec les autres. Un chef doit donner l'exemple. Vous aimez vous surpasser. Il y a eu le rugby, d'abord, en Argentine, et les longues randonnées dans les montagnes mexicaines, un bon entraînement pour ce qui vous attendait : la lutte armée dans la Sierra Maestra... peut-être la meilleure période de votre vie. Oui, la guérilla était bien plus palpitante que vos hautes fonctions à la Banque nationale ou au ministère de l'Industrialisation, une fois Batista chassé du pouvoir. Plus palpitante encore que les voyages diplomatiques en Europe, en Afrique ou en Asie, même si vous aimiez ça. L'effort physique couplé à un idéal, il n'y a que ça de vrai... Vous évoquez ces souvenirs et vous essayez de vous redonner du courage pendant que votre poitrine brûle et que le cahot monotone de la monture vous berce. Un nouveau combat a commencé. Une nouvelle aventure. Fidel a pris goût aux dorures des palais. Pas vous. Vous seriez reparti, un jour ou l'autre, pour aider des rebelles – n'importe quels rebelles – en Afrique ou sur votre continent natal. Dans vos poches, il y a vos carnets de notes – vous consignez tout, au jour le jour, aussi bien pour vous-même que pour la postérité – et des livres. Vous avez toujours aimé lire. Les textes politiques ont remplacé les romans d'aventures de votre jeunesse – vous aviez un faible pour London et Verne. Vous lisez et relisez Marx. Vous aimez également Fourmanov, Ostrovovski et Makarenko. Le Catéchisme révolutionnaire *de Sergueï Netchaïev demeure votre bible :* « Le révolutionnaire est un homme perdu d'avance. Il n'a pas d'intérêts particuliers, d'affaires privées, de sentiments, d'attaches personnelles, de propriétés. Il a perdu tout lien avec l'ordre public et le monde civilisé dans son entier, avec toutes les lois, convenances, conventions sociales et règles morales de ce monde. »*Tel est votre credo. Les combats perdus d'avance ne sont-ils pas les plus beaux ? Vous pensez que l'on peut décider de sa mort aussi aisément que de sa vie. C'est dans votre logique, et vous voyez déjà votre ultime moment avec une netteté fulgurante : une fin glorieuse, le fusil à la main, en combattant pour la cause des opprimés. Une balle vous fauchera et votre exemple galvanisera la jeunesse du monde entier. Vous serez un étendard pour les nouvelles générations. Oui, pensez-vous, si on peut forger sa vie et sa mort, on peut également semer les graines de sa propre légende…*

Voilà ce que c'est, d'être Ernesto Guevara.

Voilà ce que c'est, d'être le Che.

« Che ? »

Le *comandante* émergea de la torpeur qui l'avait enveloppé, pareille à une couverture tiède et épaisse.

« Che ? »

Il était toujours à cheval, progressant avec sa colonne sous un dais de grands feuillages verts et bruissants. Filtrée par les frondaisons, la lumière dessinait une dentelle jaune sur les troncs et la terre grasse de l'Escambray. Le Che était hypnotisé. Toute cette lumière qui brillait devant ses yeux fiévreux ressemblait aux miroitements du soleil sur une étendue d'eaux calmes.

« Nous arrivons, *amigo*… »

Le Che reconnut la voix de Juan Almeida. Il voulut répondre « d'accord », mais expulsa une rafale de toux à la place. L'air qui sortait de sa poitrine sifflait comme un pneu de vélo crevé sur lequel on fait pression. Il tapota les fontes latérales de sa selle et lâcha : « Ma trousse… »

Sa voix était crissante, désagréable à l'oreille, à peine portée par un filet d'air. Il tira sur les rênes de son cheval pour le stopper. La monture s'arrêta, raclant le sol de ses sabots. Almeida fouilla et trouva antiallergiques, Ventoline, Intal et inhalateur. Il donna ce dernier au Che qui aspira un grand coup.

« Merci, Juan », dit le Che, une fois l'étau enserrant ses poumons relâché.

L'air circulait de nouveau. Il brandit l'inhalateur. « Sans ça, j'ai le diable qui pénètre en moi. »

Almeida sourit et le Che rangea le précieux objet dans sa pharmacie ambulante. Il respirait nettement mieux à présent. D'un coup de talon, il fit repartir son cheval au pas. Il remarqua que Néstor, le jeune cameraman, marchait à côté de lui et le regardait d'un air de petit garçon inquiet. Tout le monde le regardait d'un air inquiet. Il se redressa sur sa selle, dévissa le bouchon de sa gourde et but. Il devait tenir encore quelques minutes. Le campement était tout proche, si Almeida n'avait pas menti. Mais il se sentait fatigué et trempé de sueur, avec, par moments, la tête qui tournait. Transpirer et attendre : les deux mamelles de la guerre tropicale. Les accrochages avec l'ennemi demeuraient rares et, la plupart du temps, fulgurants. La décharge d'adrénaline laissait les survivants vidés, exsangues, mais il fallait se déplacer, encore et encore, toujours bouger. La puanteur des corps non lavés imprégnait les vêtements. La faim et la soif étaient de fidèles compagnes.

Les feuillages s'écartèrent une dernière fois et le Che eut l'impression de voyager dans le temps. Le campement ressemblait à son ancien quartier général de la

Sierra Maestra : mêmes cabanes aux toits recouverts de longues feuilles pour les dissimuler aux yeux de l'aviation, même agitation fébrile. Il y avait aussi des tentes de couleur kaki attachées à des piquets. Des bâches étaient tendues quatre à cinq mètres au-dessus du sol à différents endroits du camp. Elles protégeaient les feux de la pluie et servaient également de filets de camouflage. Les hommes étaient rassemblés par groupes de cinq à six, mais ils pouvaient aussi s'isoler quand ils désiraient un peu d'intimité. La cabane du chef était surélevée, avec un petit escalier menant à une sorte de balcon qui faisait le tour de la maison. Des guérilleros en treillis entraient et sortaient des cabanes, et chacun semblait savoir ce qu'il avait à faire. Une sellerie artisanale confectionnait des cartouchières, rafistolait les chaussures et fabriquait des casquettes en cuir. Deux hommes dépeçaient une carcasse de bovin suspendue à une solide branche basse pendant que deux autres touillaient le contenu d'une marmite fumante. Plus loin, un groupe s'entraînait au maniement des armes et, plus loin encore, on défilait au pas en entonnant des chansons à la gloire de la Révolution. Toutes ces activités cessèrent dès que l'avant-garde des colonnes 4 et 5 apparut. Comme chaque fois qu'ils se retrouvaient, les hommes s'étreignaient et se donnaient des tapes viriles dans le dos. En guise de cadeau de bienvenue, les guérilleros éreintés recevaient un cigare ou de la nourriture.

« *¡ Amigo !*

— Comment va Miguel ?

— Mort.

— Et Juan ?

— Disparu. On n'a pas de nouvelles.

— *Maldidos yankees…* »

Attiré par le remue-ménage, Fidel sortit de sa cabane, à n'en point douter l'habitation la plus spacieuse du lot. « Che ! cria-t-il. Che ! »

L'Argentin descendit de cheval, un sourire douloureux aux lèvres. Fidel se précipita vers lui et ils tombèrent dans les bras l'un de l'autre. Un *abrazo*. Deux grands fauves – un lion et une panthère – en train de se faire des léchouilles.

« Tu as une mine terrible, dit Fidel.

— J'ai eu une crise… Toute cette humidité, c'est mauvais pour mon asthme.

— Tu ne te ménages pas assez.

— Je me reposerai quand la guerre sera finie.

— Je te répète ce que je te disais déjà du temps de la Sierra Maestra : tu en fais trop. Tu veux toujours trop en faire.

— Je suis trop vieux pour changer.

— Ha ha, mais non, tu n'es pas vieux.

— J'ai pourtant l'impression d'avoir vécu dix vies. »

Autour d'eux, les guérilleros continuaient de savourer la joie presque enfantine de leurs retrouvailles.

« Tu veux manger quelque chose ? demanda Fidel. Tu dois être affamé !

— Plus tard. »

Les hommes d'Almeida et les siens posaient leur barda puis s'asseyaient par terre, dos contre un arbre le plus souvent. Ceux qui avaient mal aux pieds enlevaient leurs chaussures pour contrôler l'étendue des dégâts. Il y avait un attroupement autour de la marmite. Les nouveaux arrivants sortaient leur gamelle et leurs couverts en fer-blanc dans un bruit de métal entrechoqué. Les conversations continuaient, enflaient. Les dernières nouvelles se répandaient dans le campement comme un feu de broussailles.

« Vous avez eu les *bandidos* ?

— Oui, une embuscade. Fidel avait tout prévu.

— Et les yankees ?

— Pas de contact.

— L'aviation ?

— Elle patrouille. On entend un appareil de reconnaissance qui passe, de temps en temps. On éteint les feux et on se cache. Jusqu'ici, ils ne nous ont pas repérés. »

Fidel échangea quelques mots avec Juan Almeida. Il se grattait la barbe en écoutant le rapport du commandant. Puis il revint vers le Che qui l'attendait, l'épaule appuyée contre le tronc d'un palmier.

« Viens, allons nous asseoir et discuter », dit-il. Les deux hommes trouvèrent un banc grossièrement équarri que l'on avait posé sous un bel arbre. « Là. »

Ils s'assirent. Fidel sortit deux cigares d'une des poches de son uniforme puis se ravisa.

« Non, pas avec ton asthme. (Il rangea les cigares.) Tu m'inquiètes, Che.

— Ne t'en fais pas, ça va aller. »

Mais son visage blême et ses traits creusés criaient haut et fort le contraire. Fidel lui tapota le bras de sa grosse pogne. Ils ressemblaient à deux vieux amis assis sur un banc pour papoter, comme on en voit dans n'importe quel village.

« Alors, tu as débusqué les *bandidos* ? questionna le Che.

— Oui, répliqua Fidel, la lippe méprisante. Izaguirre est mort tout seul, dans la forêt. C'était une petite affaire. Une formalité. Reste à combattre les Américains à présent.

— Cette fois, ça va être dur, grimaça le Che. Bien sûr, quand je m'adresse aux hommes, je laisse mes doutes de côté. Je leur dis que la volonté est la meilleure garantie de victoire, tu connais le refrain…

— C'est la vérité.

— Oui, c'est la vérité, mais le combat va être très dur. »

Fidel haussa les épaules. « Ça l'était déjà du temps de Batista, dit-il.

— Les Marines ne sont pas les *casquitas* de Batista. Ils ont un meilleur entraînement et un meilleur équipement.

— Nous sommes mieux préparés, nous aussi. Rappelle-toi : quatre-vingts pauvres bougres échoués sur une plage, dégobillant tout ce qu'ils avaient dans le ventre avant même d'avoir tiré le premier coup de feu. Et pourtant nous avons gagné. Contre toute une armée ! Nous avons changé l'histoire. Personne n'aurait parié sur nous, à l'époque. »

C'était la vérité. Quand on y songeait, leur aventure tenait du miracle.

« Nous avons l'expérience de la guérilla, à présent, poursuivit Fidel. Nous connaissons le terrain. Le peuple entier est derrière nous. Les paysans nous soutiendront, comme en 1957…

— Les paysans de l'Escambray… fit Guevara avec une moue, comme si on venait de lui soumettre un aliment au goût douteux.

— D'accord, ils ne valent pas ceux de l'Oriente, le vrai socle de la Révolution. Mais ils nous soutiendront. Ils n'aiment pas voir les yankees parader sur leur sol.

— L'Escambray n'est pas la Sierra Maestra. Moins de défilés…

— Et "chaque défilé est un Thermopyles en puissance", je connais : la formule est de moi. Mais il y a la forêt. La forêt est bonne pour les embuscades. J'ai pensé à de nouvelles tactiques. Je t'en parlerai plus tard. (Une pause.) Et n'oublie pas l'opinion internationale. Elle ne voit pas d'un très bon œil l'invasion yankee.

— J'ai peur que nous ne puissions compter que sur nous-mêmes.

— Pour l'instant, mais ça va changer.

— Il faudrait que les Soviétiques nous aident.

— Ils nous aideront, approuva Castro. Ils le font déjà. Cette fois, nous n'aurons pas de problèmes pour financer la guérilla, je te l'assure.

— Ce n'est pas suffisant. Les Soviétiques doivent forcer le blocus. Il faut répondre à la force par la force. Les puissants ne comprennent que ce langage-là.

— Khrouchtchev marche sur des œufs. Mets-toi une seconde à sa place.

— Pfff, ne me parle pas de cette foutue "coexistence pacifique", mon ami. Kennedy l'a rompue en nous attaquant.

— Je suis d'accord avec toi, Che, mais dis-toi bien une chose : nos frères soviétiques savent se montrer intraitables quand il le faut. Tu connais l'anecdote de Staline et son fils ?

— Non. »

Un sourire carnassier s'épanouit entre les poils de barbe de Fidel. Il raconta : « Le fils de Staline était lieutenant dans l'Armée rouge durant la Seconde Guerre mondiale. Quand il a été capturé par l'ennemi, les Allemands ont proposé de l'échanger contre le feld-maréchal von Paulus, qui était lui-même retenu prisonnier par les Soviétiques. Tu sais ce qu'a répondu Staline ? "On n'échange pas un lieutenant contre un maréchal" ! Son fils est mort quelque temps plus tard, électrocuté sur des barbelés en essayant de s'évader.

Voilà de quoi sont capables les Soviétiques. Ils ne pleurnichent pas comme les Américains dès qu'on rapatrie trois soldats morts sous la fermeture Éclair d'une housse. »

Le Che toussa dans son poing. Il ne paraissait pas convaincu. « Khrouchtchev n'est pas Staline, dit-il.

— Certes. Mais, heureusement pour nous, Kennedy n'est pas Roosevelt, ni même Churchill... » Fidel prit un air inspiré : « Kennedy a commis une erreur tactique. Les yankees vont se diviser de l'intérieur, c'est couru d'avance. Personne en Amérique n'a envie de voir s'ouvrir un front à quatre-vingt-dix miles de Miami. Personne. Je suis sûr que Kennedy lui-même, dans le fond, n'en a pas envie. Il a attaqué "à reculons". Il a dû se laisser manœuvrer par la CIA. Cela va jouer en notre faveur. Les Américains veulent leur tranquillité, leurs jeux télévisés et leur Coca-Cola. Ils n'ont aucune envie d'envoyer leurs enfants se faire tuer chez nous ! (Il hocha de nouveau la tête, comme s'il cherchait à se persuader de la validité de ses arguments.) Oui, l'opinion publique ! À cause d'elle, les États-Unis sont un colosse aux pieds d'argile.

— Peut-être.

— C'est sûr. Tu verras, fais-moi confiance.

— Je te fais confiance, Fidel, tu le sais. Plus qu'à moi-même. »

Fidel sourit.

« *Hermano*. » Il vit que le Che piquait du nez. « *¿ Hermano ?* »

Il rattrapa son ami avant que ce dernier ne tombe du banc.

« Infirmier ! cria Fidel. Infirmier ! »

9.

La voiture avait emprunté la *Carretera central* qui traversait l'île d'ouest en est. L'état de la route laissait à désirer et Robert Stone avait cessé de compter les nids-de-poule. Pour l'heure, le trio roulait au milieu d'une plaine qui alternait les paysages domestiqués par l'homme et d'autres plus sauvages. Les couleurs se superposaient comme les couches d'un mille-feuille : vert tendre d'une rangée de palmiers, puis une bande de terre couleur brique, puis une forêt de pins et, au-dessus, le ciel d'une pureté limpide, très clair, dans lequel tournoyaient des rapaces. Des paysans étaient visibles çà et là, petites silhouettes en habits blancs coiffées de grands chapeaux. Robert Stone sortit son appareil. Après tout, il était censé prendre des photos. Il isola successivement dans son téléobjectif un groupe d'hommes, machette sur l'épaule, un moulin à sucre et un vieux qui conduisait une charrette. Cela ne servait à rien – ces clichés ne seraient jamais publiés nulle part –, mais, au bout d'un moment, il se prit au jeu. Il essayait de choisir le temps de pause adéquat et de créer des compositions d'image correctes. Il connaissait les règles de base : ne jamais centrer son sujet, pas plus que la ligne d'horizon. La plaine respirait la tranquillité, et cette atmosphère champêtre aurait presque pu faire oublier la guerre. Robert Stone rangea le Leica. Le contact dur de l'arme logée sous son bras lui rappelait sa véritable identité. Hemingway s'était assoupi, le menton sur la poitrine, et Fuentes avait allumé la radio. Robert Stone regarda les mains du conducteur, sur le volant. Elles étaient couturées de fines cicatrices creusées par des lignes de pêche. Le vieil homme fredonnait un air de rumba, peu désireux d'engager la conversation avec l'étranger. Ce dernier ferma les yeux, pencha la tête en arrière et offrit son visage aux feux du soleil autant qu'aux caresses rafraîchissantes de la vitesse. La peau lui cuisait, mais il se sentait bien, étrangement détendu.

Hemingway se réveilla en milieu d'après-midi. Il paraissait désorienté.

« Où allons-nous, bon sang ?

— Vers l'est, *Papá*, répondit Fuentes.

— Et lui, qui c'est ?

— Le photographe yankee.

— Ah oui… Bien sûr… »

Fuentes tendit une casquette à l'écrivain.

« Mettez ça, *Don Ernesto*. Le soleil cogne. »

Les électrochocs de la clinique Mayo, songea Robert Stone, et il éprouva une pointe de pitié pour *El señor Papá* qui paraissait très vieux, gâteux, raviné.

Hemingway mit la casquette.

« Buvez, lui dit Fuentes. Il faut boire. »

Une fois encore, l'écrivain obéit.

Ils bifurquèrent vers le sud avant Santa Clara, roulèrent une bonne heure, puis reprirent la direction de l'est sur une route secondaire. Une unique montagne surélevait à présent la ligne d'horizon. Elle était vert foncé sur le fond bleu du ciel à peine interrompu par quelques nuages blancs et effilés. La ligne marron de la route était la seule note de couleur tranchant avec le vert omniprésent de la végétation. Les plaines comptaient beaucoup moins d'arbres que de buissons et, dès que l'on abordait une pente ou les contreforts d'une montagne, la végétation se mettait à broussailler comme les poils dans la barbe d'un guérillero.

La Chevrolet dépassa une autochenille. Le véhicule militaire gisait, renversé, sur le bas-côté de la route. Fuentes évita une dépression qui n'avait rien de naturel. Un cadavre avait été allongé plus loin, dans l'herbe, et seuls ses pieds dépassaient de la couverture remontée sur lui. Quelqu'un avait dérobé ses chaussures. Robert Stone imagina le corps gonflé, la décomposition accélérée par la chaleur. Les mouches festoyaient. Les rapaces aussi. Deux vautours à cou rouge – des urubus – se disputaient la primeur d'un morceau de choix à coups de bec.

La guerre est bien là, pensa l'agent de la CIA.

« Vous ne voulez toujours pas me dire quelle est notre destination ? soupira-t-il.

— Nan », répondit sèchement Hemingway.

Il avait mis du temps à se recomposer une attitude pleine d'assurance, mais à présent il était redevenu son propre personnage, et il l'interprétait mieux que quiconque.

« Accélère, disait-il au chauffeur. Il n'y a personne sur cette foutue route, alors accélère ! »

La voiture soulevait une tornade de poussière dans son sillage. Hemingway joua avec la molette de la radio. Il cherchait les derniers bulletins d'informations, mais n'obtint que des crachotements. Il venait à peine de couper le son quand les contours d'un barrage se dessinèrent, loin, au bout d'une longue ligne droite. Deux jeeps étaient stationnées en travers de la route.

Des MP en armes montaient la garde, et ils avaient l'air très jeunes dans leurs uniformes kaki. L'un d'eux se leva du capot sur lequel il était assis, jeta sa cigarette par terre et l'écrasa. Fuentes ralentit.

« Laissez-moi parler », dit Hemingway.

Robert Stone et le conducteur se tinrent cois. Ce dernier freina à trois mètres des jeeps.

« Je suis Ernest Hemingway, lança l'écrivain. Je couvre cette guerre pour *Esquire* et *Look*. (Il montra son badge de presse, puis ses compagnons.) Et voici Gregorio Fuentes, mon chauffeur, et Ron Hooper, photographe. »

Robert Stone sortit son accréditation. Le militaire qui avait écrasé sa cigarette salua les occupants de la Chevrolet comme s'il avait Patton en personne en face de lui.

« C'est un honneur, monsieur Hemingway », jeta-t-il, roide et rougissant. Il portait des insignes de lieutenant. Il examina les papiers et les rendit à leurs propriétaires. « Je suis désolé, monsieur, mais je ne peux pas vous laisser passer. À partir d'ici, la zone n'est plus sécurisée. Il y a des bandes de fidelistes qui rôdent un peu partout dans le *llano*. Des groupes isolés, peu nombreux, mais très agressifs. Je ne peux pas vous laisser prendre le risque de…

— Prendre des risques, c'est le propre d'un correspondant de guerre, mon garçon, le coupa Hemingway. Vous croyez que je n'ai pas pris de risques en Espagne et en Normandie ?

— Je sais, monsieur, mais j'ai reçu des instructions très strictes.

— Petit, j'ai participé à deux guerres mondiales, couvert le conflit en Chine et…

— Je suis désolé, monsieur », répéta le lieutenant.

Le moteur de la Chevrolet ronronnait en sourdine. Hemingway poussa un profond soupir. La moutarde lui montait au nez.

« Je vais devoir vous demander de faire demi-tour, reprit le jeune homme.

— *A sus órdenes* », grogna Hemingway. Il se tourna vers Fuentes : « Tu as entendu le lieutenant, Gregorio ?

— *Sí, Papá.* »

Fuentes recula, braqua à fond et repartit en direction de l'ouest. Hemingway ouvrit la boîte à gants puis en extirpa une carte détaillée de la région. Il chaussa ses lunettes.

« Ralentis, dit-il à son ami. J'y vois rien avec tous ces cahots. »

Fuentes leva le pied. Le doigt de l'écrivain glissait sur la carte, s'arrêtait, repartait.

« Tu continues pendant encore dix miles, environ, commenta-t-il. Puis on prendra à gauche, vers le sud. »

Robert Stone examinait la carte par-dessus l'épaule de Hemingway.

« Vous nous entraînez au milieu de nulle part, dit-il.

— C'est bien ça, l'idée », répliqua l'écrivain.

Ils roulèrent jusqu'à de vastes pâturages délimités par des fils de fer barbelés. Ces derniers étaient fixés sur des piquets ; un tous les cinq mètres environ.

« Ici, ça me paraît très bien », déclara Hemingway.

Fuentes donna un coup de volant et accéléra. Le fil de fer se rompit d'un coup, claquant comme une corde de guitare trop tendue pendant que ses torsades piquantes lacéraient la peinture de la Chevrolet.

« Cramponnez-vous », conseilla Hemingway.

Robert Stone n'avait pas besoin qu'on le lui dise. La voiture rebondissait sur les inégalités du terrain. Par endroits, le sol était durci et séché, cuit et recuit par le soleil. Cela ressemblait à des vagues de terre figées et ces petites buttes mettaient les amortisseurs à rude épreuve quand les mottes n'explosaient pas sous les roues. Le moteur rugissait par à-coups pendant que les passagers jouaient au tape-cul sur leur siège. La poussière et les brindilles mortes volaient dans tous les sens. Fuentes ne desserrait pas les mains du volant. Très concentré, le front encore plus plissé de rides qu'à l'ordinaire, il louvoyait entre les gros cailloux et les rochers qui affleuraient. La voiture entama une montée à plein régime, parut s'envoler une fois le sommet atteint puis la gravité réclama son dû et elle retomba lourdement, martyrisant la suspension déjà bien malmenée.

« Ça va durer encore longtemps ? s'impatienta Robert Stone.

— Il doit y avoir un chemin, derrière ces collines », répondit Hemingway en montrant une ligne de crêtes douces.

Mais il n'y avait pas de chemin de l'autre côté : juste de nouveaux pâturages.

La Chevrolet continua à cahoter sur le sol défoncé pendant plusieurs miles. Hemingway pestait en essayant de se repérer sur la carte. Le moteur se mit à fumer.

« Arrêtez-vous ! » ordonna Robert Stone.

Fuentes freina et se mit au point mort. La fumée était de plus en plus épaisse. Ils sortirent tous les trois du véhicule en chancelant, l'estomac barbouillé ; Fuentes souleva le capot et grimaça.

« *Está muerto, Papá*, dit-il.

— Ah, formidable ! s'exclama Robert Stone. Alors ça, c'est champion ! »

Hemingway ne répondit rien. Il se contenta d'enlever sa casquette et de s'éponger le front avec un mouchoir.

« Qu'est-ce qu'on fait, maintenant ? aboya Robert Stone.

— Un ton plus bas, voulez-vous ? » le doucha Hemingway. Il consulta de nouveau la carte. « On va rallier Potrerillo à pied. Là-bas, on pourra peut-être louer une voiture.

— Ben voyons ! Un bled où il y a sûrement plus de poules que d'habitants. Ils ont un concessionnaire Ford, à tous les coups !

— On achètera une camionnette à un paysan. Un tracteur, s'il le faut… Maintenant prenez votre sac et fermez votre gueule, Hooper.

— J'ignore toujours où vous comptez vous rendre, mais bravo pour l'organisation », lâcha Robert Stone entre ses dents serrées.

Hemingway le fixa. « Mon garçon, je ne sais pas ce qui me retient de vous flanquer une raclée.

— Peut-être le fait que je suis plus jeune, mieux bâti, en meilleure condition physique, et que je vous étalerais en moins de deux, tout Ernest Hemingway que vous êtes ! »

L'écrivain resta interdit durant une poignée de secondes puis il laissa échapper un rire bref et rugueux : « Ouais, ça doit être ça, dit-il en remettant sa casquette. N'empêche, prenez votre sac et fermez-la. »

Cette fois, Robert Stone obéit sans moufter.

10.

La crise était passée. Le Che se leva et vacilla sur ses jambes, saisi par un vertige. Il était encore faible. Il se rassit et drapa une couverture sur ses épaules. Il se trouvait dans une hutte sans fenêtre, mais la température ambiante laissait supposer que la nuit était tombée. Quelqu'un avait mis ses affaires – paquetage, livres, carnets, fusil… – à côté du lit de camp. Il y avait aussi un broc d'eau et une cuvette, posés à même le sol en terre battue. Le Che but un peu d'eau puis essaya de se remettre debout. Il tenait ferme sur ses jambes, à présent, et il respirait correctement. Il y aurait d'autres crises, bien sûr, car le combat était sans fin. Enfin, si, un jour, il y aurait une fin. Il étoufferait. Ou peut-être bien qu'une balle le tuerait avant ? Dans l'absolu, il préférait la seconde option. Une mort utile.

Arrête de penser à tout ça, se dit-il.

Il entendait la voix de Fidel filtrée par les cloisons de la cabane : une logorrhée ininterrompue, mais dont le rythme et les inflexions variées empêchaient la monotonie de s'installer. La couverture toujours sur les épaules, le Che ouvrit la porte et s'immobilisa, appuyé à l'encadrement de l'entrée.

Des feux éclairaient le campement. Plus loin, en bordure de la clairière, Fidel parlait devant les hommes rassemblés. Tous étaient de dos et regardaient leur chef. Fidel, juché sur des caisses de munitions, avait chaussé ses lunettes à grosse monture noire qui lui donnaient un air d'intellectuel type « rat de bibliothèque ». Il avait une forte présence physique et pourtant des gestes fluides de matador, des gestes presque féminins. Il était une curieuse accumulation de contrastes qui se conjuguaient à la perfection. Son poing virevoltait. Parfois, il levait l'index pour souligner son propos. Son buste oscillait d'avant en arrière, mais il était solidement campé sur ses deux jambes. Les mots sortaient de sa bouche comme d'une outre percée, et il s'enivrait de son propre discours.

« Il faut provoquer l'adversaire. Le forcer à bouger. C'est une des leçons que nous avons apprises à la Sierra Maestra. L'adversaire est fort lorsqu'il tient sa position, derrière ses lignes de défense. Il est faible quand il se déplace. Il faut le forcer à bouger pour l'attaquer au moment où il est le plus vulnérable. Il faut privilégier les embuscades en forêt. Il y a beaucoup de forêts, ici. Ils avanceront en file indienne. La végétation dense les empêchera de se déployer. Nous éliminerons leur avant-garde d'abord, nous les attaquerons en leur milieu puis nous donnerons l'estocade en prenant leur arrière-garde par surprise, quand ils commenceront à battre en retraite. »

Les mains de Fidel exprimaient tout ça. *Il a une adresse de prestidigitateur*, pensa le Che. Il revoyait dans sa tête le grand discours de Ciudad Libertad, les deux colombes venues se poser sur l'épaule du *Líder Máximo*… et l'oiselier placé derrière lui, caché aux yeux de la foule, dissimulant des appeaux destinés à attirer les volatiles. Guevara sourit. Il connaissait par cœur tous les « trucs » de cet homme, mais ne pouvait s'empêcher de l'admirer.

« La retraite est le moment où la troupe est démoralisée, continua Fidel. Elle ne pense qu'à retourner à son point de départ et son arrière-garde devient son avant-garde. »

Les hommes écoutaient, suspendus aux lèvres de l'orateur. Ils approuvaient ses paroles par des murmures d'assentiment ou des hochements de tête. Personne n'osait l'interrompre. Néstor Almendros filmait la scène avec sa petite caméra. Un spot couplé à l'appareil était braqué sur Fidel, mais cette lumière crue, frontale, ne semblait nullement gêner le *Líder Máximo.* Il ne clignait même pas des yeux.

« Sur une route, on attaque deux, trois fois la nuit. Alors l'ennemi ne sort plus la nuit. On l'attaque donc le jour, à pied s'il avance à pied. Si les effectifs sont transportés dans des camions, on les attaque au moment où ils grimpent une côte, où lorsqu'ils avancent très lentement. Ils ne peuvent pas faire autrement, sur une route de montagne, de toute façon. Nous avons des armes automatiques pour ça, et des mines s'ils utilisent des véhicules blindés. »

Les hommes acquiesçaient. Fidel connaissait son affaire.

« Ce sera difficile. Encore plus difficile que la Sierra Maestra. Tout ce que je peux vous promettre, pour les mois à venir, c'est du sang et de la sueur. Mais je vous promets également qu'à la fin nous vaincrons ! *¡ Patria o muerte !*

Fidel aime les citations, pensa Guevara. Sa sueur et son sang rappelaient Churchill. « Pas de pain sans liberté, pas de liberté sans pain » était tiré du bréviaire léniniste. Quant à son fameux « L'histoire m'acquittera », cela ressemblait furieusement à « L'histoire m'absoudra » d'Adolf Hitler.

Les hommes poussèrent des cris guerriers. Fidel descendit de son estrade improvisée. Il avait aperçu le Che. Il sourit et marcha jusqu'à lui.

« Comment vas-tu ?

— Ça va.

— Je m'inquiétais pour toi.

— Ça va, je te dis. Tu t'inquiètes trop.

— Tu as bu la potion ?

— Oui. C'était quoi ?

— C'est moi qui l'ai concoctée. Iode tannique, composés vitaminiques et huile de foie de morue. Une recette de ma grand-mère Lina.

— Je me sens mieux. Vraiment. Merci.

— Ma grand-mère était un peu sorcière, tu sais ?

— Oui, tu me l'as déjà raconté.

— Une femme formidable.

— Je n'en doute pas. »

Fidel hocha la tête. « Je suis heureux que tu ailles mieux. Nous avons besoin de toi, Che. Maintenant plus que jamais. »

Il posa la main sur l'épaule de son ami.

« Je ferai mon devoir, tu le sais, dit le Che.

— Je sais, je sais. » Fidel resta pensif quelques instants, puis ajouta brusquement : « Viens, allons manger. »

Il entraîna son compagnon dans sa cabane. En tant que chef, il disposait d'un coin bureau et d'un vrai lit, contrairement au reste de la troupe. Il avait également une bibliothèque remplie de livres. Le drapeau cubain pendait, placardé sur un mur. Une table avait été dressée pour le repas : vaisselle fine et argenterie.

Oui, il a vraiment pris goût au luxe, pensa le Che. *Nous n'avions pas tout ça dans la Sierra Maestra. On ne fait pas la guérilla en trimballant un pot de chambre en porcelaine !*

Les chandelles disposées entre les assiettes donnaient à l'ensemble des allures de rendez-vous romantique, impression démentie par la carte militaire punaisée sur l'une des parois.

« Nous sommes ici pour un bout de temps, répliqua Fidel, comme s'il cherchait à justifier le décorum. Alors, je me suis dit : "Autant faire les choses bien !" Prends place, je t'en prie. »

Le Che sourit. Cette scène lui rappelait sa première rencontre avec le *Líder Máximo*, six ans plus tôt, lors d'un dîner organisé chez une amie commune, María Antonia González. À l'époque, les deux hommes vivaient au Mexique. Le dîner terminé, ils avaient passé la nuit à refaire le monde en fumant des cigares sur le balcon. Fidel avait longuement parlé de la situation à Cuba. À l'entendre, Batista était l'archétype du *caudillo*. Guevara avait écouté, captivé par le lyrisme flamboyant de son interlocuteur. L'aube à peine levée, il avait prêté allégeance à l'exilé cubain. Il aimait la cause. Il aimait l'homme. Il s'était juré de servir les deux jusqu'à la mort si nécessaire. Bien des choses avaient découlé de ce fameux dîner et de cette conversation à bâtons rompus sur un balcon. De grandes choses…

Le Che s'assit et Fidel s'installa en face de lui.

« Tu as entendu mon discours ? demanda-t-il.

— Une bonne partie.

— Tu en as pensé quoi ?

— Tu as bien parlé, comme toujours.

— Allons, je vois que quelque chose te chiffonne.

— Je suis d'accord avec ta stratégie… à un détail près. »

Les deux amis se turent. Un jeune guérillero – il ne devait même pas avoir dix-huit ans – apporta le plat principal : une volaille rôtie et du riz. Fidel aimait le poulet. Il se découpa une cuisse sans attendre et lança : « Sers-toi, Che. Mange. Mange. »

Le garçon parti, Guevara reprit : « Il ne faut pas nous limiter à des actions de harcèlement dans la montagne.

— Hum, ça nous a plutôt bien réussi, par le passé. »

Fidel mangeait avec les mains. Le Che l'imita. Il mordit une cuisse gluante de jus. La peau grillée craquait sous ses dents. C'était délicieux, et son estomac vide gargouilla de contentement.

« Qu'est-ce que tu suggères ? demanda Fidel.

— Nous devons prendre une ville. »

Le *Líder Máximo* faillit s'étouffer. « Prendre une ville ? Rien que ça ? Tu appelles ça "un détail" ?

— La chose est possible. »

Fidel secoua la tête et s'essuya la bouche.

« Non, non, oublie, mon ami. C'est une folie. »

Le Che continuait de dévorer sa cuisse, arrachant les morceaux de chair accrochés à l'os.

« Une folie… C'est aussi ce que pensera l'ennemi, dit-il, la bouche pleine. Ils ne s'attendent à rien de tel de notre part. C'est pour cette raison que nous les vaincrons. Tu connais aussi bien que moi les bénéfices d'un effet de surprise.

— Tu as les yeux plus gros que le ventre !

— Non, je t'assure, c'est très possible. »

Fidel écarta les mains. « Une ville ? Quelle ville ?

— Trinidad. »

Le Che repoussa sa chaise et se leva. Fidel le fixait, sourcils froncés, tout en se servant du riz à la louche.

« Trinidad, répéta Fidel, l'air peu convaincu. Trinidad… » Et il secoua la tête : « Non… ça ne marchera jamais. »

Le Che vint se placer devant la carte. Il tapota de l'index son objectif. « Trinidad nous donnerait un débouché sur la mer. Nous aurions un port, Fidel. Une ligne de ravitaillement directe jusqu'à l'Escambray. Les Russes pourraient nous livrer de l'artillerie lourde, des batteries antiaériennes… des missiles !

— Mais il leur faudrait forcer le blocus et donc entrer en guerre avec les États-Unis.

— Kennedy ne déclenchera jamais une guerre nucléaire. Il y aura une bataille navale, au pire.

— On ne peut pas être si catégorique. Tu réfléchis en joueur d'échecs, comme les Russes. Les yankees sont des joueurs de poker.

— Alors ils blufferont, tout au plus, sans passer à l'acte ! Tu veux quoi ? Attendre qu'ils nous encerclent dans ces montagnes ? Qu'ils fassent donner l'aviation ?

— De l'audace, toujours de l'audace… tu parles comme Danton.

— Il avait raison.

— Jusqu'à ce qu'on lui coupe la tête.

— On ne peut pas se terrer indéfiniment, Fidel ! Nous devons reprendre l'initiative et frapper un grand coup ! »

Le Che s'échauffait.

« Ne t'énerve pas », lui dit Fidel.

Son ami se tourna de nouveau vers la carte. « Si nous tenons un port, nous tenons la clé de la victoire », affirma-t-il.

Fidel passa ses doigts graisseux de jus dans les frisottis de sa barbe. Il se balançait d'avant en arrière, songeur, et le bois de la chaise grinçait. La lumière des bougies lui donnait un teint jaunâtre.

« Tu voudrais combien d'hommes pour cette opération si, et je dis bien *si*, je donnais mon autorisation ?

— Ma colonne et celle de Guillermo García.

— Soit quatre cents hommes.

— Oui.

— Pourquoi pas celle d'Almeida ?

— García est plus fiable en cas de coup dur. Et il me faut des mines et des bazookas.

— Audacieux… et gourmand.

— On ne prend pas une ville avec des machettes. Ils ont tout ce qu'il faut, en face, et plus encore ! »

Fidel se leva et commença à faire les cent pas dans la hutte. Le Che pouvait presque entendre les rouages de son cerveau qui évaluait, calculait, pesait le pour et le contre.

« Il y aura tout un régiment de Marines contre vous, dit-il enfin. De bons combattants, bien retranchés. Avec des blindés. Est-ce que tu te rends compte ?

— Rappelle-toi Santa Clara, riposta Guevara. Nous étions à dix contre un. Nous avons demandé aux gens de dresser des barricades dans les rues pour gêner les tanks. Nous avons fait dérailler un train. En cinq jours, nous avons remporté la victoire.

— Les troupes de Batista étaient démoralisées. Ce n'est pas le cas des yankees.

— Nous vaincrons les yankees.

— Ils enverront des renforts.

— Le peuple nous soutiendra. Chaque homme valide prendra les armes. Ce qu'il nous faut, c'est une enclave solide à partir de laquelle nous pourrons lancer la reconquête. Nous couperons l'île en deux, comme ça. (Il traça un trait de Trinidad à Caibarién, sur la côte nord.) Ce sera le premier pas vers la victoire, je t'assure. »

Fidel s'arrêta de bouger. « Tu es encore trop faible pour mener une opération de cette envergure, dit-il.

— Je vais bien. Il faut me croire.

— Est-ce que tu cherches à prouver quelque chose ?

— Non, je pense que ma stratégie sera payante, c'est tout. Tu me soupçonnes de chercher quoi ? La gloire ?

— Je ne sais pas. On dirait surtout que tu cherches à te faire tuer.

— Pas du tout. Je ne suis pas suicidaire. »

Fidel hocha la tête. « Bon, je vais étudier ton plan... Mais terminons le repas d'abord. »

Le Che sourit.

« Oui, réfléchis, et tu verras que j'ai raison. »

Il reprit sa place et mangea le riz plein de sauce avec une sorte de voracité enthousiaste. Fidel s'assit à son tour, sans toucher à son assiette. Il paraissait préoccupé.

« Si jamais il t'arrivait malheur, ce serait catastrophique pour le moral des hommes, dit-il.

— J'ai le grade de commandant dans ton armée. Mener ma colonne au combat est mon devoir.

— Non, ton devoir est de rester vivant pour inspirer les hommes.

— Je ne suis pas une starlette, aboya le Che. Je suis un soldat. Tu ne m'enverras pas à l'arrière former des recrues, comme dans la Sierra Maestra.

— Oui, tu es un soldat, un très bon soldat, même. Et c'est pour cela que je ne veux pas te perdre.

— Je serai prudent.

— J'aimerais te croire. »

Fidel ne mangeait plus du tout. Il semblait avoir l'appétit coupé.

« Promets-moi d'examiner mon plan avec objectivité, dit le Che. C'est tout ce que je te demande.

— Je le ferai », acquiesça Fidel.

11.

Hemingway et ses deux compagnons avaient dormi dans une grange. Le trio était reparti au petit matin, toujours en direction du sud. Leur hôte – un fermier veuf et sans enfants – avait accepté de les nourrir en échange de quelques billets. L'écrivain marchait sans se plaindre, au même rythme que les deux autres, mais on voyait qu'il peinait. Il avait plu durant la nuit, et des flaques d'eau formaient comme des lacs miniatures sur la route terreuse. Les herbes étaient hautes tout autour, très vertes. Il y avait des piquets parallèles à la route sur un seul côté puis, plus loin, des bosquets de plus en plus denses et nombreux, masses foisonnantes de feuilles gris-vert ou argentées quand un rayon de soleil se reflétait sur elles. Plus loin, on voyait une bananeraie. Les grandes feuilles des arbres ressemblaient à des oreilles d'éléphant bercées mollement par le vent. Le ciel était nuageux mais pas menaçant. Les trois hommes passèrent devant une maison de paysans. Le *bohio* avec son toit en paille était construit en bordure d'un champ. Comme le sol était légèrement en pente, un flanc de la maison reposait sur des espèces de solides piquets pareils à des pilotis. De la tôle ondulée ceignait la base des murs. Les rideaux – morceaux de tissu à fleurs imprimées crasseux – pendaient aux fenêtres. Des bidons vides servaient à recueillir l'eau de pluie. Des pots et de la vaisselle en terre cuite étaient posés sur une table, à l'extérieur. Il y avait également un enclos aux barrières disjointes, mais pas d'animal en vue. Le seul arbre planté à proximité était un palmier mince. Très loin, là-bas, sur les premiers contreforts des montagnes, la végétation redevenait sauvage. Le versant visible était fortement boisé et il semblait y avoir des arbres très haut, jusque sur le tracé des crêtes. Le sommet pointu de l'une des montagnes formait comme un téton.

Fuentes entra dans le *bohio* pour demander aux paysans s'ils étaient sur la bonne route. Il en ressortit moins d'une minute plus tard.

« Il n'y a personne, dit-il. Ils sont sûrement aux champs. »

Les trois hommes arrivèrent à un village en milieu de matinée. C'était peut-être Potrerillo. Ou peut-être pas. Rien ne l'indiquait. Des bâtisses de stuc bordaient les trottoirs faits de planches intermittentes et la plupart des maisons avaient l'air délabrées. Pas un seul toit intact. Les volets vermoulus étaient presque tous fermés. Ils penchaient de guingois, ne tenant plus que par un gond. Aucune ligne électrique ni fil de téléphone. Aucune voiture, à part une épave sans roues, festonnée de plantes grimpantes. Personne dans les rues, enfin, *la* rue. L'ensemble dégageait une impression de platitude triste à bouffer de la poussière. Un chien efflanqué vint renifler les trois voyageurs ; Fuentes le caressa.

« Demandez-lui s'il peut nous louer une voiture », railla Robert Stone.

Hemingway s'assit à l'ombre d'un auvent. Il enleva son sac à dos et but longuement à sa gourde. Il paraissait épuisé.

Un gamin crasseux accourut en appelant son chien. Fuentes discuta en espagnol avec lui.

Nous perdons notre temps. Toute cette histoire est absurde, songea Robert Stone.

« Nous sommes bien à Potrerillo. Le petit dit qu'il n'y a pas de voiture ici, mais qu'il y a mieux, à la sortie du village, résuma Fuentes.

— Mieux ? hoqueta Robert Stone.

— Il ne veut pas m'en dire davantage.

— Allons voir », trancha Hemingway en se levant.

Ils donnèrent une pièce au gamin et se remirent en marche. La rue se terminait par un bâtiment en parpaings, une sorte de hangar d'où un bruit singulier s'échappait. Le bruit évoquait celui d'une grosse tondeuse à gazon. Robert Stone écarta le vantail de l'entrée – une porte coulissante faite dans la même tôle que le toit – puis il marqua un temps d'arrêt, cloué sur place par la stupeur. Un homme faisait tourner l'hélice d'un monomoteur Cessna 182. L'appareil servait sans doute à sulfater les récoltes de la région.

« *¡Holá !* » lança Fuentes en criant fort pour couvrir le bruit de l'avion.

L'homme se retourna. Il avait les cheveux longs, très noirs, et des moustaches tombantes. Le principal trait de son visage était un nez démesuré. Il monta dans le cockpit pour couper le moteur, et le trio s'avança à sa rencontre. Le hangar était encombré de jerricanes d'huile ou de carburant, et des tas de pièces de rechange s'empilaient dans un coin. On se serait cru chez un ferrailleur. Le pilote essuya ses mains graisseuses avec un torchon avant de saluer les trois hommes.

« Qu'est-ce que je peux faire pour vous, *señores* ? lança-t-il dans un anglais teinté d'un fort accent caribéen.

— Est-ce que vous louez votre appareil ? demanda Hemingway.

— Tout dépend de la cargaison. »

Il nous prend pour des trafiquants ou quoi ? pensa Robert Stone. Il savait que d'importantes quantités de marijuana circulaient dans l'île avec la bénédiction plus ou moins tacite du *Líder Máximo*.

« Pas de cargaison, répondit Hemingway. Juste moi, mes deux amis… et aucune question indiscrète.

— Il faudra vous serrer un peu… *Pero es posible*. Vous voulez aller où ?

— *El Salto de Hanabanilla*. »

Le pilote siffla : « Pfffiou, ça, ça va vous coûter un supplément. La zone grouille de vos compatriotes yankees. On n'a pas le droit de la survoler… *¡ Muy peligroso !* »

Hemingway sortit une liasse de billets. « On doit pouvoir s'arranger », dit-il.

Un grand sourire s'élargit sous les moustaches de l'homme. « Vous voulez partir quand ?

— Tout de suite.

— *¿ Ahora ?*

— *Sí*.

— Bon… Vous avez de la chance, le plein est fait.

— Tant mieux. »

Le marché était conclu.

« Pourquoi vous voulez aller là-bas ? demanda le pilote.

— J'ai dit "pas de questions indiscrètes", rétorqua Hemingway.

— *Eso es su problema*. »

Le pilote haussa les épaules.

Robert Stone examinait le Cessna d'un œil critique. L'appareil était cabossé, rafistolé de toutes parts, et les différentes soudures semblaient tenir davantage par l'opération du Saint-Esprit que par le savoir-faire du bricoleur.

« Cet engin ne décollera jamais », grommela Robert Stone.

Hemingway lui tapa sur l'épaule : « Allons, un peu d'optimisme, Hooper. »

La situation l'amusait beaucoup, et il paraissait avoir retrouvé son énergie de matamore « plus-grand-que-la-vie ».

« *¿ Cómo te llamas ?* demanda-t-il au pilote.

— Universo, répondit celui-ci.

— Universo, répéta Hemingway en rigolant. Universo ! » Il donna la moitié de sa liasse au moustachu avant d'ajouter : « Le reste, une fois à destination, d'accord ? »

Universo empocha le fric sans cesser de sourire, puis exécuta une parodie de courbette, la main tendue : « Si ces *señores* veulent bien prendre place. »

Hemingway s'assit à l'avant pendant que ses compagnons s'installaient derrière, avec les sacs. Universo enleva les cales qui bloquaient les roues, cracha dans ses paumes, les frotta puis attrapa à deux mains les pâles fixées sur le nez de l'appareil. D'une violente poussée, il fit tourner l'hélice. Le vacarme du moteur emplit aussitôt le hangar. L'avion tremblait et commençait à rouler tout seul. Universo sauta en marche sur le siège du pilote et fit sortir le Cessna du bâtiment, comme s'il conduisait une banale voiture. Robert Stone tapa du pied. Il voulait s'assurer que sa chaussure n'allait pas traverser le plancher crasseux. C'était limite. Universo se mit dans l'axe de la rue principale puis de la route qui allait servir de piste de décollage. Il vérifia les freins, les volets, la pression et le verrouillage du train escamotable tout en marmonnant en espagnol des phrases noyées dans le bruit du moteur. Robert Stone se rendit compte qu'il avait les mains moites et que son cœur battait à un rythme syncopé. Le pilote ouvrit les gaz. L'avion prit rapidement de la vitesse. Les façades défilaient de part et d'autre du cockpit, aussi laides floues que nettes. Une poule décampa à toutes pattes, manquant de justesse de se faire happer par le tourbillon de l'hélice.

« Heureusement qu'on ne l'a pas tuée, rigola Universo. Sinon, il aurait fallu acheter un billet de loterie !

— Qu'est-ce qu'il veut dire par là ? demanda Robert Stone.

— C'est une superstition de chez nous, répondit Fuentes. Si on tue une volaille par accident, on doit acheter un billet à la loterie nationale pour conjurer le mauvais sort… »

Robert Stone marmonna quelque chose comme « misère ».

Universo maîtrisait les embardées avec son palonnier. Le Cessna décolla au bout de quatre cents mètres environ, d'un coup, comme par miracle. Le vert lointain des frondaisons disparut pour laisser place au ciel. Robert Stone bloqua sa respiration, s'attendant à une chute fatale d'un instant à l'autre, mais le pilote stabilisait déjà son appareil, réduisant les gaz et ramenant l'hélice au pas de croisière.

Hemingway se tourna vers l'arrière. « Vous voyez ? cria-t-il à Robert Stone pour couvrir le bruit du moteur. Il n'y avait pas de quoi s'inquiéter. »

Robert Stone ne répondit pas. Un choc suivi d'une vibration dans le plancher du cockpit annonça à ses occupants que le train d'atterrissage était rentré. Des gouttes de sueur coulaient sur les paupières de Robert

Stone. Il battit des cils pour les chasser. À son côté, Fuentes affichait un air paisible. Il semblait même sur le point de s'endormir. Son menton barbu touchait presque sa poitrine.

Robert Stone se pencha à l'oreille de l'écrivain. « Demandez à Universo s'il a des parachutes. »

Hemingway s'exécuta, en espagnol, puis se retourna à nouveau, hilare : « Il a en a… trois ! On tirera à la courte paille, ha ha ha ! »

Robert Stone jura entre ses dents. Hemingway continuait de rigoler tout seul.

« *Todo es perfecto* », confirma le pilote.

Robert Stone n'était pas rassuré pour autant. Il jeta un œil par le hublot situé à sa droite. Ils survolaient un quadrillage irrégulier de terres brunes ou marron clair. Fermes et hameaux étaient rares. L'avion obliqua vers le sud-ouest. Son ombre, toute petite, épousait les écarts du relief, glissant d'arbres en pâturages, de pâturages en collines. Ils dépassèrent une chaîne boisée qui formait comme une barrière verte dans le paysage. Les terres cultivées s'espaçaient et la forêt dense s'imposait dans un moutonnement de frondaisons kaki avec parfois des saignées plus claires, vert pomme. Le sol paraissait de plus en plus accidenté. Robert Stone laissa son regard s'attarder sur un grand lac couleur émeraude. La rivière qui se jetait dans ces vastes étendues d'eaux calmes se tortillait, et son tracé évoquait une queue de lézard.

« Nous passons Barajagua », annonça Universo.

Il n'y avait plus de route allant vers le sud et les rares chemins de terre étaient souvent masqués par la végétation.

La nature reprend ses droits, songea Robert Stone.

La peur ne l'avait pas quitté, mais elle était anesthésiée. Il suffirait de pas grand-chose pour la réveiller :

un trou d'air, un raté du moteur… Il se dit qu'il ferait mieux d'imiter son voisin et de piquer un somme. Il avait mal dormi la nuit dernière, et la fatigue mettait ses terminaisons nerveuses à vif, comme un couteau épluche la gaine d'un fil électrique. Il puisait dans ses réserves et comptait sur l'adrénaline pour le maintenir alerte. Au fond de lui, il avait la certitude irrationnelle que, si jamais il fermait les yeux, il ne se réveillerait pas. Il imaginait l'avion en chute libre, l'impact du crash, le siège de Hemingway lui défonçant la cage thoracique, la tornade diamantine du pare-brise volant en éclats, tout cela juste avant le grand embrasement final. Robert Stone n'aimait pas les avions. Il ne les avait jamais aimés. Qu'un engin plus lourd qu'une enclume puisse voler lui semblait contre nature, *a fortiori* quand l'engin en question ressemblait à un patchwork de ferraille amalgamée.

Le pilote gardait le cap : sud-ouest.

Robert Stone vit alors le massif de l'Escambray se dessiner. La forêt était partout, même dans les plus hautes cimes. On aurait dit qu'elle faisait le gros dos, qu'elle gardait un noir secret. Une impression d'hostilité latente s'en dégageait.

« Je vais essayer de trouver un terrain d'atterrissage, dit Universo. Mais il n'y a pas beaucoup de choix. »

Il dénicha un beau plateau vert clair, avec des arbres très clairsemés, un terrain plat suffisamment long pour faire office de piste. L'appareil décrivit une courbe avant de se mettre dans l'axe. Universo corrigeait sa position à menus coups de palonnier. Il ouvrit le radiateur en grand, coupa les gaz et poussa l'hélice au petit pas. Robert Stone regardait la piste s'approcher par-dessus l'épaule de Hemingway et celle du pilote. Il vérifia l'attache de sa ceinture pendant qu'Universo baissait les roues et les volets. Il se sentait prisonnier d'un cercueil volant et tout son corps se crispa en anticipant le contact avec le sol. Celui-ci se rapprochait à une vitesse effrayante.

« Vous allez trop vite, dit Robert Stone.

— Mais non, répondit Universo.

— Mais si ! »

Les roues de l'appareil s'enfoncèrent dans l'herbe et le train d'atterrissage émit une sorte de couinement métallique qui se répercuta dans tout le fuselage. Robert Stone avait cessé de respirer et s'agrippait de nouveau à son siège, comme au décollage. Fuentes, qui venait de se réveiller, lâcha : « On est arrivés ? »

Universo donna un coup de frein à gauche, un autre à droite, le temps de stabiliser sa trajectoire. Les secousses du moteur prouvaient qu'il tournait maintenant au ralenti. L'avion s'arrêta en bout de « piste » dans un dernier hoquet crachotant.

« Voilà, dit Universo. Le *Salto de Hanabanilla* doit être par là, quelque part, plus bas. »

Il montrait le versant méridional du plateau, qui descendait en pente douce vers la forêt.

« Oui, acquiesça Hemingway. Je le crois aussi. »

Il paya le pilote en lui remettant la deuxième moitié de la liasse, comme convenu.

« C'est un plaisir de traiter avec vous, *señores*, dit Universo. Vous avez besoin d'un taxi pour le retour ?

— On ne sait pas quand on reviendra, répondit Hemingway.

— Alors, bonne chance à vous.

— Merci. »

Les trois passagers déchargèrent leurs sacs et regardèrent le Cessna décoller après une longue glissade pleine de rebonds disgracieux et de bruits de moteur pétaradants. Le revêtement métallisé de la carlingue scintillait de reflets dorés et, durant un court instant, le petit avion ressembla presque à un oiseau de feu, gracieux, insolent.

Robert Stone consulta sa montre. Il était midi. Ils mangèrent sur le pouce puis se remirent en route.

Descendre la pente fut facile. En moins d'un quart d'heure, ils pénétrèrent sous le couvert de grands arbres. Il n'y avait pas un souffle d'air, et aucun point de repère non plus. Hemingway se guidait à la boussole. Fuentes lui faisait confiance ; Robert Stone nettement moins. Il avait une ampoule au pied qui commençait à lui faire vraiment mal. Des auréoles sombres s'élargissaient sous les aisselles des marcheurs qui respiraient à plein nez les effluves de leur sueur. Le bruit régulier de leurs pas se mêlait aux murmures épars de la forêt. Ils s'enfonçaient dans une atmosphère de plus en plus moite alors qu'une buée fade montait des fougères arborescentes.

Puis, tout d'un coup, Hemingway s'arrêta, le pied en l'air. Il avait failli marcher sur un cadavre fondu dans le décor.

« Oh oh », dit-il.

Il recula d'un pas et ses compagnons le rejoignirent.

« Yankee ou "barbu" ? » demanda Fuentes.

Difficile de trancher la question. Le treillis du mort était recouvert de boue et son visage, gonflé et dans un état de décomposition avancé, était trop défiguré pour que l'on puisse se prononcer. On aurait dit qu'un enfant malhabile avait remplacé la tête de l'homme par une citrouille faite de différentes couleurs de pâte à modeler. Sa position avait quelque chose de bizarre, pas naturelle, tordue. De petits animaux avaient dévoré ses doigts et d'autres parties de son corps. Une nappe d'odeurs méphitiques flottait au-dessus du cadavre, empuantissant l'air.

Robert Stone portait son appareil photo contre la poitrine. Il enleva le cache et prit un cliché.

« Vous comptez faire la couverture de *Life* avec ça ? » se moqua Hemingway.

Robert Stone ne répondit pas. Une étrange mélancolie l'étreignait en même temps que des frissons lui parcouraient la nuque. Le pauvre type étendu devant eux avait eu une mère, comme tout le monde, fait ses premiers pas, dragué des filles à la puberté, échafaudé des projets d'avenir... Et maintenant, c'était fini. Il allait pourrir là, oublié de tous, anonyme. Une mort parmi tant d'autres, qui n'avait rien de remarquable ni de glorieux. C'était juste triste et glauque.

Ils se remirent en marche, d'un pas lourd et mécanique. Les moustiques tournoyaient autour d'eux dans un bourdonnement exaspérant.

Ils marchaient encore quand la nuit commença à tomber.

Hemingway enleva son sac, s'étira, gratta son aisselle et s'assit sur un arbre mort renversé. Robert Stone le regarda sortir une carte de son sac, la déplier, puis coller la boussole dessus et incliner la carte dans différentes orientations.

« Vous êtes paumé, c'est ça ? grogna-t-il.

— Possible », répondit l'écrivain.

Nom de Dieu. Quelle fière expédition que la nôtre.

Il avait envie de maudire ses supérieurs tout autant que d'envoyer au diable les deux vieux croûtons qui l'accompagnaient. Mais pour aller où ? Il ne connaissait absolument pas la région. Il haïssait Cuba, cette île de merde qui semblait être le point de mire du monde entier depuis quelques années, et il haïssait le Prix

Nobel stupide et fanfaron qui l'avait entraîné dans cette galère.

« Je propose que l'on campe ici pour la nuit, dit Hemingway. Dans le noir, on n'arrivera à rien, de toute façon. » Il se tourna vers Robert Stone : « Hooper, montez la tente, s'il vous plaît. »

Robert Stone ravala de justesse la réplique acide qui lui brûlait la gorge.

12.

Fidel avait parlé. Fidel avait dit : « *J*'ai réfléchi et *j*'ai eu une idée. »

Attaquer Trinidad avec deux colonnes, celle du Che et une autre : telle était son idée. Néstor avait écouté le discours, comme tous les hommes du camp. Le plan paraissait risqué. Cela ne ressemblait pas à la stratégie de guérilla classique que le *Líder Máximo* avait semblé prôner lors de sa dernière harangue. Néstor soupçonnait le Che d'être le véritable instigateur de ce projet fou. Fidel était le genre d'homme qui, entendant passer une manifestation en bas de chez lui, descend dans la rue, s'empare du drapeau et prend la tête du défilé. Mais peut-être que Néstor se trompait ? Le Che paraissait satisfait, et en meilleure santé qu'à son arrivée au camp. Dans le fond, il importait peu de savoir à qui revenait la paternité du plan.

Le discours avait duré deux heures, une durée raisonnable quand on connaissait Fidel. Après quoi, les hommes s'étaient dispersés, et les membres des deux colonnes sélectionnées pour l'assaut – la 3 et la 4 – avaient commencé à rassembler leur fourniment. Le Che avait discuté pendant quelques minutes avec Fidel, Almeida et Guillermo García, puis, à la grande surprise de Néstor, il s'était dirigé vers lui.

« Tu viens avec mes hommes, avait-il déclaré. Tu filmeras la bataille. »

Néstor était resté pétrifié, comme frappé par la foudre.

« Entraîne-toi au tir avec les nouvelles recrues, avait continué le Che. Tu auras sûrement à te servir de ton Browning, demain. »

Néstor avait acquiescé, pareil à un gosse recevant les strictes consignes de son père. Sonné, il avait rejoint les recrues les plus récentes, un groupe d'hommes disparates et déguenillés qui maniaient les armes à la lisière du camp.

Eh bien voilà, ça y est, je vais voir une vraie bataille, se répétait-il, et cette pensée se cristallisait dans son esprit d'une manière effroyablement concrète.

Il s'était entraîné durant une bonne partie de l'après-midi en essayant de se concentrer sur chaque cible pour diluer sa peur. En vain. La peur le grignotait de l'intérieur, et la dépression le guettait. Il se sentait comme un bouchon ballotté par les flots, une petite chose ridicule, incapable de s'adapter aux événements. Le désir violent d'être ailleurs était le seul point d'ancrage de sa raison vacillante. Il devait faire des efforts surhumains pour ne pas trembler quand il ajustait son tir. Les hommes faisaient feu sur des cibles fixes situées à vingt ou trente mètres. Les munitions étaient comptées, il fallait les utiliser avec soin. Lors des premiers tirs, les fusils étaient posés sur un support en bois quelconque. On pouvait ainsi s'habituer au recul. Puis les recrues passaient au tir debout. Vingt mètres d'abord. Trente ensuite. Néstor n'était ni bon ni mauvais. À la fin de la journée, il touchait la cible pratiquement à chaque fois, même si ses balles restaient toujours assez éloignées du centre.

Tirer dans une clairière, au calme, c'est une chose, pensa-t-il. *Tirer pendant qu'on vous crie des ordres dessus et que les balles sifflent, c'est sûrement très différent.*

Le soir venu, Néstor fut désigné pour prendre le premier tour de garde.

Le jeune homme tentait de rester attentif aux moindres bruits nocturnes, et ils étaient nombreux. Partout, la vie palpitait. Un oiseau chasseur fondit sur une proie et s'envola aussitôt avec sa victime. Le regard de Néstor scrutait les méandres de la végétation qui formait une muraille protectrice autour du camp. Il imaginait les pattes du rapace en train de broyer la cage thoracique du rongeur, à moins que sa victime fût un autre volatile, plus petit, ou encore autre chose, une bestiole qui crachait et griffait dans le vide. La vie était un don fragile, aussi bien pour les animaux que pour les hommes, surtout quand ces derniers entraient en guerre. Néstor repensa à sa vie. Comment avait-il atterri ici ? Par quelle succession d'événements s'était-il retrouvé entraîné dans cette singulière odyssée ? Avait-il fait les bons choix ? Et si une balle ou un obus le tuait, demain ? « L'existence précède l'essence », écrivait Jean-Paul Sartre. Mais que pouvait-on espérer trouver *après* la mort ? Néstor pensait à tout cela en s'usant les yeux sur les poches d'opacité de la jungle, comme si elles emprisonnaient toutes les réponses à ses questions. La jungle regardait en lui autant qu'il regardait en elle, et il sentait enfler dans tout son être un malaise croissant, une sale levure, en même temps qu'une grande solitude l'enveloppait.

Il posa son fusil durant quelques secondes pour se frotter les mains. L'air de la nuit était aussi humide que froid. Il avait envie d'uriner. Est-ce que, s'il s'absentait trente secondes pour aller se soulager contre un tronc, la chose serait considérée comme un abandon de poste ? Dans le doute, il préféra essayer de se retenir encore un peu. La relève n'allait pas tarder. Il jeta un regard par-dessus son épaule, vers le camp. Aucun bruit ne montait des huttes, mis à part quelques ronflements. Une odeur de viande et de riz cuit planait encore dans l'air. Des petits animaux s'aventuraient ici ou là à la recherche de restes de nourriture et, parfois, ils trouvaient un os par terre, qu'ils ramassaient dans leur gueule avant de détaler.

Une silhouette humaine sortit de l'obscurité, mais ce n'était pas la relève. Néstor reconnut instantanément le Che. Celui-ci fumait la pipe.

« Qui va là ? lança Néstor, pour la forme.

— Je note que tu ne montes pas la garde avec ta caméra, mon jeune ami qui-ne-mâche-pas-ses-mots », plaisanta le Che.

Néstor discerna l'émail de ses dents qui brillait dans les ténèbres quand il lui souriait.

« C'est bien, continua le commandant avant que la sentinelle ait pu répondre. Tu es un bon soldat de la Révolution. » Il s'assit à côté de Néstor. « Je n'arrive pas à dormir, poursuivit-il comme s'il cherchait à devancer une question qui n'allait pas manquer de tomber. Alors, autant tenir compagnie aux braves soldats qui montent la garde, pas vrai ?

— Heu, oui », bredouilla Néstor.

Le Che laissa passer un silence. Il tirait sur sa pipe tranquillement et regardait droit devant lui. Il parla au jeune homme sans tourner la tête. « À quoi pensais-tu, Néstor ?

— À tout et à rien ; à ces choses auxquelles on pense quand on est de garde, tout seul, la nuit. »

Le Che hocha la tête. « Est-ce que tu as une femme, Néstor ?

— Non.

— Une petite amie ?

— Non plus.

— Bien.

— Pourquoi ?

— Parce que cela pourrait te distraire et il n'est pas bon d'être distrait en temps de guerre. Tu dois penser au moment et au lieu présents ; à rien d'autre.

— Vous avez bien une femme, vous, commandant…

— Oui. Aleida. Mais c'est avant tout une camarade, une vraie révolutionnaire. Je l'ai connue dans la Sierra Maestra. Elle comprend mon engagement et sait ce qu'il implique.

— Vous savez où elle se trouve, actuellement ?

— Assignée à résidence par les yankees. Avec mes enfants. »

La voix du Che ne se fissura même pas et Néstor trouva cela étrange qu'un homme puisse parler de ses enfants avec un tel détachement.

« Et si vous vous faites tuer ? risqua Néstor. Vous croyez que vos enfants…

— Ils comprendront. Et ils seront fiers, du moins je l'espère. Aleida a les mêmes valeurs que moi. Elle trouvera les mots. »

Peut-être que ses enfants préféreraient avoir un père vivant plutôt qu'un héros mort dans leur famille… pensa Néstor.

« Fais voir ton Browning », dit le Che. Après un examen rapide du fusil, il le rendit à son propriétaire. « C'est bien, il est propre. L'arme d'un guérillero doit toujours être graissée et son canon astiqué. La graisse de machine à coudre est bien, pour ça. Maintenant, ce qu'il te faut, c'est une cartouchière, pour avoir toujours tes munitions sur toi, à portée de la main. Je t'en donnerai une demain.

— Merci, commandant. »

Néstor avait la bouche sèche et pâteuse. Il avait du mal à s'imaginer dans le feu de l'action, en train de tirer, recharger, baisser la tête pour éviter les balles… Un nœud douloureux se forma dans son ventre, comme un point de côté, mais au niveau de l'estomac.

« Comment est-ce, une bataille ? » questionna le jeune homme avec candeur.

Il avait entendu des coups de feu et des explosions, durant l'évacuation de La Havane ; il avait même vu des cadavres dans les rues, des corps qui semblaient endormis, sauf que certains avaient des positions grotesques et, surtout, ils ne respiraient pas. Mais Néstor ne s'était jamais retrouvé pris au milieu d'un échange de tirs nourris. Il ne pouvait s'empêcher de se demander comment il se comporterait, le moment venu. Il projetait mille films dans sa tête. Ces visions, extrêmement réalistes, lui donnaient sueurs froides et frissons.

« Oh, tu n'as pas envie de parler de philosophie ou d'éthique, ce soir, le taquina le Che. Tu veux parler de choses plus concrètes ?

— Oui », reconnut Néstor.

Le Che s'accorda quelques secondes de réflexion, puis il dit : « Une bataille ? Hum, c'est différent pour chaque homme.

— Comment c'est pour vous alors ? »

Le Che se gratta le cou avec le tuyau de sa pipe. « Je suis concentré, dit-il enfin, et cette fois il regarda attentivement Néstor. J'essaie de faire mon travail du mieux possible.

— Vous pensez à la mort ?

— La mienne ? Non. Si on y pense trop, elle arrive. Par contre, il faut te préparer psychologiquement à voir des camarades tomber autour de toi.

— Vous n'avez pas peur ?

— Pendant la bataille, non. Avant, ça m'arrive. Il faudrait être idiot pour ne pas avoir peur avant un combat, et je ne le suis pas. Mais je suis prêt à mourir. Je sais que c'est une éventualité. Je sais que je ne finirai pas grand-père. Tout ce que j'ignore, c'est sur quel sol mes os blanchiront.

— Vous avez déjà cru que vous alliez mourir ?

— Oui, plusieurs fois. Je m'en souviens d'une, en particulier. C'était très bizarre. J'étais blessé, allongé sur le sol, et je me suis mis à repenser à une vieille histoire de Jack London, celle où l'un des personnages sait qu'il va mourir, lui aussi. Il est tout seul, adossé à un arbre, et il attend la fin avec dignité dans les neiges glacées de l'Alaska. (Il rigola.) L'esprit humain fait de drôles de détours, parfois. »

Néstor écoutait cet homme qui évoquait sa propre mort avec une tranquille décontraction. Il était fasciné et n'avait plus envie de pisser. Plus du tout. Il demanda : « Vous avez déjà été blessé ?

— Oui.

— On ressent quoi, quand on prend une balle ? »

Le Che tira sur sa pipe, dont le fourneau brasilla, puis il recracha la fumée en toussant. « D'abord, il y a le choc, dit-il, sa quinte passée. Il faut savoir que l'organisme humain n'est pas fait pour encaisser un projectile, si petit soit-il, qui va plus vite que le son. Même si tu t'y prépares mentalement… Ce réflexe nerveux, c'est la réponse du cerveau à quelque chose d'inimaginable. Le traumatisme est immédiat. Tu peux être touché à la main et mourir du choc. Les yankees appellent ça le "*bullet trauma*".

— Qu'est-ce qu'on ressent ?

— C'est un peu comme une piqûre de guêpe, ou un coup de marteau brûlant donné à un endroit précis. Et puis il y a le fourmillement, comme celui de la chair engourdie… Le point d'impact lui-même n'est pas très douloureux. Les vrais dégâts se font au point de sortie, ou à l'intérieur, si la balle touche un os. Alors là, tu as des milliers d'esquilles qui se propagent dans le corps. Si tu as un organe de touché, ce n'est pas bon non plus… »

Néstor sentit la nausée le gagner, mais il avait un besoin masochiste de creuser la question, de gratter la croûte pour voir l'horreur suppurer. « Quelles chances a-t-on de s'en tirer ?

— Tout dépend de l'endroit où tu as été touché. Il faut extraire la balle au plus vite, si elle n'est pas ressortie toute seule. Sinon, le plomb se mélange aux radicaux libres et c'est l'infection. Il faut aussi enlever tous les bouts de tissu qui seraient restés dans la plaie, ainsi que la terre, le sable… Mais on a du sulfamide, ne t'inquiète pas. »

Néstor était blanc comme la craie.

« Il ne sert à rien de remuer tout ça. La plupart du temps, tu ne comprends même pas ce qui t'arrive et c'est déjà fini. Rideau.

— Si vous le dites.

— Rares sont les grands lâches. Aussi rares que les grands courageux. Une fois que la bataille a commencé, l'adrénaline te dope et tu fais ce que tu as à faire parce que tu veux que les autres puissent compter sur toi autant que tu comptes sur eux, tu comprends ?

— Oui.

— Je suis sûr que tu te débrouilleras très bien.

— Je ne vous ennuie pas, avec toutes mes questions ?

— Non. Les jeunes veulent savoir. Normal. C'est comme quand on n'a jamais couché avec une fille, hein ? (Il sourit.) Mais, dans les deux cas, ça ne vaut pas le coup d'en faire toute une montagne. On apprend vite, et ça ne s'oublie pas. Comme la bicyclette. »

Néstor essaya de sourire, y parvint presque. Des bruits de pas détournèrent son attention. C'était l'homme chargé de prendre sa relève.

« Va te coucher, petit, lui dit le Che. Et ne réfléchis pas trop à tout ça.

— Je vais essayer. »

Néstor se leva, les boyaux tordus dans tous les sens et les jambes flageolantes. Il avait de nouveau une impérieuse envie d'uriner.

13.

Hemingway réexamina ses cartes au petit matin. Il semblait avoir les idées plus claires que la veille et indiqua sans hésiter : « Il faut aller par là. Sud-ouest. On a trop dévié vers l'est.

— Vous êtes sûr ? demanda Robert Stone.

— Je ne suis pas encore sénile, Hooper. »

Et le débat fut clos.

C'était une belle matinée, à la fois fraîche pour la saison mais bien ensoleillée, et l'agressivité des moustiques paraissait avoir diminué. Robert Stone avait dormi correctement, en dépit des ronflements de Fuentes qui emplissaient toute la tente. Il avait crevé son ampoule et fariné ses pieds de talc. Il se sentait assez en forme pour marcher pendant des heures ; ce qu'ils firent, guidés par la boussole de l'écrivain.

Ils descendirent une première pente, puis une seconde, à l'ombre de beaux arbres dont les fûts montaient haut. L'air se chargeait d'humidité de minute en minute, et de grosses sangsues noires tombaient des branches basses. La pente devenait sableuse. Les chaussures s'enfonçaient dans le sol.

« On approche, dit Hemingway. On approche. »

Ils débouchèrent sur les berges d'un grand fleuve lumineux, bleu et vert.

« Alors ? fit l'écrivain à l'intention de Robert Stone avec une note de défi dans la voix.

— C'est ça, votre *Salto de Hanabanillo* ? lança ce dernier.

— *Hanabanilla*, corrigea l'écrivain.

— Et on le traverse comment ? À la nage ?

— Patience, monsieur Hooper. Tout vient à point à qui sait attendre. »

Fuentes se marrait et chiquait du tabac en observant les deux hommes.

Ils longèrent les courbes de la berge durant encore une demi-heure, en marchant vers l'ouest, puis ils parvinrent à une sorte d'anse en demi-lune.

« Nous y voilà ! » s'exclama Hemingway.

Il montrait un bateau qui reposait sur un banc de vase d'où sortaient quelques roseaux faméliques. Aux yeux de Robert Stone, le bateau ressemblait au vieux vapeur du film *African Queen*, avec sa cheminée grise, phallique, dressée au milieu. Le poste de timonerie possédait un toit et deux hamacs en grossière toile de jute se balançaient au-dessus du pont. Des taches de rouille avaient éclos sur la peinture écaillée. Il se dégageait de l'ensemble une impression de délabrement similaire à celle émanant de l'avion d'Universo.

Hemingway et ses compagnons s'engagèrent sur la planche de bois jetée entre la terre ferme et le bateau. Un homme sortit de la cabine de pilotage. C'était un colosse au teint mat vêtu d'une salopette crasseuse et d'un maillot sans manches. Il portait une casquette de mécanicien. Un tatouage représentant la Vierge ornait son biceps gauche. Il avait les mains et les avant-bras noirs ; du charbon sans doute. Robert Stone remarqua qu'il avait un doigt coupé, l'index de la main droite.

« *¡ Papá !*

— Manuelito ! »

Le colosse serra la main à Fuentes et prit l'écrivain dans ses bras musclés. Les accolades expédiées, il s'exclama : « Vous êtes en retard, *Papá* ! »

Hemingway haussa les épaules, fataliste. « Des barrages sur la route, et quelques soucis avec les cartes et la boussole… Mais nous sommes là, maintenant.

— Il y a du charbon dans la soute, annonça Manuelito. Plus qu'il n'en faut. Et de la nourriture. »

Il jeta un regard méfiant à Robert Stone, comme s'il venait seulement de le remarquer. « Qui est-ce ?

— Un photographe, grogna Hemingway.

— Je n'avais pas prévu de la nourriture pour trois.

— Nous avons nos propres réserves, ne t'inquiète pas. Tu as déjà fait beaucoup, c'est merveilleux. Les armes ?

— Un Johnson et un .30-30… Ils sont dans la cale également. »

Les deux hommes discutèrent en espagnol durant un moment. Hemingway proposa des billets à Manuelito qui refusa, puis en accepta la moitié finalement. Ils se racontèrent des histoires de parties de cartes à la *Finca*, de parties de pêche sur le *Pilar*, au large de Cojímar, et de parties de jambes en l'air avec des prostituées de La Havane. Visiblement, ces deux-là avaient beaucoup de souvenirs en commun. Fuentes se joignit à la conversation, corrigeant un détail par-ci par-là, et riant avec ses compères à intervalles réguliers. C'était une discussion macho et bon enfant dont Robert Stone se sentait complètement exclu. Il s'alluma une cigarette et attendit que le déversoir à anecdotes se tarisse.

Vint le moment des au revoir.

« Prenez soin de vous, *Papá*, dit le colosse.

— Un boulot à plein temps », plaisanta l'écrivain.

Ils se saluèrent une dernière fois et Manuelito partit, un baluchon sur l'épaule.

« Un type formidable, ce Manuelito, dit Hemingway en le regardant disparaître, avalé par la végétation. Vraiment épatant. »

Robert Stone, qui était resté silencieux durant tout l'échange, grinça : « Il y a des seaux pour écoper, j'espère.

— Pourquoi ?

— Je doute qu'on fasse plus de dix milles avec ce rafiot.

— Vous vous y connaissez en navigation ?

— Pas besoin d'être capitaine au long cours pour voir que cette coquille de noix flotte par miracle.

— Vous êtes un triste sire, Hooper. »

Fuentes rigolait doucement en se roulant une cigarette. Apparemment, le duel continu entre les deux yankees l'amusait beaucoup. Robert Stone laissa tomber son sac sur le pont.

« Allez chercher du charbon, dit Hemingway en lui montrant la trappe de la soute. Nous partons. »

Le fleuve était bordé de grands arbres. La forêt semblait littéralement vomir des branches, feuilles ou racines qui plongeaient dans l'eau pour assouvir leur soif. Parfois, on percevait un mouvement dans les buissons, et la végétation frissonnait sur plusieurs mètres en émettant des bruits semblables à des craquètements de gaufrette. Les bancs de sable étaient rares, et la navigation facile. De temps en temps, armé d'une perche, Robert Stone aidait Hemingway à repousser un tronc flottant, quand il n'alimentait pas la chaudière en charbon. Fuentes pilotait. Le calme écrasant de la nature n'était troublé que par le ronronnement de la chaudière en action, couplé au brassage de l'hélice, dont les pales tournaient inlassablement. Robert Stone cherchait des repères pour évaluer leur vitesse : un arbre foudroyé, là-bas sur la rive, un rocher… Le bateau se traînait, certes, mais il progressait avec opiniâtreté, petit point perdu dans le décor grandiose.

Le vieux avait mieux préparé son affaire que Robert Stone ne l'avait cru au départ ; il devait lui reconnaître ça. À dire vrai, il n'aurait jamais pensé qu'ils puissent aller si loin, tous les trois. Le vieux avait de la ressource. Robert Stone laissa dériver son regard vers le massif de l'Escambray, vert sur sa plus grande partie et noir dans les creux des contreforts, là où la lumière du soleil ne parvenait pas à s'infiltrer frontalement. Castro était quelque part là-bas. Tapi. Niché. Redoutable. Et Guevara aussi. Mais peut-être étaient-ils déjà morts tous les deux ? Une balle ou même une mauvaise chute. Il repensa au cadavre de l'homme qu'ils avaient trouvé la veille, seul, abandonné. Il y avait quantité de façons de mourir dans une région aussi sauvage que celle-ci, après tout.

Non, je ne crois pas, pensa Robert Stone, histoire de réfuter son pressentiment. *Les chefs de la guérilla ont survécu à la Sierra Maestra pendant des mois et des mois. Ils connaissent la montagne.*

Au fond de lui, confusément, il avait certitude que Grand Frère et Petit Frère étaient bien vivants, remontés à bloc, résolus à vendre chèrement leur peau. Il palpa mécaniquement la poche de sa veste, là où il avait mis son sachet de feuilles pilées. Le poison lui rappelait qu'il avait une mission à accomplir.

Ils en ont de bonnes, à l'Agence. Ils croient que je vais avoir accès à la tambouille du camp comme ça ? Et si on partage la table des chefs, comment je fais pour manger sans être empoisonné ?

Il n'avait pas de plan. Il allait devoir improviser.

Bon, de toute façon, aucun barbu à l'horizon, alors arrête de te mettre la rate au court-bouillon avec ça !

Il entendit un clapotis continu : Hemingway qui pissait par-dessus bord.

« Si l'envie vous prend, faites comme moi, dit-il à son compatriote. On a un seau pour les gros besoins.

— Formidable », répondit Robert Stone.

Il pointa du doigt les hamacs. « Il n'y en a que deux, remarqua-t-il.

— C'est suffisant, répliqua Hemingway. L'un de nous doit toujours être de quart. Vous savez piloter un bateau, n'est-ce pas, Hooper ?

— Oui.

— C'est marrant, j'en étais sûr. Un bon photographe doit savoir tout faire, hein ? »

Le regard de Robert Stone s'attarda sur les hamacs. Il avait envie de demander : « Et s'il pleut des trombes d'eau, on dort où ? », mais il se retint. Le vieux schnock semblait d'humeur à l'asticoter, et il n'était pas disposé à se prêter à ces enfantillages, du moins pas pour l'instant.

À midi, Hemingway prépara des sandwichs au pain de mie, thon, salade et oignons, qu'ils mangèrent chacun à son poste. Les sandwichs étaient bons, et Robert Stone avait faim. Son estomac gargouillait. La nourriture le remplit d'une satisfaction simple mais jubilatoire car authentique. Hemingway prit deux bières dans la glacière et les distribua à ses acolytes. La bière moussa quand Robert Stone ouvrit la canette. Elle était fraîche et agréable au palais. Là aussi, le plaisir était immédiat, primaire. L'écrivain, lui, but un thé glacé. Il se protégeait le visage avec de la crème et une casquette de base-ball, vraisemblablement pour ne pas aggraver sa maladie de peau. Fuentes chantonnait en espagnol pendant que l'agent de la CIA observait la course du soleil tout en mangeant.

« On va vers le sud-est, maintenant, c'est ça ? lança-t-il.

— Oui, répondit Hemingway.

— Vous avez un point de chute précis ?

— *Tres Palmas.* »

Robert Stone regarda sur la carte. C'était vraiment le point le plus au sud possible de l'*Hanabanilla*.

« Des gens nous attendent, là-bas ?

— Vous verrez bien, Hooper. »

Robert Stone se frotta le nez. « On y sera dans combien de temps ? »

Hemingway se tourna vers Fuentes : « Gregorio ?

— Un jour et demi ; peut-être moins si on évite les bancs de sable », dit le marin.

Robert Stone termina son sandwich et vint se replacer à l'avant, main en visière, à l'affût. Il n'avait pas envie que cette croisière s'éternise plus que nécessaire.

14.

Les colonnes 3 et 4 s'étaient mises en route vers 8 heures du matin.

Néstor avait passé une mauvaise nuit, et le petit déjeuner lui restait sur l'estomac. Chaque homme emportait son attirail au complet, tandis que le matériel médical, les mortiers, les obus et les munitions étaient empaquetés sur le dos des mulets. Le Che avait tenu à prendre un grand nombre de mines, contre l'avis de Fidel. Ce dernier trouvait que son bras droit et ami s'encombrait de trop de choses, mais, au final, il avait cédé devant son insistance.

Néstor avait chargé sa caméra ainsi que son fusil. Pellicule dans la première ; munitions dans le second. Chaque combattant transportait, outre l'armement, du sel, de l'huile, de la nourriture en boîte, du lait, et tout ce qu'il fallait pour faire du feu, la cuisine et dormir, sans oublier la boussole. Néstor était prêt, du moins en théorie. Dans sa tête, c'était une tout autre affaire. La certitude qu'il allait mourir le tenaillait… Oh, sa mort serait sans doute le fruit d'une balle perdue ou d'une explosion, car il doutait qu'un Marine prenne en priorité pour cible un pauvre type armé d'une caméra. N'empêche, cela revenait au même : on ensevelirait son corps sous des pelletées de terre, ou alors on le laisserait pourrir sur place. Et il ne pourrait jamais plus faire des choses comme manger un bon repas, rire, regarder un film, un coucher de soleil, lire un livre, prendre une douche, avoir un orgasme, dormir… enfin, si, il dormirait d'un sommeil éternel, permanent, et cette perspective le remplissait d'une infinie tristesse.

Le Che avait prononcé un petit discours, juste avant le départ. Les hommes l'avaient écouté, debout ou assis, les coudes sur les genoux. Ils étaient tous tournés vers l'orateur et offraient un spectacle à la fois homogène et hétéroclite. Homogène, car tous barbus et vêtus de kaki. Hétéroclite, car leur équipement dépendait de leur ancienneté ou de leur degré de débrouillardise. Les couvre-chefs étaient très variés : casquettes avec ou sans protège-nuque, chapeaux, bérets… Ceux qui allaient tête nue exhibaient des crinières noires et abondantes. On accrochait comme on voulait la gourde, à la ceinture ou au havresac. Les cartouchières étaient plus ou moins fournies. Certains hommes possédaient deux armes à feu, fusil *et* pistolet ; d'autres n'en avaient qu'une.

« Le combat va être intense, avait dit le Che. Mais je sais que je peux compter sur chacun d'entre vous. La patrie ou la mort ! »

Les hommes avaient repris le slogan d'une seule voix, et Néstor avait fait comme tout le monde, même si le cœur n'y était pas vraiment.

Les guérilleros descendirent le versant sud du massif par le chemin de *Topes de Collantes*. Le chemin faisait des zigzags sous les feuillages serrés. Les hommes avançaient en bon ordre. Ils ployaient sous le faix de leur paquetage de campagne, avec bandoulières et cartouchières supplémentaires. Ils formaient une longue file.

Vus de haut, on aurait dit de vaillantes petites fourmis. Les irrégularités du terrain étaient nombreuses. Les hommes suaient, soufflaient, mais, plus ils progressaient, plus la végétation se clairsemait. Ils ne parlaient pas, absorbés par l'effort. La crosse des fusils servait de canne. Les hautes herbes masquaient les creux ou les bosses du sol. Les hommes trébuchaient souvent, juraient et haletaient de plus belle. Ils cherchaient l'ombre des grands arbres quand il y en avait. Chaque mètre gagné était une victoire sur le terrain et sur la fatigue. Le pire ennemi du guérillero était la *macagüera*, une sorte de taon appelé ainsi car il éclôt sur un arbre nommé *macagua*. La peau nue était le terrain de prédilection de cet insecte, dont la piqûre pouvait s'infecter si l'on se grattait trop, causant des abcès assez graves.

La file des silhouettes kaki s'étirait. Les recrues les plus récentes traînaient la patte. Elles n'étaient pas encore rompues aux marches interminables dans la forêt ainsi que, d'une manière plus générale, à la rigueur extrême de la vie de guérillero. Les éléments de leur fourniment suspendus à diverses courroies et bandoulières s'entrechoquaient en cadence, produisant le seul bruit de fond, avec celui de leurs pas. Les animaux, silencieux, préféraient garder leurs distances.

Le rythme de la troupe ralentit quand ils durent traverser une rivière à gué. Les hommes passèrent à la queue leu leu le long d'une corde tendue en travers de la rivière. Ils levaient les bras bien haut pour agripper la corde. À l'endroit le plus profond du gué, l'eau, presque du même vert que les treillis, leur montait jusqu'aux aisselles.

Puis la marche reprit.

Néstor regardait les rochers, les arbres dont les troncs majestueux sentaient la résine. Les rochers étaient gris et hérissés de pointes. Dans la région, on les surnommait des « dents de chien ». La terre était ocre, presque rouge. Néstor s'imprégnait du décor. Ces choses existaient avant lui et elles existeraient encore après lui. Le monde, dans son ensemble, lui survivrait. Les rivières continueraient de couler vers la mer et les nuages de voguer, là-haut. Il essayait d'imprimer les images des arbres et des rochers dans son esprit, comme pour leur voler une parcelle d'éternité, mais sa perception du réel papillotait, instable, et il n'arrivait pas à fixer ses pensées. Quand elles dérivaient vers la future bataille, ses mains se crispaient sur son fusil, et il sentait un grand vide en lui.

Et voilà, tu es embarqué, maintenant. Tu ne peux rien faire d'autre que suivre le mouvement et prier, sauf que tu n'es pas croyant donc tu ne peux même pas faire ça… Tu pourrais essayer de sauter dans un buisson et déserter, mais il y a des camarades derrière toi qui te regardent. On te rattraperait, et tu sais quel sort on réserve aux déserteurs. Tu n'as plus qu'à espérer qu'il y a une bonne étoile qui veille sur toi ou alors tout simplement que le hasard te sera favorable.

Néstor ne voyait pas le Che. Celui-ci se trouvait en tête de colonne avec le commandant García. Une petite voix intérieure disait à Néstor que le Che était comme les arbres et les rochers : il serait toujours là, après sa mort. Il paraissait protégé par un charme. Peut-être que si le jeune homme restait auprès de son chef, il bénéficierait de ce bouclier magique, lui aussi ? C'était pure superstition, aussi irrationnelle que de croire en Dieu, mais il avait besoin de se raccrocher à quelque chose, n'importe quoi.

Quand un bruit d'avion enflait dans le ciel, les hommes se jetaient sur le bas-côté et ne bougeaient plus. Les avions passaient rapidement, et la marche recommençait. Néstor remontait peu à peu vers l'avant de la colonne. À un moment, il distingua le Che qui marchait tout en conversant avec Guillermo García. Les deux hommes rigolaient. Comment pouvait-on rire en de pareilles circonstances ? Le Che avait un gros sac sur le dos et fumait sa pipe. Il avançait à un bon rythme. Il semblait en forme. Néstor avait envie de discuter avec lui, mais il n'osait pas le déranger. Le *comandante* avait sans doute des choses importantes à penser.

Est-ce que je suis le seul à avoir peur, comme ça ? se demandait Néstor.

Ses camarades ne montraient pas leur peur, si toutefois ils en éprouvaient. Pourtant, ils n'avaient pas tous connu le baptême du feu. Tous n'étaient pas des vétérans, loin de là. Nombre d'entre eux devaient se poser quantité de questions, c'était obligé.

Peut-être que j'ai l'air normal, moi aussi, pour un regard extérieur ? Calme et résolu, alors que je suis mort de trouille. Les chiens sentent la peur, mais est-ce que mes camarades sont comme les chiens ? Je n'aimerais pas passer pour un lâche et, plus que tout, je ne voudrais pas décevoir le Che…

Les deux colonnes firent une pause à l'orée du sous-bois donnant sur la baie de Casilda. Néstor enleva le sac qui lui martyrisait les épaules et s'assit par terre. Il passa la main sous son treillis. Il pouvait sentir les marques des sangles, en creux, dans sa chair. Il enleva sa casquette dont le pourtour était tout mouillé, comme ses cheveux. Il n'aspirait qu'au repos et à la paix de l'âme, tout en sachant que c'était impossible.

Tournant la tête vers le sud-est, il aperçut Trinidad, à quatre ou cinq kilomètres de là. Elle ressemblait à un grumeau de minuscules maisons aux toits ocre, rassemblement duquel se détachait le clocher du couvent San Francisco de Asís, droit et blanc. La ville était entourée de verdure, coiffée d'un éclatant ciel azur, avec, en fond, le bleu de la baie, belle et lumineuse, constellée de moutons d'écume. Des navires yankees croisaient au large.

« Ils risquent de nous pilonner, dit un guérillero assis à côté de Néstor.

— Non, répondit un autre soldat qui dépaquetait sa ration.

— Pourquoi ?

— Parce qu'ils ne prendront pas le risque de toucher les leurs. Et après le combat, ce sera pareil, car nous aurons des prisonniers yankees avec nous. »

Dans l'esprit de cet homme, la victoire ne faisait pas l'ombre d'un doute. Néstor aurait aimé partager son optimisme. Il se mit à manger le contenu d'une boîte de viande aux haricots froids. À sa grande surprise, sa certitude d'être mort le lendemain ou dans les jours suivants ne lui coupait pas l'appétit.

Il avait à peine terminé son repas qu'une estafette vint le voir.

« Le commandant Guevara veut que tu le rejoignes. »

Néstor se leva, prit son barda et suivit l'estafette jusqu'à une clairière où deux paysans avaient été forcés de se mettre à genoux sous la menace des armes.

« Que se passe-t-il ? demanda Néstor.

— On a trouvé des dollars sur ces hommes, répondit l'estafette. Ils jouent les informateurs pour les yankees. Vois, ils n'ont même pas le courage de clamer leur innocence.

— Ils savaient que nous allions venir ?

— Non, heureusement. Ils descendaient en ville pour claquer leur argent en alcool et en putes. »

Les deux hommes attendaient la sanction, les mains liées derrière le dos, les pans de leur chemise débordant de leur pantalon. Le Che les sermonnait en faisant les cent pas devant eux. Les prisonniers avaient des mines implorantes de repenti, mais il en fallait davantage pour émouvoir le Che. Il les tançait pour leur traîtrise, leur appât du gain, et les paysans ne répliquaient pas, jusqu'au moment où l'un d'eux, n'y tenant plus, eut une sorte de sursaut de révolte et lança : « Puisque vous savez comment ça va se terminer, finissez-en et arrêtez de parler !

— Très bien », grognassa le Che.

Les deux hommes furent conduits dans un sous-bois, à l'écart du gros de la troupe. Un peloton composé de six guérilleros était prêt et les attendait. Il y avait beaucoup d'ombre, sous les frondaisons, et les taches de lumière étaient rares dans le clair-obscur du sous-bois. Les oiseaux se faisaient discrets, comme s'ils pressentaient que quelque chose de grave allait se produire.

« Une dernière volonté ? demanda le Che.

— Je veux voir un prêtre pour me confesser, répondit l'un des deux hommes.

— Pas possible.

— Tout homme a le droit de se confesser.

— J'ai dit que c'était impossible. Autre chose ?

— À boire, alors… »

Le Che se tourna vers le second prisonnier. « Et toi ?

— Pareil. »

Le second prisonnier semblait maintenant indifférent à tout. Il avait probablement atteint le dernier stade de la résignation, celui où plus rien n'a d'importance.

« Roberto, dit le Che. Du rhum pour ces hommes. »

Un homme apporta une bouteille. Les condamnés burent chacun deux gorgées, pas une de plus, puis on leur retira le goulot de la bouche et, sans perdre de temps, le Che ordonna : « En joue !

— Je veux que l'on sache que j'ai demandé à me confesser avant de mourir ! cria l'un des hommes.

— Feu ! » aboya le Che.

Le peloton tira et les deux hommes s'écroulèrent, morts avant même le coup de grâce.

« Débarrassez-moi de ça », dit le Che en montrant les corps.

Il aperçut le cameraman. « Ah, Néstor. Viens, viens… »

Néstor était secoué. Il tremblait imperceptiblement. Le Che l'entraîna jusqu'au commandant García, qui attendait à côté d'une carte dont les coins étaient plaqués au sol par de gros cailloux.

« Tu vas nous filmer en train de mettre au point notre stratégie, dit le Che. Tu peux faire ça, Néstor ?

— Heu, oui, bien sûr, commandant.

— Parfait. »

Néstor empoigna sa caméra, qui commença à cliqueter doucement dès qu'il la mit en marche. Le Che avait pris un bâton. Il le pointa sur la carte.

« Tu traverseras la rivière ici, Guillermo. Tu contourneras Trinidad par le nord et tu te posteras là, avec tes hommes, sur la *carretera*, à la sortie est de la cité.

— Et toi ?

— Je serai au sud avec ma colonne, bloquant l'accès à la baie. Demain à l'aube, les résistants déclencheront du grabuge dans les quartiers ouest. Ils vont dresser des barricades, faire sauter des explosifs et attirer sur eux le gros des forces yankees…

— Est-ce que c'est confirmé ?

— Nous les avons contactés grâce à notre émetteur portable, et ils étaient d'accord. Nous attendons leur messager pour en discuter de vive voix, mais il n'y a pas de raison que ces gens se dégonflent au dernier moment. Ils sont des patriotes, comme nous.

— Ils vont servir d'appât.

— Ils sont prêts. » Le Che renifla et poursuivit : « Quand le feu d'artifice commencera, je rentrerai dans la cité, foncerai vers le centre pour couper la retraite aux Marines dépêchés à l'ouest pendant que tu attaqueras la caserne, ici, au nord. Une moitié de mes forces ira prêter main-forte aux insurgés, l'autre se déportera vers le nord pour t'aider. »

Néstor n'était pas un spécialiste de la stratégie militaire, mais le plan lui paraissait plein de bons sens : bloquer les principales artères et voies de communication à l'extérieur, puis diviser les forces ennemies pour mieux les affaiblir. Cela semblait cohérent.

García lança un regard suspicieux au Che.

« Tu ne comptes pas mener l'assaut toi-même, j'espère ? »

Il parlait librement, car il savait que la caméra de Néstor n'enregistrait pas le son ; juste des images.

« Je ne peux pas coordonner les mouvements de nos troupes à distance, rétorqua le Che. Il faut que je sois sur le terrain.

— Ce n'est pas ce qui avait été convenu avec Fidel.

— Fidel n'est pas là, et c'est moi qui commande. »

García secoua la tête et dit : « Je n'aime pas ça.

— Ne t'inquiète pas. Tout ira bien. Ce n'est pas plus compliqué que ce qui nous attendait à Las Villas ou à Santa Clara.

— Ils ont des tanks.

— Nous avons des mines.

— Ils sont deux fois plus nombreux.

— Dans une bataille urbaine, la supériorité numérique des combattants n'est pas aussi avantageuse qu'il n'y paraît. Chaque insurgé connaît le terrain dans ses moindres ruelles et vaut nombre de soldats d'une armée conventionnelle.

— Ils ont autant de munitions qu'ils veulent.

— Nous avons du courage. Et l'effet de surprise. Nous prendrons position de nuit. Silence absolu. Fais passer la consigne à tes hommes.

— D'accord. »

Le Che tapota le sol de son bâton.

« Ici, ce sera notre point de ralliement en cas de retraite précipitée. On y laisse toutes les charges superflues : sacs à dos, marmites et autres objets encombrants. Chaque homme doit avoir pour seul fardeau ses armes et son matériel de guerre. » Il se tourna vers Néstor. « Tu resteras avec moi, d'accord, mon jeune ami qui-ne-mâche-pas-ses-mots ? Tu filmeras la victoire. »

Néstor décolla son œil du viseur. Il avait le cœur battant et, durant un instant, la peur s'évapora. Il aurait donné tout ce qu'il possédait pour prolonger cette sensation.

« Oui, commandant, articula-t-il.

— Très bien, conclut Guevara. Tout est en ordre, je crois. »

Il sortit deux cigares d'une poche de son treillis. « Tu en veux un, Néstor ? »

15.

Le soir tombé, la silhouette des arbres prenait un air funèbre sur fond violet de crépuscule, et la nature se repliait dans le silence.

Robert Stone était accoudé au bastingage, plongé dans une muette méditation. Hemingway le rejoignit. Il avait sorti une flasque en verre de son sac. Du bourbon.

« Vous en voulez, Hooper ?

— Je croyais que vous n'aviez plus droit à l'alcool.

— Je m'offre un petit extra. Il faut bien mourir de quelque chose. » Hemingway dévissa le bouchon. « Vous en voulez, oui ou non ?

— D'accord. »

Robert Stone but le premier. C'était du bon. La chaleur descendait d'abord comme un trait de feu dans son œsophage avant d'irradier tout le haut du corps, jusqu'au cerveau. Le rouge lui monta aux joues. Il repassa la flasque à l'écrivain, qui s'octroya une longue rasade en connaisseur.

« Ce que ça fait du bien », dit ce dernier.

Il but encore et ils se passèrent la flasque deux à trois fois sans échanger une parole. La sensation de chaleur était moins forte à chaque nouvelle gorgée, mais elle enrobait l'esprit d'un cocon d'étoupe tiède.

La lune s'était levée. Elle se mirait dans la surface huileuse du bras de fleuve. La chaudière produisait un *kouf-kouf-kouf* apaisant et le pont vibrait sous les chaussures de Robert Stone. De temps à autre, des formes crevaient l'eau en émettant de brefs clapotis. Tout était calme, et la nuit semblait propice aux confidences.

« Dites-moi... Vous êtes communiste ou pas ? » demanda Robert Stone.

Hemingway pouffa : « Toujours cette question !

— Ne vous défilez pas, *señor Papá*... Alors ?

— Tout le monde croit que je suis communiste à cause de la guerre d'Espagne. Mais les communistes espagnols ont détesté *Pour qui sonne le glas*, vous savez ?

— Vous pensez quoi, de Castro ?

— C'est un roublard.

— Comme vous. »

Hemingway haussa les épaules :

« J'ai dit du bien de lui. Il a dit du bien de moi. Peut-être que j'y ai cru, au début. Cette révolution était pleine de promesses. Et vous n'avez pas connu l'ère Batista...

— Vous êtes un déçu du castrisme, si je comprends bien.

— Quand on arrive à mon âge, et si on a un peu trimballé sa carcasse, on ne peut être que déçu par la nature humaine. Il n'y a plus grand-chose de beau et de noble, en ce bas monde. Les éléphants, peut-être. Et encore.

— Arrêtez vos conneries. Pas de sentimentalité sur le bon vieux temps qui est mort et ne reviendra plus. La guerre de 1914, c'était beau, peut-être ?

— Non, en effet. Mais ça valait le coup d'être vécu. »

Un insecte se posa sur le front de Robert Stone. Il le chassa.

« Il y a une chose qui m'étonne chez vous, Hemingway.

— Une seule ? rigola l'écrivain.

— Non, à vrai dire, plusieurs, mais il y en a une qui m'intrigue plus que les autres.

— Laquelle ?

— Vous ne parlez pas beaucoup de votre métier.

— Vous non plus. »

Robert Stone ignora la pique. « Les gens adorent parler de leur métier, d'habitude, reprit-il. En particulier quand ils font des choses intéressantes ; et c'est votre cas, non ? Je pensais que vous parleriez tout le temps de vos livres et de vos astuces d'écrivain.

— Pourquoi ? Vous avez besoin de conseils pour rédiger vos Mémoires ? »

Ce fut au tour de Robert Stone de rigoler. « J'en aurais, des choses à raconter, c'est vrai, mais… non, je ne pensais pas à ça. »

Hemingway renifla. « Je n'aime guère parler d'écriture. C'est impudique. Comme parler de coucheries. Et les conseils ne servent pas à grand-chose. Vous avez le truc ou vous ne l'avez pas.

— On peut s'améliorer, quand même ?

— Oui, mais vous ne ferez jamais d'une mule un cheval. »

Robert Stone pensa que le sujet était clos, mais après avoir bu une ou deux lampées, Hemingway ajouta : « Il faut de la discipline et de la constance, c'est ça, le secret, s'il y en a un. C'est la plus dure discipline qui soit, car il s'agit de celle qu'on s'impose à soi-même, sans personne pour vous donner des ordres. Vous devez écrire simplement, et ça aussi c'est très dur, surtout quand on a à mettre en scène des choses et des sentiments complexes. Il ne faut pas écrire beau, il faut écrire vrai.

— Vous voulez dire “en s'appuyant sur des choses qu'on a vécues” ?

— Je ne sais pas faire autrement. Je ne saurais pas écrire des histoires de petits hommes verts qui envahissent la Terre.

— Il vous est arrivé tout ce que vous avez écrit ?

— Tout m'est arrivé et rien ne m'est arrivé.

— Je ne comprends pas.

— Vous comprendriez si vous étiez un écrivain. Restituer la vérité d'un moment qu'on a vécu est très difficile, car il faut se débarrasser du filtre de la nostalgie, des déformations du souvenir. J'essaie de retranscrire les émotions telles qu'elles étaient au moment où je les ai ressenties, mais c'est un combat perdu d'avance parce que, même si vous êtes sincère à cent pour cent, il s'agit toujours d'une re-création.

— C'est intéressant », dit Robert Stone, songeur. Puis il sourit et ajouta : « Vous voyez que vous parlez de votre métier, quand vous voulez. »

Hemingway but au goulot et dit : « À votre tour, les confidences, Hooper. Qui êtes-vous ? D'où venez-vous ?

— Je suis un homme sans passé.

— Et moi un homme sans avenir ! On fait la paire, vous ne trouvez pas ? »

Robert Stone acquiesça et Hemingway but encore une bonne gorgée. Ses traits se tordirent en une grimace de plaisir. Il s'essuya la bouche du revers de sa manche et passa la flasque à nouveau.

« Imaginons que vous fassiez partie de la CIA… » fit-il, les yeux pétillants, mais pas seulement à cause de l'alcool.

Robert Stone sourit et but un coup.

« Imaginons, dit-il, prudent. Postulat hypothétique, bien entendu.

— Bien entendu… »

Hemingway parut recouvrer son sérieux. Son sourire n'était plus un sourire.

« Comment les types comme vous arrivent-ils encore à se regarder dans une glace ?

— Je ne comprends pas.

— Renverser des gouvernements, sans demander leur avis aux populations… ça ne vous choque pas ?

— Allez dire ça aux communistes. Ce sont eux qui dictent les règles du jeu. Si vous voulez mon avis, la CIA ne fait que s'adapter à des pratiques qu'elle n'a pas choisies.

— On a toujours le choix.

— Faux.

— Vous pourrez bien raconter ce que vous voulez, vous ne m'enlèverez pas de l'idée que la CIA se comporte de manière contraire aux principes de la démocratie qu'elle prétend défendre. Et ne vous défaussez pas avec une formule toute faite du style “La fin justifie les moyens”.

— Les Soviétiques ont leur propre proverbe, pour ça. Quelque chose comme “On ne coupe pas un arbre sans faire voler des copeaux”.

— Vous bottez en touche. C'est pratique quand on veut éviter d'affronter ses contradictions. »

Robert Stone se massa les sinus. Il commençait à avoir un peu mal au crâne.

« C'est un problème complexe, dit-il.

— Non, c'est très simple, au contraire : en jouant à ce petit jeu, vous devenez ce que vous combattez.

— Oh, très bien, ricana Robert Stone. Alors expliquez-moi quelle est l'alternative, puisque vous êtes si malin. Si on joue en gentlemen, on perd, terminé. Parce que dites-vous bien qu'en face ils n'ont aucun scrupule. Je persiste et signe : la CIA n'a pas le choix. »

Il marqua une pause car il avait failli lâcher : « *Nous* n'avons pas le choix. » Il reprit : « Si on laisse faire le Kremlin, on va voir tout un tas de pays basculer dans le bloc communiste. La guerre continue. Elle ne s'est jamais arrêtée, en fait. Elle a juste changé de forme.

— Vous vous considérez comme un soldat ?

— Je suis photographe de presse.

— Pardon, j'oubliais. Repassez-moi le bourbon, voulez-vous ? »

Robert Stone s'exécuta. Hemingway but plusieurs gorgées d'affilée. Robert Stone grimaça. Le vieux tenait remarquablement l'alcool. Question d'entraînement, sans doute. Il fallait qu'il se méfie.

« Vous avez dû beaucoup voyager, vu votre métier de… photographe ? contre-attaqua l'écrivain, avec un petit sourire en coin.

— Pas mal, oui.

— Où ça ? Iran ? Amérique latine ? Nicaragua, peut-être ? »

Allusions à peine voilées.

« J'ai dû faire tous les continents, répondit Robert Stone sans se mouiller.

— Je… Est-ce que vous… ? » Hemingway secoua la tête. « Merde, je ne sais plus ce que je voulais dire… »

Il regarda la flasque puis se tapota le crâne. « Ça ne tourne plus rond dans ma *cabeza* ! Un conseil, Hooper : ne buvez pas trop, ne vous mariez pas et ne vieillissez pas.

— Hum, ça fait trois conseils. Et le dernier va être difficile à suivre. »

Hemingway rigola ; un rire franc et massif. Il tendit la flasque à Robert Stone.

« Merci, ça ira pour ce soir », dit ce dernier.

Le silence s'installa de nouveau, ponctué par les bruits de la nuit tropicale. Hemingway vida le fond de la flasque et la jeta par-dessus bord. Elle se mit à flotter en faisant osciller son petit reflet qui brillait sur les ondulations sombres.

« Quand vous allez dans ces pays, commença Hemingway. Pour votre… travail, j'entends. Vous vous intéressez aux gens ?

— Quelle drôle de question ! s'étonna Robert Stone. Pour qui me prenez-vous ? Bien sûr que je m'intéresse aux gens.

— Ah bon ? Je croyais que vous ne pensiez qu'à toutes ces choses abstraites comme le devoir, la patrie, tout ça… »

Robert Stone serra les dents : « Je m'intéresse aux gens. J'essaie d'aider les gens.

— En décidant à leur place qui va les gouverner ?

— Parfois, il n'y a pas d'autre choix, je vous l'ai déjà dit. »

Il se rendit compte une seconde trop tard qu'il tombait le masque.

Et merde, ce n'est qu'un jeu, après tout. Rien qu'un jeu.

Hemingway continua, imperturbable : « Le communisme, oui, bien sûr, l'ennemi absolu. Un beau combat idéologique… À moins qu'il ne s'agisse simplement d'assurer les intérêts de la United Fruit et des compagnies pétrolières ?

— Parfois, les causes se rejoignent.

— Vous êtes conscient qu'à chaque fois que vous renversez un Arbenz vous créez cent Guevara ? Mille Guevara ?

— Pfff, il y a toujours eu des Don Quichotte en quête de moulins à vent, prêts à enfourcher leur Rossinante. Ils trouveraient d'autres prétextes, vos Guevara, si, du jour au lendemain, les Soviétiques arrêtaient d'agiter l'épouvantail impérialiste devant leur nez. Se rebeller. Défier l'ordre établi. Ils ont ça dans le sang !

— Peut-être, mais vous leur tendez drôlement le bâton…

— Vous avez raté votre vocation. C'est pas écrivain, que vous auriez dû faire, c'est secrétaire d'État aux Affaires étrangères.

— Je pense que je suis aussi patriote que vous, dans le fond. Je ne l'exprime pas de la même manière.

— Peut-être.

— Sûrement. »

Le vieil homme soupira.

« Je vais aller me coucher, monsieur Hooper-ou-qui-que-vous-soyez. Je vous souhaite une bonne nuit.

— Bonne nuit à vous aussi, *Papá* », répondit Robert Stone, une bizarre émotion coincée au fond du gosier.

Il regarda l'écrivain s'éloigner vers les hamacs d'un pas chaloupé. Il se sentait seul, tout d'un coup. Seul et l'esprit troublé. Il n'aimait pas ça. Le vieux renard avait finement manœuvré.

C'est facile de porter des jugements quand on ne se mouille pas. Observateur, mon cul. Sa liberté d'expression, il la doit à des gens comme moi. Des gens qui font le sale boulot pour qu'il puisse écrire ses foutus livres tranquillement et clamer ses foutues opinions subversives sans être inquiété. Eh bien, tout cela a un prix, mon-

sieur Hemingway. Vous pouvez faire semblant de l'ignorer parce que c'est plus confortable, mais je vous le rappellerai le moment venu.

Robert Stone alluma une cigarette. Il était furieux.

16.

Les chefs d'escouade avaient réveillé leurs hommes – du moins ceux qui avaient réussi à trouver le sommeil – vers 4 heures du matin. Les guérilleros roulèrent leurs sacs de couchage ou leurs hamacs puis ils mangèrent sans entrain. Les plus propres se brossèrent les dents, mais la plupart n'y pensèrent pas. Ils ne songeaient qu'à l'imminence de la bataille, et un sentiment d'inquiétude s'épanouissait dans l'air vif de la nuit.

La colonne de García partit la première. Les petits animaux qui, d'habitude, s'adonnent à une activité frénétique dès le crépuscule restaient cette fois curieusement silencieux. Et pour cause, ils étaient spectateurs d'une chose peu commune : une troupe d'hommes marchant sur la pointe des pieds ! Les guérilleros s'appliquaient à ne produire aucun bruit, même le plus ténu, car on avait promis les pires tourments aux contrevenants.

Néstor était tapi à la lisière du bois, avec le Che et les éclaireurs de la colonne 4. Il regardait ses camarades qui descendaient la pente et s'enfonçaient ensuite dans la rivière, à son endroit le moins profond. Les hommes levaient les deux bras pour porter leur arme au-dessus de la tête. L'éclat opalin de la lune faisait briller quelques reflets là où le courant rencontrait les silhouettes noires des soldats. Au-delà, il n'y avait qu'une nuit d'encre. Aucune lumière ne piquetait Trinidad.

Le Che attendit que le dernier homme fût sorti de l'eau, puis il dit : « Allez, à nous. »

Il s'élança, suivi des autres. Néstor progressait à petites foulées, presque plié en deux, comme s'il affrontait un vent contraire. Sa respiration était calquée sur le rythme de sa course. Il entra dans l'eau en serrant les dents. Elle n'était pas profonde, mais très froide, et il avait stupidement peur de faire du bruit en claquant des dents. Le courant était léger. Il leva les bras aussi haut qu'il put, même si l'eau ne lui arrivait qu'à la taille. Il progressait au ralenti. Le froid engourdissait ses membres inférieurs. Le courant s'enroulait autour de lui, pareil à une caresse enveloppante et glacée. Un avant-goût de la mort. Il sentit un poisson heurter sa cuisse et sursauta ; heureusement, il ne lâcha aucun cri malheureux. Il sortit de la rivière moins d'une minute plus tard, soulagé. La première phase était passée.

Le Che attendit de nouveau. Une fois le reste des hommes montés sur la berge, il donna le signal du départ. Il s'exprimait par gestes clairs et précis.

Les guérilleros se mirent à courir le long d'un vaste espace sans arbres ni plantations. Néstor plaquait sangles, lanières et courroies contre son buste avec ses coudes serrés. Les cliquetis provoqués par son équipement étaient minimes. Il avait peur de trébucher, mais il ne trébucha pas. Par contre, il s'essoufflait. À un moment, le Che plongea au sol, et tout le monde l'imita. La masse des hommes se ratatina d'un coup, comme si le pied d'un géant invisible venait de les écraser. Néstor regardait autour de lui, cherchant ce qui pouvait bien justifier ce brusque arrêt, et il ne vit rien de suspect. Quelques battements de cœur plus tard, le Che se releva. Toute la colonne recommença à courir. Néstor avait peur, mais il ne s'agissait pas d'une peur panique incontrôlable : il était une silhouette parmi d'autres, noyée dans un groupe, et cela le rassurait. Si un sniper les prenait pour cible, il avait une chance sur deux cents d'être touché. C'était raisonnable, après tout.

Au bout de deux kilomètres, ils parvinrent à une route de terre longée par des poteaux espacés. Un homme grimpa au premier poteau avec un couteau et sectionna les fils qui couraient d'un faîte à l'autre.

Les guérilleros se massèrent à plat ventre sur la route. Ils étaient à moins d'un kilomètre de la ville. Trinidad. Leur objectif. La clé de la victoire. Là-bas dormaient des civils innocents, mais également des yankees, des ennemis qu'ils allaient devoir tuer. Un chien aboya dans le lointain. La tension montait de minute en minute. Néstor repensa au roman d'Erich Maria Remarque, *À l'ouest, rien de nouveau*, un bon roman qu'il avait lu quelques années plus tôt. Décrivant la montée des soldats vers la ligne de front, Remarque parlait d'un étrange effet d'aspiration. Néstor ressentait cet effet, à présent. En dépit de toutes ses craintes – et elles étaient nombreuses –, le lieu du futur combat l'attirait à la manière d'un aimant maléfique. Il se sentait comme un fétu de paille pris aux abords d'une monstrueuse zone dépressionnaire. Le tourbillon de la guerre était sur le point de l'emporter dans sa spirale.

Les membres de la colonne 4 attendaient la venue de l'aube qui, déjà, quelque part sur leur droite, éclaircissait la ligne d'horizon et faisait pâlir la lumière des étoiles. Des hommes préparaient des cocktails Molotov en fourrant des bouts de tissu dans des bouteilles remplies d'essence, puis ils fixaient ces projectiles sur des « bâtons de lancement » dont une extrémité ressemblait à un entonnoir et l'autre se composait d'un bâton enfoncé dans une cartouche dont on avait sorti les plombs. Le dispositif était ensuite inséré dans le canon raccourci d'un fusil de calibre 16. Néstor avait déjà vu ce type d'armes bricolées. On les calait avec deux pieds destinés à former, culasse comprise, un tripode, et elles pouvaient projeter selon leur orientation une bouteille enflammée à plus de cent mètres, avec une précision raisonnable.

Une pensée saugrenue traversa Néstor comme une décharge de courant : il n'avait jamais vu Paris. Il allait mourir sans avoir contemplé la tour Eiffel. Il avala sa salive à grand-peine.

Les premières détonations retentirent moins d'une minute plus tard. Elles étaient accompagnées de flashs qui illuminaient de l'intérieur la cité assoupie.

Les partisans ! pensa Néstor.

La manœuvre de diversion démarrait comme convenu. Le jeune homme inspira, tendu à l'extrême, tel un ressort, mais un ressort rouillé, récalcitrant. Les grosses explosions ressemblaient à des tirs de feux d'artifice, la diversité des couleurs en moins, et les petites s'apparentaient plutôt à des pétards. Ces dernières arrivaient par chapelets, sèches et peu impressionnantes. Il y avait sans doute de la fumée, mais Néstor ne la voyait pas. Il faisait encore trop sombre. La tempête grondait. Explosions sourdes, crevées par de brefs aboiements, des claquements nets.

« Suivez-moi », dit le Che.

Il arma son Colt .45 fétiche et se leva. Deux cents hommes fondirent avec lui sur Trinidad. L'élan de la course était rapide au départ, mais les guérilleros ralentirent à mi-parcours. Néstor sentait les détonations vibrer sous ses pieds. Leur écho se propageait en lui. Puis il réalisa que la plupart de ces bruits étouffés venaient de son corps et non de la bataille. Il s'agissait du sang pulsé dans ses tympans en coups réguliers, de plus en plus rapprochés.

Ils dépassèrent de magnifiques lauriers tulipiers, et l'aube se leva au moment où ils entraient dans la ville par le sud. Ils marchaient d'un bon pas, sans courir. Les habitants ouvraient leurs volets pour jeter un œil curieux, mal réveillé, à cette étrange procession. Des acclamations commencèrent à éclore ici ou là, avec toujours le bruit des affrontements en sourdine. Néstor avait tout imaginé sauf ça. À dire vrai, il n'en croyait pas ses yeux. Les guérilleros se déplaçaient comme s'ils étaient déjà en terrain conquis. Le spectacle tenait à la fois du défilé et du carnaval : les hommes déchargeaient leurs armes en l'air, placardaient des consignes sur les murs et chantaient à pleins poumons l'hymne du 26 juillet. Aucune voiture de patrouille. Aucun signe des yankees. Rien ! C'était le moment de sortir la caméra. L'œil collé au viseur, Néstor enregistra autant d'images qu'il put.

Rares étaient les maisons à étage. De hautes fenêtres perçaient chaque façade et un socle orné de barreaux en bois ou en fer forgé les séparait du niveau de la rue. Des étais soutenaient le bord des toits. Néstor filmait les habitants postés derrière les barreaux surmontés d'auvents. Une vieille femme applaudissait. Un petit garçon agitait un fanion aux couleurs du drapeau cubain. Il les emprisonna tous les deux dans son viseur, à la faveur d'un rapide panoramique, tout en effectuant la mise au point en même temps qu'il marchait.

« *¡Viva Fidel !* criaient les gens.

— *¡Viva el Che !* »

Gagné par la liesse, Néstor se surprit à saluer les citadins et à sourire. Il faisait partie intégrante d'une armée de libération. Il défendait une cause belle et noble. La pétarade émanant des quartiers ouest avait pris définitivement des airs de fête. Néstor n'avait presque plus peur, et il se sentait prêt à signer des autographes. Pareil début de matinée *ne pouvait pas* mal tourner !

Les barbus remontèrent la rue Camilo Cienfuegos sans rencontrer d'obstacle. Le Che fit placer un cordon de mines à l'embranchement avec la rue Antonio Maceo, qui partait vers leur gauche, au nord-ouest. Les renforts venus de la caserne passeraient à coup sûr par là : c'était l'artère principale. Le Che était calme et ne semblait prêter aucune attention aux acclamations. Les gens avaient beau être enthousiastes, ils restaient chez eux, incertains de la tournure qu'allaient prendre les événements. Néstor entendit un nouveau concert de coups de feu et d'explosions. La colonne de García attaquait le nord de la ville. Ce second foyer de décibels parut doucher l'enthousiasme des citadins. Certains se replièrent dans leur logis et fermèrent les volets. Les autres se tordaient le cou dans l'espoir de voir quelque chose. Un vieillard fit un signe de croix.

Il n'y avait personne dans les rues, à part les guérilleros. Le Che avait déjà envoyé des compagnons soutenir les partisans. Il discutait pour l'heure avec l'un de ses plus fidèles compagnons prénommé Benigno. Il comptait sur ses doigts, et Benigno approuvait par des hochements de tête répétés. Néstor filma les deux hommes durant quelques secondes, puis il s'arrêta, car un grondement mécanique bizarre se substituait peu à peu au ronronnement feutré et réglé comme un mécanisme d'horlogerie qui sortait de son appareil.

« Char ! » cria quelqu'un.

Cette fois, tous les volets claquèrent, même si un mince panneau de bois n'avait aucune chance de protéger quiconque d'un obus de 105 mm. Les guérilleros se collèrent contre les murs. Quelques-uns rampèrent sous les voitures stationnées le long du trottoir. Néstor se cacha derrière une Buick, en compagnie du Che, de Benigno et d'un homme armé d'un bazooka. Le grondement du moteur Diesel gagnait en intensité, accompagné par des crissements d'engrenages mal huilés. Les pavés vibraient et des plaques de plâtre se détachaient des murs les plus délabrés. Néstor tremblait. Il n'osait plus filmer. Il craignait d'attirer sur lui l'attention du monstre d'acier. Ce dernier déboucha dans la rue dix secondes plus tard. Le cordon de mines se tendit, se rompit et explosa. Néstor rentra la tête dans les épaules, les tympans saturés par l'explosion. Des éclats se fracassèrent contre la Buick, et il reçut une cascade de débris de verre sur les épaules et dans les cheveux. Il y eut un bruit singulier, pareil à un long ruban de cartouches qui se dévide sur les pavés, et Néstor en déduisit que le char avait perdu au moins l'une de ses chenilles. Le sol ne vibrait plus. Le char ne bougeait plus. Le Che risqua un œil, se tourna vers l'homme au bazooka et dit : « Vas-y. »

L'homme au bazooka se redressa, un genou encore au sol, et cala son arme à la fois sur son épaule et sur le capot du véhicule. Néstor grimaçait, immobile, sa caméra serrée contre lui comme un talisman. Les nerfs à vif, il entendait la tourelle du char qui pivotait lentement avec un cliquetis mugissant. Il luttait pour ne pas se pisser dessus.

Benigno enfourna une sorte de gros suppositoire dans le bazooka puis donna deux tapes sur la casquette du guérillero prêt à ouvrir le feu. Le bazooka aboya. Son obus percuta l'armure du blindé et le *bong* métallique de l'impact fut aussitôt noyé dans le vacarme de l'explosion.

Des cris de joie saluèrent cette petite victoire. De nombreux guérilleros se redressèrent et tirèrent sur la bête blessée, sans que le Che en ait donné l'ordre.

« Les idiots, grinça ce dernier. À couvert ! J'ai dit : à couvert !!! »

Une rafale de mitrailleuse remonta le long des murs de la rue Maceo et les balles de gros calibre touchèrent un homme posté plusieurs mètres derrière la Buick. Néstor vit le treillis de l'homme se soulever et devenir rouge vif, puis son bras fut arraché de son buste et sa tête explosa.

Le jeune cameraman déglutit. Il ne pouvait détacher son regard du corps déchiqueté.

Est-ce qu'il a eu le temps de souffrir ?

Les tirs de mitrailleuse cessèrent.

« Allez, encore une fois », soupira le Che à l'adresse de l'homme au bazooka, qui se remit en position.

Benigno chargea l'arme par l'arrière et un nouveau coup de tonnerre ébranla la jonction des deux rues.

« Cette fois, il a son compte », dit l'homme au bazooka.

La trappe du char s'ouvrit, libérant une fumée blanc sale. Un soldat sortit de la tourelle en toussant. Il fut aussitôt abattu et son corps chuta sur les pavés.

« *¡ No tire !* cria une voix venant du char dans un mauvais espagnol. *¡ Rendirse !*

— Sortez un par un et les mains en l'air ! » répondit le Che.

Un deuxième homme s'extirpa du mastodonte, bras levés. Deux autres l'imitèrent. Ils toussaient et saignaient des oreilles.

Aussitôt, les guérilleros s'employèrent à les coller contre un mur. Les prisonniers trébuchaient et se soutenaient mutuellement. Le Che se porta à leur rencontre. Ils étaient alignés, comme prêts pour le peloton d'exécution.

« Ne les tuez pas », dit le Che à ses hommes.

Il voyait bien que nombre d'entre eux avaient la détente qui les chatouillait. Les soldats américains paraissaient sonnés et terrifiés.

« Combien de Marines sont encore dans la caserne ? » questionna le Che.

Silence.

Le Che braqua son Colt .45 sur la tête d'un prisonnier. « Je répète ma question : combien de Marines dans la caserne ?

— La moitié de nos troupes », répondit le chef de char.

Sa pomme d'Adam montait et descendait. Il n'avait pas l'air rassuré. Le Che hocha la tête.

« *Bueno.* » Il siffla le médecin de son groupe. « Juan, soigne rapidement ces hommes et rejoins-nous à la Plaza Mayor.

— *Sí, comandante.* »

Néstor filma Juan en train de donner les premiers soins aux blessés yankees. Son admiration pour le Che s'accroissait de minute en minute. Celui-ci porta le regard sur le cadavre étendu un peu plus haut, dans la rue Maceo.

« Couvrez ce corps avec quelque chose, une couverture, n'importe quoi ! » cria-t-il. Il semblait soudain très énervé. « Et attendez mon ordre pour tirer quand je dis d'attendre ! continua-t-il sur le même ton. On aurait pu éviter ça ! »

Les guérilleros l'écoutaient, penauds. Sa colère retomba quand deux hommes recouvrirent le corps, ou du moins ce qu'il en restait, avec une grande bâche. Il discuta de nouveau avec Benigno et divisa le restant de sa colonne en deux unités de quatre-vingts hommes chacune. La première continua à remonter vers le nord, en direction de la caserne. La seconde, dirigée par le Che en personne, se mit en route au pas de charge vers l'ouest. Néstor faisait partie de ce groupe. Benigno aussi. Le Che avait gardé l'homme au bazooka avec lui, mais tous les mortiers et les M16 avaient été emportés par l'autre section.

« Tu es sûr que ça ne va pas nous manquer ? s'était inquiété Benigno, au moment de la répartition des armes lourdes.

— Ils en auront besoin pour attaquer la place forte », avait répondu le Che.

La rue Antonio Maceo montait. Tous les volets étaient fermés, sans exception. Les bruits de la fusillade se rapprochaient et, de nouveau, la trouille serra le ventre de Néstor. Il voyait bouger les omoplates du Che qui courait à deux mètres de lui, Colt au poing. Sa chevelure flottant en crinière noire dansait sous son béret. Il tourna sur la droite, rue Francisco Javier Zerquera ; ça montait encore. Des coups de feu claquaient au-devant du groupe, leur écho se faufilant dans les venelles les plus étroites. Ils croisèrent un âne qui s'éloignait de la fusillade en trottant, deux paniers vides sur les flancs, et Néstor se dit que l'animal était plein de bon sens.

Quelques secondes plus tard, un guérillero stoppa l'avancée du Che à l'intersection avec la rue Real del

Jigüe. Il s'agissait de l'un des hommes envoyés en avant-garde. Il était armé d'un fusil Garand et boitait.

« N'allez pas plus loin, dit-il. Il y a des snipers sur la Plaza Mayor. Trois ou quatre sur le toit de l'église, avec une mitrailleuse. Et sûrement d'autres dans les bâtiments autour.

— Les partisans ? questionna le Che.

— Ils se battent au niveau du couvent, un pâté de maisons plus loin. Le gros des renforts s'acharne sur eux, mais apparemment ils tiennent bon. Le vrai problème, c'est les snipers. Les yankees ont protégé leurs arrières.

— J'aurais fait la même chose, maugréa le Che. On ne peut pas monter sur les toits ?

— Non, l'église domine toute la place. Ils peuvent nous allumer un par un si on joue à ce petit jeu-là. »

Un bruit de mitrailleuse interrompit les deux hommes. Le tir venait d'une position élevée, si l'on en jugeait par la manière dont le son se dispersait aux quatre vents. Un silence suivit la rafale, puis des insultes se succédèrent, en anglais et en espagnol.

« *Come and get us, fuckers!*

— *¡ Hijos de putas !* »

Le Che déplia sa carte de la ville qui était à présent toute froissée et déchirée par endroits.

« Benigno, tu reviens sur tes pas avec quarante hommes et tu contournes par le sud, rue Valdés Muñoz. Puis tu remontes par la rue Simón Bolívar. Moi, je remonte le plus près possible de l'église. On se planquera ici, à l'angle de la rue Rosario. Tu nous couvriras quand on investira la place. »

Benigno acquiesça, sélectionna trois escouades et fila de son côté sans perdre de temps.

Le Che s'adressa aux hommes qui restaient : « Derrière moi. »

Il enfila la rue Francisco Javier Zerquera sur trente mètres, Néstor sur ses talons. Le groupe progressait le long d'un bâtiment de style colonial. Les coups de feu continuaient, sporadiques. Il y avait déjà un détachement de guérilleros qui attendaient à l'angle de la rue Fernando Hernández Echerri. Plusieurs hommes étaient blessés.

« La faute à cette saleté de mitrailleuse », dit un homme à qui on était en train de bander le biceps.

Néstor apercevait le faîte de l'église de la Santísima Trinidad. Le fronton était massif mais non dénué d'une certaine élégance typiquement hispanique. Un porche soutenu par de robustes arches s'avançait de quelques mètres sur la place où un guérillero était étendu, sans doute mort. L'homme reposait dans une flaque de sang bruni. Un chien jaune, très maigre, léchait le sang presque noir à petits coups de langue rapides, indifférent aux détonations qui continuaient de déchirer l'air. Un autre guérillero s'était traîné sous le porche. Adossé à une colonne, il essayait de se faire un garrot à la jambe. Il avait perdu son arme, et aussi beaucoup de sang. Néstor reporta son attention sur l'emplacement d'où partaient les coups de feu. Il n'y avait pas de clocher apparent, et le sommet de la façade ressemblait plutôt à un pignon bosselé. L'ennemi se cachait derrière cette protection ornementale. Les éclairs brefs des fusils et la flamme qui sortait du canon de la mitrailleuse signalaient leur présence par intermittence.

« Tu vas me dégommer ces salopards, dit le Che en tapant sur l'épaule de l'homme au bazooka.

— Désolé, commandant, je ne peux pas, répliqua l'homme.

— Quoi ?

— Je suis catholique. Je ne peux pas tirer sur la maison du Seigneur. C'est contre mes principes. »

Le Che le regarda comme s'il allait le tuer.

« Je suis désolé, répéta l'homme.

— Tu es un traître ou un lâche ? cracha le Che.

— Ni l'un ni l'autre, je suis catholique.

— Nom de Dieu ! » jura le Che. Il bouscula l'homme en lui prenant le bazooka. « Une roquette, vite ! » cria-t-il.

Un guérillero s'exécuta aussitôt.

« Couvrez-moi », dit le Che aux autres.

Il se mit à courir, l'arme lourde sur l'épaule. Les guérilleros tiraient sur l'église en surgissant et s'abaissant comme des yoyos, mais, en dépit de ce déluge de plombs, un sniper s'entêtait à prendre pour cible leur impétueux commandant. Deux plumets de poussière apparurent dans son sillage et les balles ricochèrent sur les pavés. Néstor était estomaqué par le courage du Che. Il filma ce dernier en train de s'abriter derrière une voiture, quelques mètres plus loin, une Plymouth à la carrosserie rouge éclatante et brillant de mille feux. De cette position, le Che avait une meilleure perspective sur le nid de mitrailleuses. Les guérilleros tiraient et rechargeaient sans discontinuer. Les douilles giclaient sur le sol dans un concert de tintinnabulements. Le Che visa le haut du fronton et tira. La roquette passa en sifflant au-dessus de l'édifice. Les yankees s'arrêtèrent de riposter durant un instant, comme si on leur avait coupé le sifflet.

« Roquettes ! » cria le Che à ses hommes en leur faisant signe de venir.

Un guérillero qui portait un lourd sac s'élança. La mitrailleuse le faucha à mi-course entre l'angle protecteur et la voiture derrière laquelle le Che se planquait. L'homme au sac s'était effondré d'un coup, comme un paquet de linge sale. Son sang se répandait en rigoles géométriques épousant les interstices entre les pavés.

« Le sac ! cria le Che. Apportez-moi le sac ! »

Mais, visiblement, personne n'avait envie de se jeter sous les balles de l'ennemi.

Le Che désigna un homme posté juste à côté de Néstor. Celui-ci continuait à filmer, comme si l'objectif de sa caméra était un bouclier entre lui et le monde réel.

« Toi ! Apporte-moi le sac. »

L'homme avait un visage de métis, mélange de mulâtre et d'Asiatique. Sa barbe était moins fournie que celle des autres guérilleros. Il pâlit, mais hocha la tête, silencieux, concentré.

« C'est un ordre ! continua le Che. Allez, viens ! »

Le métis piqua un sprint d'enfer, slalomant entre les balles. Il ramassa le sac au passage et plongea le long du véhicule. Néstor avait enregistré toute sa course. Sans cesser de filmer, il recadra et zooma sur le Che pendant que le courageux guérillero chargeait le bazooka. Le Che tira une nouvelle fois.

Et manqua de nouveau sa cible.

Alors, comme s'il cherchait à se racheter, l'homme qui avait refusé d'ouvrir le feu sur l'église s'élança à son tour. Il fut moins chanceux que le métis et tomba au même niveau que son camarade déjà mort en tournant sur lui-même. On aurait dit qu'il valsait avec une partenaire invisible.

Le Che tira au bazooka pour la troisième fois.

Le pignon de l'église disparut dans un chaos de fumée et de briques pulvérisées.

« *¡ ADELANTE !* » cria le Che.

17.

D'abord large avenue, le bras de fleuve rétrécissait en étroit chenal à mesure que le vapeur descendait vers le sud. La végétation se refermait sur le ruban bleu, et il fallait éviter les hauts-fonds de plus en plus fréquents. Ces derniers se trouvaient la plupart du temps à proximité d'îlots boisés, mais pas seulement. Les trois hommes se relayaient à l'avant pour jouer les vigies. Les reflets du soleil faisaient mal aux yeux, à la longue, mais quand Robert Stone chaussa ses lunettes noires, Fuentes lui conseilla de les ranger, car il aurait du mal à distinguer les couleurs suspectes qui indiquaient la présence de bancs de sable. En cas de doute, la vigie devait sonder l'eau à la perche ou avec une foène.

Robert Stone était encore posté à la proue quand ils abordèrent le passage le plus étroit du chenal, un virage heureusement tout en douceur et pas à angle droit.

« Ralentissez, dit Robert Stone à Fuentes, qui était à la barre. Là, c'est serré. »

Hemingway le rejoignit à l'avant. « Hooper a raison, dit-il. C'est rudement serré. Mets au point mort et profite de l'élan pour épouser le tournant.

— D'accord », lança Fuentes.

Les deux vieux étaient calmes et attentifs.

« Serre à bâbord, indiqua Hemingway. Mieux vaut racler les racines des palétuviers que le banc de sable. »

À leur gauche, il y avait la berge avec les arbres, et à leur droite on distinguait un monticule boueux.

« Ça va passer ? demanda Robert Stone.

— Ça devrait », répondit l'écrivain.

Fuentes manœuvrait en finesse, par petites corrections successives. Il y eut un bruit sur leur gauche, un griffement prolongé, quand ils entrèrent en contact avec les racines des arbres. Le passage était si étroit qu'ils touchaient presque le banc de sable également. Robert Stone aurait pu tendre le bras et caresser la boue affleurant à la surface.

« C'est bon, continue comme ça », encouragea Hemingway.

Ils sortirent du virage au ralenti et Robert Stone soupira, soulagé.

Mais il y avait d'autres lacets, plus loin.

À un moment, le bateau passa sous un dais opaque qui formait un couvercle au-dessus de l'eau. Des palétuviers se présentaient des deux côtés, et l'agent de la CIA eut l'impression de s'enfoncer dans une galerie obscure, une grotte de feuilles pavée d'eau. Le coin était sombre et calme, presque sans air. Des insectes dansaient dans cette antichambre naturelle. Fuentes et Hemingway redoutaient que les escarbilles de la chaudière mettent le feu à ce méli-mélo de branches au-dessus de leur tête, mais il n'en fut rien : le ciel bleu électrique réapparut quelques minutes plus tard. Un oiseau de proie décrivait des cercles, très en hauteur, devant la boule jaune du soleil.

Le mince bras de fleuve faisait des boucles. Un héron effrayé jaillit sur la gauche du bateau et s'enfuit en survolant les méandres du chenal dans un vol en zigzag. Plus loin, Robert Stone aperçut une sorte de gros chevreuil en train de boire.

« Dommage que nous ne tenions pas à attirer l'attention sur nous, dit Hemingway. C'est une belle bête et je ne l'aurais pas manquée. »

Il fit mine de viser l'animal avec son fusil Johnson, caressa de la pulpe du doigt la détente et murmura : « Bang. »

Puis il retourna discuter avec Fuentes à la barre.

Robert Stone continuait de scruter la surface ; il vit un serpent d'eau glisser en se tortillant.

« Sondez, Hooper, voulez-vous ? » cria Hemingway depuis la cabine.

Robert Stone s'exécuta avec la foène.

« Combien ? cria de nouveau Hemingway.

— Cinq pieds.

— C'est bon, on continue. »

Robert Stone remontait la foène quand il aperçut le petit point, sur l'eau, plus loin en aval, au bout d'une grande ligne droite plus large que la moyenne.

« Une embarcation ! » annonça-t-il.

Hemingway revint à l'avant et braqua ses jumelles sur le point qui grossissait. Comme il ne disait rien, Robert Stone demanda : « C'est quoi ?

— Une barque. Avec trois hommes.

— Des pêcheurs ?

— Ou des hommes de Castro. Ou des anticastristes. Ou des trafiquants de drogue. Ou vos amis de la CIA.

— Je suis photographe. »

Hemingway avait toujours les yeux collés aux jumelles. Il tournait la molette.

« Faites voir », dit Robert Stone.

L'écrivain lui donna les jumelles. Elles grossissaient douze fois.

Il y avait bien trois hommes sur le bateau, habillés comme des paysans et non comme des militaires. L'un d'eux godillait avec un aviron situé à l'arrière de l'embarcation. Un autre était couché. Le dernier regardait dans la direction du vapeur, main en visière sous le large bord de son chapeau de paille.

« Ils n'ont pas de battle-dress, commenta l'agent de la CIA. On dirait des pêcheurs. »

Il entendit un bruit de culasse dans son dos. C'était Hemingway qui avait sorti une Winchester .30-30 de son équipement.

« Prenez ça, dit-il. On ne sait jamais. »

Robert Stone prit l'arme et Hemingway ramassa son propre fusil, puis il se tourna vers Fuentes pour jeter : « Tu as ton Luger ?

— *¡ Sí, Papá !* »

L'autre bateau se rapprochait. L'homme coiffé d'un grand chapeau continuait de faire des signes aux occupants du vapeur.

« On ne peut pas les éviter ? demanda Robert Stone tout en prenant conscience de la stupidité de sa question.

— Non, répondit Hemingway. À moins que vous ne trouviez un moyen de nous faire pousser des ailes en cinq secondes. (Une pause.) Repassez-moi les jumelles. »

Robert Stone obéit. Il se sentait un peu idiot et n'aimait pas ça. La barque était à vingt mètres. Quinze mètres.

L'homme allongé sur le ventre portait une salopette. Il était grand et maigre. Celui coiffé d'un chapeau avait une barbe très fournie et des traits anguleux. Le dernier, celui qui maniait la godille, était le plus petit des trois, le plus jeune aussi. Robert Stone ne lui donnait pas plus de vingt ans. Ils avaient tous des vêtements sales, déchirés, et ils ressemblaient à des bagnards en fuite. On ne voyait aucune arme sur le pont ; aucun équipement de pêche non plus. Il y avait de gros paniers en osier posés entre les bancs de nage, et tous étaient fermés par un couvercle également en osier. Robert Stone remarqua une outre d'alcool en forme de jambon au milieu des paniers.

Le barbu qui faisait des signes s'arrêta. Ils étaient vraiment proches à présent.

« *Amigos*, nous avons besoin d'aide ! » dit le type, et il souleva son chapeau dans une amorce de salut respectueux.

Sa barbe était très noire, comme ses yeux. Son visage au teint olivâtre allait en s'étrécissant jusqu'à un grand nez, comme un bec de héron. Robert Stone n'aima pas la lueur qu'il vit dans son regard, pas plus que son sourire du type qui essaie de vous la faire par-derrière ; un mauvais frisson lui remonta le long de l'échine.

« Qu'est-ce qui vous arrive ? » lança Hemingway.

Le barbu montra le corps étendu en travers de l'embarcation. « Notre ami est blessé. Vous avez une trousse de secours ?

— Nous avons ça, dit Hemingway sur un ton neutre.

— C'est *la Virjen* qui vous envoie ! » clama l'homme en remettant son chapeau sur la tête.

Il se signa. L'hélice du vapeur cessa de tourner, mais l'inertie le projeta encore vers l'avant durant quelques mètres. Fuentes n'avait pas bougé de la cabine. Il gardait une main sur la barre et l'autre sur la crosse du Luger passé à sa ceinture.

« Qu'est-ce qu'il a, exactement, votre ami ? demanda Robert Stone.

— Il s'est blessé, répéta le barbu. Avec un harpon. »

Robert Stone ne voyait aucun harpon ni même un lance-harpon sur le pont. Pas de filet non plus. Il fronça les sourcils.

« Comment il a fait son compte ? » lança-t-il.

Le barbu ne répondit pas. Les deux coques se cognèrent avec un bruit doux. L'agent de la CIA transpirait nerveusement et sa chemise collait à son dos, gluante. Il avait calqué sa posture sur celle de Hemingway : le fusil ramené contre lui, canon vers le ciel, ni trop décontracté, ni trop belliqueux. Il attendait. Son instinct, rarement pris en défaut, lui disait que quelque chose clochait.

« Ah, merci, merci ! » dit le barbu.

Il tendit la main dans un geste qui signifiait clairement « aidez-moi à monter à bord ». Hemingway regarda Robert Stone, qui regarda Hemingway.

« Vous êtes de vrais gentlemen », ajouta le barbu, la main toujours tendue.

L'écrivain se pencha et l'autre, sans crier gare, lui agrippa le poignet et tira un bon coup. Hemingway tomba à l'eau tête la première dans une gerbe d'éclaboussures. C'était le signal que l'homme allongé attendait. Il se retourna d'un coup, un fusil serré dans les bras comme un nourrisson. Et il ouvrit le feu. Robert Stone entendit la détonation, curieusement assourdie, vit le nuage de chevrotines qui grossissait, comme au ralenti, pareil à une nuée d'insectes englués dans l'air gélatineux, puis le temps reprit son cours normal, et il sentit simultanément les plombs qui déchiraient son pantalon, sa peau, et rebondissaient sur le pont, pareils à la grêle d'une giboulée de printemps. Il riposta. Un trou rouge apparut, au niveau du ventre, dans la salopette de l'homme allongé, qui fut secoué d'un spasme d'épileptique. Le barbu avait un pistolet caché dans son dos. Il le braqua sur Robert Stone, mais Fuentes ne lui laissa pas le loisir d'appuyer sur la détente. Une balle de Luger siffla à l'oreille de Robert Stone avant de faire éclore une fleur de sang sur l'épaule du barbu, qui lâcha un cri sec, mais pas son arme. L'homme à la godille avait dégainé un flingue, lui aussi. Un revolver. Il tira deux fois, rata Robert Stone coup sur coup, à moins qu'il n'essayât plutôt de viser Fuentes. Un bruit de verre brisé indiqua d'ailleurs qu'il avait atteint la vitre du poste de timonerie. Robert Stone fit claquer la culasse. Une douille tomba à ses pieds. Il abattit l'homme à la godille qui passa par-dessus bord en battant des bras. Le barbu était encore debout et dangereux. Il tira en grimaçant sur Robert Stone et le rata une nouvelle fois. Tout en jouant de la culasse, celui-ci fit pivoter le canon de son arme pour riposter. Le dernier coup de feu claqua, tonnerre manufacturé Winchester. Le chapeau de paille s'envola, comme emporté par une brusque bourrasque, et son propriétaire bondit en arrière, la moitié du crâne volatilisé dans un geyser de sang, de chair et d'os.

L'échange n'avait pas duré plus de quelques secondes. Robert Stone haletait, les narines saturées de l'odeur du sang et de la cordite.

La tête de Hemingway creva l'eau.

Il vit le cadavre qui flottait à côté de lui, et les deux autres étendus de tout leur long, dans la barque. Il se tourna vers Robert Stone, le .30-30 encore fumant dans les mains.

« Photographe, hein ? » lança-t-il sur un ton sarcastique.

Robert Stone expira tout l'air de ses poumons pendant que l'écrivain se hissait à bord de la barque. Le vieil homme dégoulinait, jurait et pestait en espagnol.

« J'ai perdu mon Johnson, grogna-t-il. Il a coulé à pic ! »

Il souleva les couvercles des paniers en osier. Ces derniers étaient remplis de revolvers ou de fusils à canon court. Robert Stone trouva la force de plaisanter.

« Un de perdu, dix de retrouvés.

— Alors ça », marmonna Hemingway.

Il soulevait d'autres couvercles. Certains paniers contenaient des boîtes de munitions avec le sigle de l'armée américaine imprimé dessus, ou encore des grenades par dizaines.

« Des trafiquants d'armes ? hasarda Robert Stone.

— Faut croire, répondit Hemingway. Heureusement qu'aucune balle n'a touché ces paniers ; ça aurait pu nous expédier *ad patres* illico. »

Robert Stone hocha la tête.

« Vous êtes blessé, dit Hemingway en désignant son côté droit.

— Rien de grave. »

Mais, plus les effets de l'adrénaline se dissipaient, plus la douleur sortait ses griffes de chat sauvage.

Hemingway déboucha l'outre en forme de jambon et but un coup, puis il la reposa.

« Eh, Gregorio ! cria-t-il. Viens voir un peu ça ! »

Fuentes ne répondit pas.

« Gregorio ? »

Les deux Américains se retournèrent. Le vieux marin gisait sur le pont, étendu dans son sang.

« Merde ! » lâcha Robert Stone.

Il bondit jusqu'à la timonerie. Fuentes respirait avec difficulté. Il avait été touché à la cuisse, mais la trajectoire de la balle de .45 demeurait incompréhensible. Le blessé lâcha un glapissement aigu quand Stone le retourna. Le projectile était ressorti par le bassin, un des pires endroits qui soit pour une blessure par balle. Il y avait plein de vaisseaux fémoraux là-dedans. L'Américain déchira le haut du pantalon de Fuentes. Il eut un mouvement de recul quand un sang rouge vif gicla de plus belle ; c'était mauvais signe.

Il ne survivra pas, à moins d'un miracle.

Il fouilla quand même dans l'équipement, à la recherche de la trousse de secours. Il fallait stopper l'hémorragie.

Dans l'idéal, je devrais clamper l'artère. Sauf que je n'ai pas de clamps. Et que je ne suis pas toubib !

Il entendit des bruits de pas lourds derrière lui. Hemingway était remonté sur le bateau et accourait en prenant garde de ne pas glisser dans la flaque de sang huileuse.

« Gregorio », dit l'écrivain.

Fuentes tremblait des pieds à la tête, mais un petit sourire bizarre flottait sur ses lèvres. Il se bagarrait avec la douleur dans une lutte inégale. Son regard était déjà lointain. Hemingway roula en boule les lambeaux de tissu déchiré et les pressa au niveau de la blessure sans trop appuyer. Son ami grimaça. Robert Stone avait trouvé la morphine. Il en injecta une dose au mourant. Au moins, le vieil homme partirait en douceur.

« Je… je… bredouilla Fuentes.

— Ne parle pas », lui dit Hemingway.

L'écrivain ne paniquait pas. Il avait déjà vu des hommes succomber à leurs blessures. Cependant, il y avait une profonde tristesse dans ses yeux. Il se mordait la lèvre inférieure en cherchant des mots de réconfort qu'il savait par avance dérisoires.

« Ça fait mal, dit Fuentes.

— Je sais, dit Hemingway. Ne parle pas.

— Vous allez vous en sortir », ajouta Robert Stone avec un manque de conviction flagrant.

Fuentes avala sa salive et les tremblements se calmèrent. La morphine agissait. Il attrapa le poignet de Hemingway avec une force surprenante et lâcha dans un souffle : « Merci, *Papá*.

— Merci ?

— Oui, merci.

— Pourquoi ? »

Fuentes eut une sorte de hoquet, déglutit et dit : « À Cojímar, il ne se passait jamais rien. Je ne bougeais pas beaucoup. Il y avait toujours du travail à faire ou un enfant à élever, ce genre de choses... Et puis, tu es arrivé et tu as dit : "Viens, *viejo*. Viens avec moi chasser, ou pêcher l'espadon, ou attraper des U-Boote, ou encore trouver ce fils de pute de Castro." Et chaque fois, c'était une belle aventure. Même celle-là, la dernière. Alors je voulais te dire merci, *Papá*. Du fond du cœur. »

Parler avait épuisé le vieux pêcheur. Son regard se leva vers le ciel sans nuages, comme s'il essayait de distinguer quelque chose dans le bleu azuréen.

« Merci à toi », dit Hemingway d'une voix rocailleuse.

Robert Stone avait la gorge sèche. Il guettait le moment où le marin passerait de vie à trépas. C'était une subtile transition, difficile à repérer avec certitude. Peut-être qu'en se concentrant il verrait l'âme sortir de ce corps exsangue ?

Les yeux de Fuentes se figèrent, vitreux, et sa poitrine cessa de se soulever. Hemingway lui ferma les paupières sans rien dire, puis il s'assit, les fesses dans la flaque de sang, jambes repliées. Il passa la main dans ses cheveux mouillés avant de soupirer longuement.

« Décider pour les autres, c'est l'un de mes pires défauts, dit-il. J'ai toujours fait ça avec mes femmes, mes enfants, mes amis…

— Il vous a suivi de son plein gré, répliqua Robert Stone.

— Et maintenant, il est mort… Laissez-moi seul un instant, Hooper, s'il vous plaît.

— D'accord. »

Robert Stone se leva et ressentit une méchante douleur sur le côté droit. Les plombs avaient lacéré tout le haut de sa cuisse ainsi que sa hanche. Les petites plaies le brûlaient, comme si tout un bataillon de fourmis rouges s'était incrusté sous son épiderme. Il s'éloigna de quelques mètres, enleva son pantalon et répandit du sulfamide en généreuses couches, puis il colla des compresses sur sa peau avec du ruban adhésif de déménageur. Il déchirait le chatterton avec ses dents, collait, déchirait un autre morceau. Il avait mal et redoutait de tomber dans les pommes. Il enfila un pantalon propre. Il boitait un peu, mais il pouvait encore marcher.

« Aidez-moi, Hooper », grommela Hemingway.

L'écrivain désignait les corps des trafiquants. Ils jetèrent les cadavres à l'eau et attachèrent la barque au vapeur, puis ils abordèrent la rive orientale du bras de fleuve. La végétation était particulièrement dense et compacte à cet endroit.

« Je vais encore avoir besoin de vous, dit Hemingway. Pour porter Gregorio.

— Vous voulez l'enterrer ?

— Oui. »

Hemingway paraissait à la fois effondré et très digne. Il ne pleurait pas, mais le chagrin rayonnait de sa personne en ondes de douleur presque palpables. Il passa la bretelle de son fusil à l'épaule et commença à soulever le cadavre encore tiède. Robert Stone vint l'aider. Le corps du vieux pêcheur était plus lourd qu'il ne l'aurait cru, et ils avaient du mal à se frayer un chemin à travers les buissons pleins de ronces et les branches basses des arbres. Les deux hommes ahanaient et transpiraient.

« On n'ira pas loin, comme ça », dit Robert Stone.

Ils trouvèrent une espèce de fondrière. La terre était molle, spongieuse.

« Ici, ça ira », déclara Hemingway.

Il sortit deux petites pelles pliantes de son sac et en donna une à Robert Stone.

Ils déblayèrent les feuilles et la pourriture et se mirent à creuser en cette chaude après-midi de l'été cubain. La sueur brillait sur leur peau et plaquait leurs cheveux en touffes moites. Ils soufflaient en cadence, chacun perdu dans ses pensées. Robert Stone se sentait très fatigué, ramolli comme un morceau de guimauve chauffé au-dessus d'un feu. Ses doigts de pieds mijotaient dans des chaussettes mouillées et crasseuses. Ses paupières paraissaient lestées de plomb. Des moustiques bourdonnaient autour des deux hommes, quand ils ne leur piquaient pas la figure, le cou et les bras.

Le trou terminé, ils tirèrent le corps avant de le faire basculer dedans. Puis ils rebouchèrent le tout avec les mains cette fois, car c'était plus facile.

Hemingway trouva deux branches en forme de baguette qu'il attacha avec de la ficelle. Une fois plantée cette croix improvisée, il inspira profondément et se tourna vers Robert Stone.

« Vous êtes catholique, Hooper ?

— Oui, enfin non pratiquant.

— Pas grave. Dites un mot pour Gregorio.

— Pourquoi moi ? C'était votre ami. Et vous saurez trouver de meilleurs mots. C'est vous l'écrivain, après tout.

— Cela aura plus de poids si c'est vous qui les dites. Je ne suis pas croyant. Allez, faites-moi plaisir et dites une prière. »

Le vieux était du genre obstiné. Robert Stone ferma les yeux et marmonna un « Notre Père », mains jointes et tête légèrement inclinée. Les mots lui paraissaient creux et sans substance, mais il récita la prière jusqu'au bout.

Quand il rouvrit les yeux, le vieux avait changé de position et braquait son fusil sur lui.

« À quoi vous jouez ? » cracha Robert Stone.

Il était plus en colère qu'effrayé. Il ne pensait pas que l'écrivain aurait le cran de tirer.

« Je ne joue plus, répliqua Hemingway. Maintenant, vous allez me dire qui vous êtes vraiment, *hijo de puta*. »

Il ne tremblait pas et son regard avait une grande dureté, presque aussi tangible que celle qui rigidifiait ses mâchoires. *Peut-être bien qu'il va tirer, finalement. Alors je serai le premier agent de la CIA abattu par un Prix Nobel.*

« Allez vous faire foutre, grogna Robert Stone.

— Je ne plaisante pas, monsieur Hooper. Qui êtes-vous ?

— Vous croyez que vous allez pouvoir continuer tout seul ?

— Je me suis déjà tiré de pétrins pires que celui-ci.

— Vous êtes vieux.

— Et vous, dans deux minutes vous serez mort si vous ne me dites pas qui vous êtes. »

Robert Stone sentit la colère lui enflammer les joues et lui démanger les poings. Serrant ces derniers, il dit : « Allez-y, un peu. Ou vous préférez qu'on règle ça d'homme à homme ?

— Quelle est votre mission ?

— Ma mission ? répéta Robert Stone. Ma mission… » Il enleva son sac à dos et le jeta à terre. « Ma mission, c'est ce que je viens de faire sur ce putain de rafiot ! cria-t-il. Protéger votre cul fripé ! La voilà, ma mission ! Et je suis là, à jouer les nounous auprès d'un vieux fossile parce que quelqu'un à Washington a décidé que vous étiez trop précieux pour qu'on vous laisse vous faire tuer stupidement par un barbu ou une balle perdue !

— C'est tout ? demanda Hemingway, dont la physionomie n'avait pas bougé d'un pouce.

— Quoi, "c'est tout" ?

— Protéger mon cul fripé ? Rien d'autre ? »

Il parlait lentement, sans cesser de scruter Robert Stone.

« C'est déjà bien suffisant, pesta ce dernier, les tempes martelées par le flux sanguin.

— D'accord », fit Hemingway. Il baissa son arme avant de la repasser à son épaule.

« D'autres questions ? aboya Robert Stone.

— Pour l'instant, non. (Puis, après un silence :) Tirons-nous d'ici. »

Il s'en retourna vers le bateau. Robert Stone ramassa son sac pour lui emboîter le pas. Au moins, il n'avait plus mal. La fournaise avait quitté sa cuisse et sa hanche pour embraser son cerveau.

Quand ils arrivèrent au bord de l'eau boueuse, Robert Stone sauta dans la barque et se mit à remplir son sac de grenades et d'explosifs en tout genre.

« Vous vous préparez pour la Troisième Guerre mondiale ? se moqua Hemingway.

— On n'est jamais trop prudent.

— Un photographe armé jusqu'aux dents ? Vous croyez que les *barbudos* vont gober ça ? Vous les prenez pour des imbéciles. »

Robert Stone réfléchit un instant. Le vieux avait raison. Sa couverture ne tiendrait pas deux minutes s'il gardait un tel arsenal sur lui. À regret, il remit les grenades dans leur panier en osier. Toutes sauf une.

« Qu'est-ce qu'on fait de tout ça ? » questionna-t-il en montrant les paniers.

Hemingway haussa les épaules. « On laisse dériver la barque, dit-il. Ça profitera bien à quelqu'un. »

Robert Stone remonta à bord du vapeur. Hemingway détacha la barque qui s'éloigna, comme tirée par des milliers de petits fils invisibles, puis il retourna à la barre.

« Il faudra nettoyer ce merdier, dit-il à son compagnon en montrant le sang et les morceaux de verre éparpillés autour de la timonerie.

— Plus tard », répondit Robert Stone.

Il regardait la barque. Il fit sauter la grenade dans son poing. Une fois. Deux fois. Puis il la dégoupilla et la lança. Elle rebondit dans la barque au terme d'une courbe gracieuse.

« Qu'est-ce que vous foutez ? » gueula Hemingway.

Il rentra la tête dans les épaules, se préparant à l'explosion, mais ça ne venait pas.

Soudain, l'esquif parut entrer en éruption. Un effet de souffle balaya le pont du vapeur, pareil à un rot de dragon repu. Cette bourrasque brûlante était accompagnée de débris de petite taille qui ricochèrent sur le pont et tout autour dans un festival d'éclaboussures. Un champignon incandescent apparut sur le bras du fleuve, comme pour célébrer les noces de l'eau et du feu ! La déflagration initiale se mua en chapelet d'explosions secondaires à mesure que les grenades pétaient en rafales. La barque mangée par les flammes coulait.

« Voilà, dit Robert Stone. Ça ne profitera à personne. »

18.

La garnison retranchée dans la caserne de Trinidad avait capitulé à midi, après plusieurs heures de pilonnage. Le Che s'était porté garant du sort des yankees s'ils se soumettaient sans condition. Leur chef, un colonel du nom de Stevens, avait accepté de déposer les armes à l'issue d'un long entretien téléphonique avec le *comandante*. Les portes de la place forte s'étaient ouvertes et les guérilleros avaient investi la cour centrale dans laquelle les fusils et les mitrailleuses étaient regroupés en tas, avec les munitions. Les Marines avaient l'air démoralisés. Ils jetaient des regards noirs à leurs adversaires.

« Qu'on répartisse les prisonniers dans toute la ville », avait ordonné le Che.

C'était la meilleure manière d'éviter des bombardements en guise de représailles.

Il y eut encore quelques escarmouches dans les rues, notamment avec un chef de char qui refusait obstinément de croire à la capitulation. Le colonel Stevens fit le tour de la ville dans une camionnette munie d'un haut-parleur sur le toit, et il parla au micro durant tout le début d'après-midi, relayant sans cesse le même message : « C'est fini, rendez-vous… »

Vers 15 heures, les combats cessèrent définitivement, et la foule en liesse envahit les rues.

La bataille terminée, Trinidad se para des couleurs de la fête cubaine : la *pachanga*. Les banderoles en tissu ou en papier crépon se déployèrent dans les airs et les confettis tombèrent des fenêtres. Des orchestres improvisaient une rumba ou une conga à chaque carrefour. Néstor filmait la joie de la population, une allégresse au moins aussi grande que celle qui avait accompagné la chute de Batista. Une superbe fille de vingt ans se jeta à son cou et l'embrassa à pleine bouche avant qu'il n'ait eu le temps de réagir. La fille sentait le jasmin. Elle passa à un autre *barbudo* avec le même entrain, sans même lui accorder une parole. L'euphorie ambiante était contagieuse. Néstor avait connu le feu de la bataille et il avait survécu. Il pourrait raconter tout cela à ses enfants, ses petits-enfants, peut-être même écrire un de ces récits de guerre qui gagnent des prix prestigieux. Et puis il avait tout filmé ! Il avait fait aussi bien que Robert Capa en Espagne et en Normandie.

Pourvu que je ne perde pas les films, pensa-t-il au plus fort de la fête, alors que tout le monde s'amusait autour de lui. *Pourvu qu'il n'y ait aucun problème au développement !*

Les marchands de fruits et légumes ouvraient leurs éventaires. Les tenanciers de bar offraient de la *cerveza* tiédasse aux valeureux soldats cubains. On s'installait sous les arcades, pour boire et rigoler à l'ombre. La journée était magnifique, chaude et ensoleillée. Des bus arrivaient des villes voisines. Tous les habitants de la région voulaient se joindre à la fête. Ils amenaient des outres gonflées de vin avec eux. Les femmes portaient des bouquets de fleurs qu'elles distribuaient aux hommes en treillis vert olive. Il y aurait bientôt d'autres villes libérées, personne n'en doutait. Des jeunes gens désireux d'en découdre cherchaient à s'engager auprès des guérilleros dans les plus brefs délais. Certains avaient leur propre fusil, de vieilles pétoires pour la plupart. On avait improvisé un bureau de recrutement dans la rue. De son côté, le Che goûtait à un bain de foule bien mérité. Les hommes l'acclamaient. Les femmes se pâmaient. Son cigare ne quittait ses lèvres que lorsqu'il devait embrasser l'un de ces bambins qu'on lui tendait à bout de bras.

« Vive le Che !

— Vive le libérateur ! »

Le Che souriait, mais il paraissait mal à l'aise, comme s'il recevait la gloire à son corps défendant.

« Notre victoire n'est pas la victoire d'un seul homme, dit-il. Remerciez-les, lui, et lui, et lui… (Il montra quelques-uns de ses compagnons d'armes.) Un chef seul, si doué soit-il, ne peut rien sans la vaillance et le courage de ses soldats ! »

Dans la bouche d'un autre homme, ces propos auraient pu fleurer la fausse modestie. Mais pas dans celle du Che. On le poussa à la tribune dressée au pied des marches de la Santísima Trinidad. La silhouette de l'édifice se découpait derrière lui, avec son pignon écorné par le coup de bazooka décisif ! Cet exploit était imprimé sur la pellicule pour l'éternité. Néstor s'approcha de l'estrade et filma le commandant en contre-plongée. La Plaza Mayor était noire de monde. Le Che salua la foule puis il accepta d'improviser un discours.

« "L'armée, c'est le peuple en uniforme", avait coutume de déclarer mon ami Camilo Cienfuegos ! » lança-t-il en guise d'introduction.

Au nom de Cienfuegos, la population de la ville laissa exploser son ardeur patriotique. Jovial, blagueur et proche des gens, le guérillero au chapeau de paille avait toujours été le chouchou des Cubains.

« Il avait raison ! reprit le Che. Une armée qui s'identifie à son peuple est invincible, et le peuple devient lui-même une armée ! »

Nouvelles acclamations.

« Chaque paysan, cultivateur pacifique le jour, doit devenir un redoutable guérillero la nuit ! Chaque citadin bloquera les rues de sa ville à l'aide de barricades, en utilisant tout ce qui lui tombera sous la main : véhicules, meubles ou ustensiles ! Chaque pâté de maisons se transformera en bastion dont les murs intérieurs seront percés pour former des couloirs de communication ! Les fenêtres feront office d'innombrables meurtrières ! »

Le Che n'avait pas la faconde aussi facile que Fidel. Il parla néanmoins pendant une demi-heure des différentes techniques de guérilla applicables face à une armée d'occupation moderne. Il émaillait ses propos de nombreux exemples, détaillant les différentes armes à la disposition du combattant, les différentes configurations d'embuscades. Il n'oubliait pas le rôle des femmes, qu'il invita à rejoindre la lutte. Pour conclure, il lança : « La victoire finale sera porteuse d'avenir pour notre Amérique et entraînera toute une succession de luttes populaires qui pourront enfin sortir nos pays frères dominés de cette paix des cimetières à laquelle les monopoles les ont condamnés ! »

Le Che adressa de grands signes à la foule qui l'applaudissait à tout rompre. On le porta en triomphe, sur cette même place où il avait combattu. Néstor décolla son œil du viseur et regarda autour de lui. L'église n'était pas le seul bâtiment à avoir souffert de la bataille. Le groupe de Benigno avait tiré sur un bel édifice à un étage érigé au coin nord-ouest de la Plaza Mayor. Ses murs jaunes, criblés d'impacts, évoquaient maintenant une peau grêlée. Néstor avait vu des snipers tomber du balcon quand il s'était élancé à la suite du Che pour la grande charge. Il ne s'était pas servi de son fusil, mais il avait couru avec ses compagnons, et il avait, comme eux, essuyé le feu de l'ennemi. Il n'était pas resté paralysé. Il n'avait pas décampé. Il avait appris quelque chose sur lui-même durant cette folle matinée : il pouvait faire preuve de courage, ou en tout cas maîtriser sa peur, ce qui revenait au même, et cette découverte le sidérait. Il revoyait très nettement toutes les phases de la bataille : la masse des hommes cavalant comme des dératés sous les palmes des grands arbres plantés aux quatre coins de la Plaza, marée humaine vociférante, sûre de son triomphe, et puis le yankee qui, caché derrière les barreaux d'une fenêtre, s'écroulait, touché à mort, et tous ces petits champignons de fumée explosant autour de lui, mais aussi la rue Fernando Hernández Echerri, avec le clocher du couvent, au fond, en perspective, et le groupe de Marines retranchés derrière des sacs de sable. Néstor se rappelait ces images de manière quasiment photographique, mais une photo qui aurait aussi inclus des sons et des odeurs – la poudre, surtout. Oui, il revoyait tout ! Le ciel au-dessus des bâtisses était coloré de rose et de violet. On distinguait ces taches entre deux nuages sombres. Quand un fusil tirait, un bref éclair illuminait l'arme ainsi que son propriétaire et une douille s'éjectait. Les mitraillettes à chargeur en forme de camembert faisaient un bruit particulier. Chaque arme à feu avait sa signature sonore et c'était une cacophonie de jappements et de rafales. Une fois la charge passée, les hommes des deux camps étaient pour la plupart restés couchés. Ils évitaient de lever la tête, de peur d'écoper d'une balle rasante. Ils tiraient au jugé, sortant seulement les bras de leur abri, qu'il s'agisse d'un sac de sable ou de l'angle d'un mur. Ces tirs avaient un effet surtout psychologique. On avait peu de chances de toucher quelqu'un de cette manière, même en comptant sur les ricochets. Les échanges étaient intenses. Il fallait s'arrêter régulièrement pour recharger les armes. De temps en temps, un homme s'exposait, pour ajuster un tir digne de ce nom ou lancer un cocktail Molotov. Les chanceux continuaient le combat. Les autres tombaient, blessés ou morts. Les balles qui les touchaient émettaient un bruit à la fois mat et organique. Certains hommes tournaient sur eux-mêmes, mais la majorité s'écroulaient, tout simplement, la plupart du temps sans crier, sans même lâcher leur fusil. Cela se passait très vite. Les flashs des coups de feu n'arrêtaient pas d'illuminer l'aube sombre par intermittence. Ils piquetaient les postes de tir, tout comme les petits nuages de fumée des balles se fracassant sur la pierre, le bois ou le sable. Le bruit était permanent mais d'intensité inégale. Les hommes avaient mal aux oreilles et l'odeur de la poudre était comme un poivre amer respiré à plein nez. Elle vous irritait le gosier autant que les narines. Dès qu'un combattant avait l'occasion de faire une pause, il buvait. Il est difficile de saisir la continuité d'une bataille quand on se trouve au cœur de l'action. Rien ne marche jamais comme prévu : les grenades n'explosent pas, les fusils s'enrayent, il y a beaucoup de fumée… L'adaptation était la qualité maîtresse des guérilleros. Ils l'avaient acquise à force d'escarmouches, sur le terrain, et ils géraient la peur et les risques courus avec pragmatisme et sang-froid. Les combattants couraient rarement et rampaient beaucoup. Aller d'un point A à un point B était le passage délicat. Il fallait toujours bouger, à un moment ou à un autre, *a fortiori* quand on avait le rôle de l'assaillant. Chaque camp essayait de prendre l'autre à revers ou en tenaille, ce qui donnait lieu à des manœuvres et contre-manœuvres complexes et souvent confuses. Les hommes se mouvaient par petits groupes le plus souvent. L'escouade était l'unité de base. Les plus superstitieux se signaient ou embrassaient une image sainte avant chaque action un tant soit peu risquée. Statistiquement, ces croyants n'étaient pas plus protégés que les autres. Les balles parvenaient à les trouver quand même lorsque l'envie leur en prenait. Tirer, recharger, bouger, pour dénicher un meilleur abri, un angle de tir plus avantageux ou alors secourir un camarade blessé : voilà à quoi se résumait la bataille pour le soldat lambda. On essayait de maintenir les blessés conscients en les giflant et en leur parlant sans arrêt. Ceux qui étaient en état de choc réagissaient à peine. On prenait leur pouls, on se livrait à un rapide examen. On voyait tout de suite qui allait s'en sortir et qui allait y rester. Beaucoup de choses étaient inscrites dans le regard des blessés. Quelques-uns semblaient déjà partis alors que leur cœur n'avait pas encore cessé de battre… On pouvait sentir le moral fluctuer d'un camp à l'autre. C'était comme un flux d'énergie invisible qui se transformait en reflux lorsque quelqu'un lâchait prise. L'effet de contagion était immédiat et beaucoup plus fort en cas de découragement qu'en cas de bravoure. Redonner confiance à un groupe guetté par la débandade était très difficile, aussi difficile que de nager à contre-courant. C'est pourquoi les leaders comme le Che étaient si importants. Par leur seule présence et leur calme, ils inoculaient de la bravoure au reste des troupes.

Quand le combat avait pris fin, Néstor s'était senti vidé et fiévreux, comme s'il venait de faire l'amour un millier de fois d'affilée. Plusieurs yankees désireux de se rendre avaient été abattus sur place d'une balle dans la tête. Les citadins qui avaient fait diversion étaient les plus hargneux. Le Che s'était interposé entre eux et les prisonniers. Il avait rapidement ramené le calme. Il refusait les débordements. Il disait qu'il y avait des lois de la guerre à respecter. Les partisans avaient fini par l'écouter, même s'il y avait eu des échanges très vifs entre eux.

J'ai la chance de côtoyer un grand homme, pensait Néstor, éperdu d'admiration. *Un grand chef de guerre*.

Il filma les hommes hilares qui reposaient le Che au sol et continuaient de lui donner des tapes affectueuses dans le dos, de lui serrer la main. Le bruit des pétards avait remplacé celui des fusils, et les cris de joie ceux des mourants. Le Che aperçut le jeune cameraman et se dirigea vers lui.

« Tu t'es bien comporté.

— Merci.

— Tu vois, ce n'était pas si difficile ? »

Néstor ne sut pas quoi répondre. Le Che souriait de bon cœur ; il était absolument impossible de résister à ce sourire.

« Suis-moi, garçon, dit-il. Je dois visiter les blessés. Tu vas filmer, d'accord ? »

Néstor acquiesça du menton. Le rez-de-chaussée d'un bâtiment tout proche avait été transformé en hôpital de fortune. Néstor et le Che mirent dix minutes à l'atteindre, tant la foule compacte les ralentissait. Quand ils arrivèrent enfin sous le porche de la bâtisse,

Benigno les rejoignit et dit au Che : « Je viens d'avoir Fidel par radio. Il te félicite.

— Quels sont ses ordres ?

— Il veut qu'on le rejoigne dans les plus brefs délais avec une dizaine de prisonniers. Il les interrogera lui-même. Guillermo et sa colonne restent à Trinidad. »

Le Che hocha la tête, puis il entra.

Blessés et mourants étaient installés à même le carrelage en marbre dallé de carreaux blancs et bleus. On avait poussé les meubles en bois précieux pour faire de la place et fermé les volets, de manière à préserver une relative fraîcheur. Des médecins et des aides-soignantes allaient et venaient sous les lustres dorés, soulageant du mieux qu'ils pouvaient la douleur des hommes entassés là. L'endroit était bondé comme un hall de gare à une heure de forte affluence. On avait mis les morts à part et recouvert chaque cadavre d'un drap blanc. C'était là un triste spectacle. Des cuvettes à l'eau rougie de sang étaient posées sur le sol. Néstor aligna dans son viseur une rangée d'hommes assis sous des tableaux : paysages et natures mortes. Il y avait dans cette brochette des guérilleros, mais aussi des Marines. Certains blessés échangeaient des cigarettes contre des chewing-gums. On entendait très peu de plaintes ou de gémissements. Le bourdonnement des mouches était en revanche omniprésent. Les hommes chassaient les insectes de la main, avec des gestes pleins de lassitude et d'agacement. L'un d'eux avait bricolé un bâton avec du papier collant accroché à l'une de ses extrémités, et il agitait cet accessoire comme une marquise son éventail.

Néstor plissa le nez. L'endroit sentait l'ammoniaque et le sang. Le jeune homme chargea un nouveau rouleau de pellicule dans le magasin de sa caméra. Le Che allait d'un groupe à l'autre. Il discutait avec les hommes, sans se forcer, n'hésitant pas à plaisanter pour détendre l'atmosphère. Les yankees l'observaient avec attention. Certains l'admiraient, c'était évident. Le Che leur demandait : « Comment ça va ? »

Il parlait avec désinvolture et chaleur humaine, comme s'il s'adressait à ses propres soldats. Les Marines lui répondaient, un peu gênés, en anglais, le plus souvent, ou en espagnol quand ils connaissaient quelques mots.

Le Che marqua une pause dans son inspection. Il venait de reconnaître un homme allongé sous une arche, entre deux salles. Il s'agissait du guérillero qui avait refusé d'ouvrir le feu sur l'église, celui-là même qui s'était effondré quelques minutes plus tard en essayant de porter secours à son chef intrépide. L'homme était touché au poumon ainsi qu'au ventre ; il n'avait aucune chance d'en réchapper.

Le Che plia le genou au sol puis se pencha sur le mourant.

« Je suis désolé, pour ce matin, dit ce dernier.

— Il ne faut pas, répondit le Che. Tu as bien combattu. Rappelle-toi le char…

— Oui, mais j'aurais aimé faire davantage.

— Tu as fait beaucoup.

— Tu me pardonnes ?

— Je te pardonne. »

Le Che s'inclina encore un peu et, les yeux fermés, il baisa le front de l'homme. Néstor filmait la scène, la bouche asséchée par l'émotion. Il y avait quelque chose de christique dans cette vision.

19.

« On va accoster là-bas », dit Hemingway.

Il montrait une jetée en bois pourri, derrière laquelle on distinguait une cabane tout aussi pourrie, même pas un *bohio*.

« On ne peut pas aller plus loin ? s'enquit Robert Stone.

— Pas vraiment. Après, ça se rétrécit encore. C'est la fin du bras de fleuve. »

Les deux hommes n'avaient quasiment plus parlé depuis l'enterrement de Fuentes et l'explosion de la barque. Ils se cantonnaient à de brefs échanges neutres. Ils étaient tous les deux sur la défensive.

Robert Stone attacha une corde à l'extrémité de la jetée branlante. Les murs de la cabane paraissaient faits de grands roseaux rigides et son toit ressemblait à du chaume.

« C'est la maison de Naf-Naf ? demanda Robert Stone. Vous croyez qu'elle va résister au souffle du loup ?

— Elle a résisté à un ou deux ouragans, répliqua Hemingway.

— Sérieusement, c'était quoi, ici, avant ?

— *Vete a saber*… Moi, je m'en servais de rendez-vous de chasse, avec des amis, dans le temps.

— Et vous chassiez quoi ?

— Un peu de tout. Des cerfs, des porcs sauvages... »

Ils déchargèrent leur équipement, qui se résumait à deux sacs et deux fusils. La nuit tombait et la lumière décroissait de minute en minute.

« On va dormir ici ? questionna Robert Stone.

— Oui », répondit Hemingway.

Dans le galetas, l'ameublement était réduit à son strict minimum : une table culottée et brunie par l'usage, encadrée de tabourets en bois, un lit avec un matelas infesté de mulots, une natte de paille roulée au sol... Quelqu'un avait punaisé au mur un calendrier de l'année 1958. La page de décembre montrait une playmate jaunie et gondolée.

« Je prends le lit », dit Hemingway, et il entreprit d'en chasser les rongeurs qui y avaient élu domicile.

L'agent de la CIA alluma une lampe à pétrole bricolée avec une gourde en métal et une mèche d'étoupe. Ils firent réchauffer leur dîner sur un vieux poêle en fonte qui fonctionnait encore et mangèrent sans échanger un mot. Le repas achevé, Robert Stone inspecta ses blessures et nota avec satisfaction que les petites plaies rouges disséminées sur sa cuisse et sa hanche étaient propres. Il les aspergea de sulfamide avant de sortir de nouvelles compresses. Dehors, l'orage grondait et éclata au moment où les deux hommes se couchaient. Hemingway dormirait sur le matelas pourri, Robert Stone par terre. La pluie ne se contentait pas de mitrailler le toit en chaume, elle le pilonnait littéralement. C'était comme si elle souhaitait s'inviter à toute force à l'intérieur de la cabane. Elle y parvenait d'ailleurs par endroits.

Robert Stone déplaça son couchage vers un coin plus sec et s'endormit quelques minutes plus tard.

Ils attaquèrent les premières montées de l'Escambray le lendemain matin. Robert Stone avait passé une nuit horrible et la fatigue l'abrutissait. Il imaginait que l'écrivain souffrait au moins autant que lui.

Ils firent une première pause à la mi-journée pour manger et se reposer, puis ils repartirent, murés dans un silence fait d'hostilité latente.

Le vieux a l'air de savoir où il va, cette fois. Tant mieux, parce que moi je suis paumé. Complètement paumé.

Ils marchaient dans la forêt, fusil à la bretelle et sac sur le dos. Ils allaient vers l'est, avec des gestes lents d'automate. La pente montait raide et les récentes pluies l'avaient rendue glissante. Des millions de petites gouttes d'eau ruisselaient encore dans les feuillages et les rigoles des écorces. Heureusement, la voûte des arbres protégeait les deux hommes des assauts du soleil, et il faisait doux à l'ombre, là où l'air prenait une teinte vert doré. Une odeur de moisissure et de champignons imprégnait tout, haleine tiède de la végétation putréfiée. Les insectes étaient si nombreux que c'eût été une perte de temps que d'essayer de les écraser. Le duo butait contre les racines et s'accrochait aux épineux, la tête ballottant aux cahots de la marche, aussi fallait-il marquer de fréquentes pauses. Cependant, dans l'ensemble, Hemingway tenait le coup. *Le vieux est résistant. Il doit avoir les muscles des mollets et des cuisses raidis, comme moi, et l'envie de s'allonger pour piquer un somme, et pourtant, il s'accroche.* Robert Stone entendait l'écrivain souffler derrière lui, mais ce dernier gardait le rythme avec une obstination rageuse, pareil à un boxeur groggy qui s'évertue à continuer le combat. L'agent de la CIA avait déjà vu de jeunes soldats épuisés flancher pour moins que ça.

Soudain, le sol se déroba sous sa chaussure, telle une éponge écrasée, et il glissa sans pouvoir s'accrocher à rien. Dans sa chute, il heurta son compagnon qui partit à la renverse sans un cri, tout juste un grognement de réprobation.

« Hemingway ! » brailla-t-il.

Le vieux dévalait la pente raide en traçant une espèce de tranchée boueuse.

« Hemingway ! »

Un râle hargneux lui répondit. L'écrivain s'était arrêté vingt ou trente mètres plus bas. Robert Stone se mit à descendre aussi vite qu'il put, en essayant de ne pas glisser, cette fois. Il se sentait responsable de l'accident, son cœur battait à tout rompre. Si le vieux s'était cassé quelque chose, ils seraient tous les deux dans de beaux draps.

« J'arrive », dit Robert Stone.

Je ne peux pas le transporter dans cette jungle, même si je fabrique un travois. La pente est trop raide. Je m'épuiserais en deux heures. On n'a même pas de fusée de détresse. On n'a rien. Arrête. Stop. Arrête d'imaginer le pire. Le vieux est solide. Il va se remettre.

Hemingway était couché sur le côté. Il avait toujours son sac sur le dos. Son arme reposait un peu plus haut, sur la pente, et Robert Stone la ramassa au passage.

« Vous allez bien ? »

L'écrivain était coincé entre deux racines. Il avait une belle entaille au front mais pas d'autre blessure apparente. Il toucha l'entaille, porta les doigts à ses lèvres et suça le sang. Robert Stone s'accroupit à côté de lui :

« Comment ça va, *viejo* ? Vous m'avez fait peur.

— Vous êtes qui, vous ?

— Vous n'allez pas recommencer, hein ? Je vous ai dit hier tout ce que vous vouliez savoir ! »

L'écrivain ressemblait à un somnambule mal réveillé. « Qu'est-ce que je fais ici ? » demanda-t-il.

Nom de Dieu. Il a pris un coup sur la tête…

« Je m'appelle Hooper, vous vous souvenez ?

— Non. Qu'est-ce que je fais ici ? »

Robert Stone soupira.

« C'est une longue histoire.

— Hoover, vous avez dit ?

— Hooper.

— Vous travaillez pour Hoover, hein, salaud ?!

— Non, pas du tout.

— Vous êtes du FBI !

— Je vous dis que non.

— Vous êtes un bâtard d'Irlandais.

— Vous débloquez. »

Le vieux sauta sur Robert Stone et essaya de lui arracher son fusil. « Fils de pute ! » beugla-t-il.

Robert Stone se débattit, mais le vieux avait une force étonnante.

« Donnez-moi ce fusil !

— Lâchez-moi ! »

Il expédia un coup poing à Hemingway, un crochet qui le cueillit à la mâchoire et l'étendit pour le compte. L'agent secret n'était pas fier de lui, mais, sur le moment, il n'avait rien trouvé de mieux pour calmer le vieux. Ce dernier gisait, étendu, sur le dos, les bras écartés façon funambule.

« Bordel de merde. »

Robert Stone avait déniché une sorte de talus qui formait une marche bien plate, horizontale, au milieu de la pente. Il tira l'écrivain jusqu'à cette terrasse naturelle et alluma un feu.

Tant pis si on nous repère, songea-t-il. *De toute façon, c'est ce qu'on cherche maintenant, non ? Entrer en contact avec les barbus !*

Il n'y avait pas de Marines, par ici, et plus trop de *bandits* si l'on en croyait le général Cartwright, donc ça valait le coup d'allumer un feu. La nuit tombait et il commençait à faire froid.

Robert Stone déblaya le talus qui était plein de fougères, mais les feuilles de ces dernières – de grandes feuilles vertes toutes plates et fines – étaient coupantes et il se fit de petites entailles plusieurs fois.

Le genre de blessure à la con qui peut s'infecter en milieu tropical, pensa-t-il.

Il n'avait pas besoin de ça, en plus du reste. Il alluma le feu, puis il entreprit de monter la tente qui était pliée dans le sac de l'écrivain. Celui-ci se réveilla alors qu'il terminait de planter les piquets.

Robert Stone redoutait de poser la question. Il la posa quand même : « Comment vous vous sentez ?

— J'ai mal à la tête… (Puis, après une longue hésitation.) Qu'est-ce que je fais ici ? »

Et merde !

« Vous êtes Ernest Hemingway, vous êtes à Cuba, vous cherchez à rencontrer Fidel Castro pour l'interviewer.

— Et vous ?

— Je vous accompagne, pour prendre des photos. Je m'appelle Ronald Hooper. »

Le vieux mit du temps à digérer ces informations. Au moins, il paraissait plus calme qu'après sa chute.

« Tout est embrouillé dans ma tête, dit-il. C'est comme à la clinique Mayo. Vous connaissez la clinique Mayo ?

— Non.

— C'est un sale endroit. N'allez jamais vous faire soigner là-bas, monsieur Hooper.

— J'en prends bonne note. »

Hemingway se toucha la mâchoire inférieure, puis sa main glissa jusqu'à l'estafilade située au-dessus de son œil, là où le sang avait séché.

« Alors comme ça, je veux interviewer Castro ? demanda-t-il.

— Il paraît, oui.

— Quelle drôle d'idée.

— Je suis bien d'accord avec vous.

— Et je compte le trouver comment ?

— Ça, je n'en sais rien. Vous n'avez pas jugé bon de me tenir informé de vos plans.

— C'est malin.

— Je ne vous le fais pas dire. »

Robert Stone avait du mal à cacher son exaspération. Son inquiétude aussi. Il demanda : « Vous n'avez pas des pilules pour guérir vos trous de mémoire, ou quelque chose dans le genre ?

— Je ne crois pas. Regardez dans mes affaires. »

Robert Stone s'exécuta. Il trouva des médicaments contre la chiasse et de quoi soigner l'hypertension : rien de miraculeux.

« Où est Mary ? questionna Hemingway.

— Votre femme ?

— Oui.

— Chez vous, à Ketchum, dans l'Idaho.

— Bien... J'espère qu'elle ne se fait pas trop de mauvais sang. Pauvre Mary.

— Je suis sûr qu'elle va très bien, ne vous bilez pas pour ça.

— Pauvre Mary. » Hemingway avait pris un ton geignard. « Je lui en ai fait voir de toutes les couleurs, vous savez ? Je ne suis pas un homme facile à vivre...

— Oui, ça, j'avais remarqué. »

Hemingway ne releva pas le sarcasme. Il réchauffait ses mains au-dessus du feu. Comme le bois était encore humide, il produisait beaucoup de fumée, tortillons âcres qui piquaient les yeux et le gosier.

« Où est Gregorio ? reprit Hemingway.

— Vous ne vous rappelez vraiment pas ?

— Non. »

Robert Stone hésita. Devait-il dire la vérité ?

« Il est mort, avoua-t-il après un long moment.

— Mort ? » Hemingway paraissait plus désemparé que jamais. « Comment ? demanda-t-il.

— Des trafiquants d'armes, sur le fleuve... »

Hemingway secoua la tête. « Je ne m'en souviens pas. » Il avait l'air sur le point de pleurer.

« Je vais préparer à manger, dit Robert Stone. Vous avez faim ?

— Non », répondit Hemingway.

Il regarda le feu pensivement. « Est-ce que Gregorio a souffert ? risqua-t-il, la voix enrouée par l'émotion.

— Non, mentit l'agent de la CIA. Ça a été très rapide.

— Tant mieux. Tant mieux. (Une pause, puis :) J'ai partagé beaucoup de choses avec cet homme.

— Je sais.

— C'était un brave homme...

— Je sais aussi. »

Hemingway secoua la tête. « Je suis fatigué, dit-il. Je vais aller me coucher.

— Comme vous voudrez. »

L'écrivain marcha à quatre pattes jusqu'à la tente. Il allait refermer le rabat en toile quand son compagnon lui demanda : « Qu'est-ce que vous comptez faire ? Vous voulez retourner à La Havane ?

— Je ne sais pas, répondit Hemingway. On verra ça demain.

— D'accord. »

Hemingway referma le rabat et Robert Stone resta seul près du feu qui peinait à repousser les ténèbres de la nuit.

Je suis dans une sacrée merde, pensa-t-il.

Il lança une poignée de branches pour raviver les flammes.

20.

Fidel était contrarié. Il regardait bouger les lèvres de l'homme qui lui parlait, mais il ne l'écoutait que d'une oreille. Il avait décidé qu'il n'aimait pas cet homme, Mikhaïl Sergetov, et pas seulement parce que Sergetov était un oiseau de mauvais augure doublé de toute évidence d'un faux cul de première catégorie. Il n'aimait pas ses lèvres grasses, son visage rond, ses petites lunettes rondes et son air supérieur. Sergetov ressemblait à une version soviétique de Truman Capote. Il parlait d'une voix traînante, aiguë et presque zézayante, dotée de surcroît d'un fort accent. Fidel soupçonnait Sergetov d'être homosexuel, comme l'écrivain américain. Il avait des cheveux blonds tirant vers le roux qu'il ramenait en mèches sur le dessus de son crâne pour masquer sa calvitie, et sa peau luisait, même quand il avait fini de s'éponger. Sa sueur paraissait anormalement visqueuse. Sa personne tout entière paraissait visqueuse, semblable à la peau d'un serpent. La transpiration imbibait son costume de coton blanc. Les hommes de son escorte, en revanche, étaient habillés en tenues de camouflage. Il s'agissait de soldats aguerris, des conseillers militaires mandatés par le Kremlin. On devinait tout de suite leur véritable identité quand on voyait leur façon martiale de bouger, de se tenir, de regarder autour d'eux. Ils étaient bien bâtis. Peut-être que ces solides gaillards enfilaient Sergetov, à l'occasion ? Fidel chassa cette pensée salace. En définitive, il savait peu de choses sur Sergetov, hormis qu'il était en poste à l'ambassade soviétique depuis plus d'un an. Qu'est-ce qu'il y faisait exactement ? Mystère. Il avait été recommandé par Fabio Grobart, un homme dont le jugement était généralement fiable, mais Grobart, si malin fût-il, pouvait très bien se laisser berner de temps en temps. Une seule chose paraissait claire : Sergetov travaillait pour le KGB. Il avait fui avec sa garde rapprochée peu avant la chute de la capitale, et il s'était ensuite rendu à Santa Clara puis à Sancti Spíritus. Un autre agent soviétique l'attendait là-bas pour lui transmettre les consignes de son gouvernement. Une fois le contact établi, Sergetov avait rebroussé chemin, traversant plusieurs fois les lignes ennemies afin de rallier l'Escambray. C'était du moins ce qu'il prétendait.

Et tout cela pour quoi ? Pour annoncer au *Líder Máximo* que Nikita Khrouchtchev ne bougerait pas !

Nikita mariquita, pensa Fidel.

Ce qui voulait dire « tapette » !

Oh bien sûr, le grand frère soviétique allait donner de l'argent, magouiller à l'ONU et organiser des parachutages d'armes et de commandos expérimentés sur les massifs montagneux de l'île… mais ce soutien officieux laissait un goût amer dans la bouche de Fidel. Il avait l'impression que lui seul osait se dresser devant les yankees, prenant tous les risques pendant que ses alliés comptaient les coups, pareils à des spectateurs au premier rang d'un match de boxe. Sauf que le match était inégal. Les USA et Cuba ne boxaient pas dans la même catégorie, militairement parlant…

Le Che n'a pas tort, dans le fond. Nous sommes livrés à nous-mêmes.

Fidel était cependant trop matois pour perdre son sang-froid en présence de Sergetov. Il avait envie de mordre, mais il écoutait l'agent soviétique lui débiter son boniment sans ruer dans les brancards. Il avait besoin des futurs parachutages, et surtout du fric du grand frère rouge.

Sergetov était en train de lui parler de la situation à Sancti Spíritus quand un jeune guérillero vint l'interrompre.

« Le Che revient ! » dit-il.

Fidel se leva aussitôt de sa chaise. Il sortit de la cabane avec Sergetov et le jeune homme sur ses talons. Le camp était en ébullition. Les guérilleros avaient délaissé les feux pour se masser aux abords de la forêt, et ils trépignaient d'impatience comme des gamins en attente d'une distribution de friandises. Quand les premiers soldats de la colonne 4 émergèrent des fourrés, ils furent accueillis par des acclamations et des coups de fusil tirés en l'air. Fidel se porta au-devant de la troupe.

« Les héros, disait-il tout en riant. Ha ha ! Les héros ! »

Il serra des mains, donna des accolades, jusqu'à tomber sur le Che, qui marchait en s'appuyant contre le flanc d'une mule chargée de caisses. Son béret était plié et dépassait de l'une de ses poches. Ses cheveux noirs retombaient en mèches lourdes, humides, sur son front. Il était livide et trouva à peine la force de sourire à son chef.

« Tu as réussi, jeta Fidel en le serrant contre lui. Tu as réussi !

— Je te l'avais bien dit », répliqua le Che.

Le petit cameraman, Néstor, se tenait à côté de lui. Pour une fois, il ne filmait pas. Il paraissait très fatigué, lui aussi. Et préoccupé. Le Che toussa.

« Encore ton asthme ? demanda Fidel.

— Oui. Il me cause plus de souci que les yankees…

— Et toi tu me causes beaucoup de souci, *hermano*. Beaucoup de souci ! Tu ne t'économises pas assez ! Je t'avais dit de te ménager. Tu m'as désobéi, à ce qu'il paraît.

— J'ai fait ce qui me paraissait important de faire, sur le moment.

— Mais tu m'as désobéi…

— Ne nous disputons pas, Fidel, pas aujourd'hui. Je n'ai pas le courage…

— Oui, bien sûr, bien sûr ! » Il marqua une pause avant de demander : « Tu m'as amené les prisonniers ?

— Oui, ils suivent derrière…

— Bien, très bien ! » Fidel donna une tape au Che qui vacilla sous le coup. « Viens, il faut que je te présente quelqu'un. »

Le Che avait repéré les hommes en tenue de camouflage, presque tous blonds, avec des visages durs et pas un poil de barbe.

« Qui sont-ils ? Des Soviétiques ?

— Oui, justement. Suis-moi.

— Des nouvelles de Moscou ?

— Oui, oui, nous allons en parler. »

Fidel amena le Che jusqu'à la cabane devant laquelle Sergetov attendait, un sourire de bébé joufflu aux lèvres.

« Voilà le camarade Sergetov », dit Fidel.

Sergetov serra la main au Che, qui lui rendit sa poignée sans force ni enthousiasme. Autour d'eux, les guérilleros faisaient la fête. On débouchait des bouteilles d'*aguardiente* en chantant. Pressés de toutes parts, les hommes de la colonne 4 narraient leurs exploits avec force gestes et exclamations.

« Ravi de vous rencontrer, commandant Guevara, lança le Soviétique.

— De même », répliqua froidement le Che.

Il toussa si fort qu'il se plia en deux, jambes fléchies. Plusieurs hommes s'arrêtèrent de rire et de chanter pour jeter un regard inquiet vers le héros affaibli. Celui-ci émit un râle sifflant, toussa encore, puis cracha.

« Viens t'asseoir », dit Fidel en l'aidant à entrer dans la cabane.

Il ne voulait pas gâcher la fête. Le Che se laissa conduire jusqu'à une chaise, fouilla dans ses poches, prit son inhalateur et le porta à sa bouche pour avaler une grande goulée de Ventoline. Le geste achevé, il parut instantanément aller mieux, même si des cernes soulignaient encore son teint de craie.

« Tu fais peur à voir, dit Fidel.

— Merci, grinça le Che.

— C'est la vérité. »

Sergetov les avait rejoints. Il se tenait un peu retrait et observait les deux chefs de guerre avec attention. On entendait les bruits de la fête, dehors. Quelqu'un avait sorti une guitare.

Fidel versa un grand verre d'eau à son ami épuisé. Ce dernier but et parut aller encore un peu mieux. Fidel proposa à boire à Sergetov qui refusa, avant d'accepter de prendre place à la table du *Líder Máximo*. Celui-ci se servit du vin. La bouteille posée devant lui, au milieu des reliefs du repas, était déjà bien entamée. Encore de la volaille. À croire que le chef suprême de la Révolution ne mangeait rien d'autre.

« Tu as faim, Che ? questionna Fidel.

— Ça va. Je suis juste fatigué.

— Non, plus que fatigué, tu as très mauvaise mine, mon ami. Très, très mauvaise mine !

— Une crise de plus. Pas un drame… »

Il toussa dans son poing aussi discrètement qu'il put. Ses yeux noirs brillaient à la lueur des candélabres. Il respirait bouche ouverte, avec lenteur et application.

« Je n'aime pas te voir comme ça, dit Fidel après avoir vidé son verre.

— Parlons d'autre chose, grogna le Che. Quelles nouvelles le camarade Sergetov nous apporte-t-il ? Nos frères soviétiques vont-ils pouvoir nous venir en aide maintenant que je leur ai ouvert un port ? »

Il y avait une note de bravade dans la voix chevrotante de l'Argentin.

Sergetov croisa les doigts et dit : « J'aimerais que les choses soient si simples.

— C'est très simple, objecta le Che. Il vous suffit de forcer le blocus.

— Cela reviendrait à déclarer la guerre aux États-Unis, soupira Sergetov. La Troisième Guerre mondiale. Vous en êtes conscient, je suppose, commandant Guevara ?

— En ce qui me concerne, la guerre est déjà déclarée », riposta le Che.

Pour une fois, Fidel restait silencieux. Il sentait l'air se charger d'électricité. Il se servit un nouveau verre.

Le Che attaqua avec la soudaineté d'un cobra.

« Que faites-vous pour nous ? Rien !

— Vous oubliez les trente mille tonnes d'armements que nous vous avons livrées avant le déclenchement des hostilités, se défendit Sergetov. Une aide de cinquante millions de dollars.

— La plupart de ces armes sont tombées entre les mains des yankees quand ils ont fait main basse sur les principales casernes du pays », déplora Fidel.

Sergetov leva les mains, paumes en avant.

« Nous ne sommes pas responsables de ce fiasco.

— Mes hommes ont versé leur sang pour vous ouvrir une porte sur la mer, et vous me dites que vous n'allez pas profiter d'un tel atout ? » explosa le Che.

Sergetov se durcit. Ses airs patelins cachaient une personnalité plus tranchante que ce qu'il voulait bien laisser entrevoir.

« Vous ne nous avez pas demandé notre avis avant de vous lancer dans cette opération, dit-il. Opération courageuse et couronnée de succès, certes, mais imprudente également. Oui, très imprudente. Essayez de garder une vision globale du tableau, commandant. Forcer le blocus signifie allumer un feu qu'on ne pourra pas éteindre. Et votre peuple sera le premier à se consumer dans ce brasier à l'échelle planétaire.

— Nous sommes prêts au sacrifice suprême, n'est-ce pas, Fidel ? »

Celui-ci hocha la tête, mais on sentait qu'il était un peu dépassé par l'escalade verbale.

« Pas nous, répliqua le Soviétique. Pas encore. Pas tant qu'il reste des moyens de parvenir à nos objectifs tout en contournant la catastrophe.

— La coexistence pacifique, cracha le Che avec dégoût. Combien de couleuvres allez-vous encore avaler en son nom ? Après les missiles de l'OTAN en Turquie, vous abdiquez devant l'invasion de Cuba ? Quelle sera la prochaine étape ? Si vous donniez un signal fort, les peuples opprimés se soulèveraient en Afrique, en Amérique du Sud, en… »

Sergetov l'arrêta.

« Nous connaissons vos espoirs concernant le continent sud-américain, commandant, mais nous ne partageons pas votre analyse de la situation. Dans ces pays, le peuple n'est pas encore prêt à soutenir des foyers de guérilla comme il l'a fait à Cuba. Vous ne pourrez pas transformer la cordillère des Andes en Sierra Maestra. Je ne dis pas cela pour vous mettre en colère ou vous contrarier : c'est la vérité.

— Je connais tous ces pays. Je les ai sillonnés dans ma jeunesse.

— Cela ne change rien à la réalité : le modèle de la révolution cubaine, si admirable soit-il, n'est pas exportable. Du moins pas aujourd'hui. Le changement viendra progressivement des paysans, des ouvriers et des éléments avancés de la petite bourgeoisie. Ce sont eux qui représentent les courants historiques déterminants. Cela prendra du temps, mais la marche de l'histoire est inéluctable et elle va dans notre sens : si nous manœuvrons finement, à chaque échéance électorale, les partis du prolétariat exerceront un peu plus la fonction dirigeante. »

Le Che toussa puis reprit contenance avant d'adresser un regard cinglant à l'émissaire soviétique.

« Vous allez donc rester les bras croisés, déclara-t-il.

— Absolument pas. Mais le camarade Khrouchtchev ne peut pas être sur tous les fronts à la fois. Il se bat actuellement à l'ONU contre le secrétaire général Hammarskjöld. S'il parvient à le faire destituer, une troïka siégera au directoire des Nations unies.

— Une troïka ?

— Oui : trois membres représentant les pays socialistes, les pays neutres et les pays capitalistes. Ce serait une grande victoire pour nous tous, un renversement de l'équilibre des forces sans effusion de sang, sans risque de guerre nucléaire. Des agressions comme celles dont vous avez été les victimes ne seront plus possibles, nous y veillerons. Et bien sûr, nous ferons pression pour que les USA retirent leurs troupes de Cuba à court ou moyen terme.

— C'est là une voie bien tortueuse pour un résultat… aléatoire.

— C'est la voie de la sagesse.

— Ou bien celle de la lâcheté, du renoncement. Vous vous couchez, comme les Occidentaux, en 1939, devant Hitler.

— Mesurez vos paroles, commandant. Face à la barbarie nazie, aucun pays n'a autant sacrifié ses enfants que le nôtre.

— Après que les nazis ont rompu le pacte que vous aviez passé avec eux ! »

Sergetov devint tout rouge. « Je ne vous laisserai pas insulter mon peuple ! »

Il se dressa et le Che se dressa dans le même mouvement. Fidel fit mine de s'interposer, mais le *comandante* le repoussa violemment. Fidel chuta sur les fesses, sidéré. Sergetov l'aida tout de suite à se relever.

« Excuse-moi, Fidel, s'empressa de lâcher le Che, entre deux quintes de toux. Je ne voulais pas…

— Va te reposer », cracha Fidel. Il avait parlé sans élever la voix, mais ses maxillaires crispés témoignaient d'une énorme tension intérieure. Ses yeux flamboyaient littéralement.

« Je… commença le Che.

— C'est un ordre », aboya Fidel.

Le Che pointa l'index sur Sergetov. « Cette conversation n'est pas terminée », dit-il.

Puis il sortit. On entendait toujours les cris et les chants provenant de l'extérieur. Les cris redoublèrent quand le Che fut dehors.

« Votre second a le sang chaud », dit Sergetov de sa voix zézayante.

Fidel faisait un effort surhumain pour digérer l'affront. Il grimaça : « La fatigue, la tension nerveuse… Il revient d'une opération difficile.

— Il est impulsif.

— C'est un fait. »

Fidel se resservit à boire, puis porta le goulot jusqu'au verre du Soviétique sans lui demander son avis, mais ce dernier avança la main, stoppant le geste.

« J'ai assez bu pour ce soir », dit-il.

Dehors, les guérilleros criaient « *¡Viva el Che !* » et ils entrechoquaient tout ce qu'ils trouvaient comme objets en métal.

« Votre second est très populaire », nota Segetov avec une pointe de sournoiserie.

Il vit que Fidel était instantanément piqué au vif dans son orgueil.

« Peut-être, mais c'est moi qui commande, riposta le *Líder Máximo*. Entre nous, les choses sont très claires. J'ordonne et il obéit.

— Oui, oui, bien sûr. C'est ainsi que je l'entendais… mais ce n'est pas à vous que je vais apprendre le proverbe cubain, n'est-ce pas ?

— Quel proverbe ? »

Sergetov se leva et remit son petit chapeau. « "Il ne peut pas y avoir deux crabes mâles dans une même grotte." »

Fidel resta muet, tout en bouillonnements contenus.

« Je vous souhaite une bonne nuit, commandant, dit Sergetov, juste avant de sortir.

— À vous aussi, camarade », répondit Fidel d'une voix blanche.

21.

Robert Stone avait décidé de laisser dormir le vieux le plus longtemps possible. Il se disait qu'avec un peu de chance une bonne nuit de sommeil lui remettrait les idées en place. Il s'étira en sortant de la tente. Il était tout courbaturé et avait mal au dos, à la nuque. Il ranima les braises du feu et les remua sous le tapis de cendres avec un bout de bois. Il avait eu froid durant la nuit. Il leva les yeux pour regarder les trouées dans le dais des feuillages. Le soleil n'était pas encore haut. Il se réchauffa au coin du feu en faisant cuire de la graisse végétale mélangée avec du blé noir. Le spectacle de la galette qui prenait forme dans le poêlon le ravissait, et il mangea la galette en se brûlant les doigts et en soufflant dessus. Elle était bonne et merveilleusement dorée. Puis il prit son fusil et fit quelques recherches dans les environ, avec l'espoir de tirer un animal, mais il n'en aperçut aucun, même pas un petit. Alors il retourna à la tente et s'assit près du feu en priant le ciel pour que le vieux se réveille avec une mémoire qui ne ressemblât pas à un fromage troué. Il fuma une cigarette, puis une autre, puis encore une autre, en attendant. Il arrêta en se disant que, à ce rythme-là, il aurait bientôt fini son dernier paquet.

N'imagine pas le pire, sois positif.

Mais il était trop inquiet pour appliquer ces bons conseils.

Le visage du vieux émergea enfin de la tente. « Bon Dieu, Hooper, quelle heure est-il ? grimaça-t-il en s'extirpant de l'abri en toile.

— Bientôt 10 heures.

— Pourquoi m'avez-vous laissé dormir aussi longtemps ?

— Vous en aviez besoin. (Il hésita.) Vous vous rappelez qui je suis aujourd'hui ? Qui vous êtes ?

— Bien évidemment que je me rappelle qui je suis, triple andouille. »

Robert Stone était si content qu'il aurait presque sauté au cou de l'écrivain pour l'embrasser.

« Pourquoi vous me posez ces questions ? demanda celui-ci.

— Parce que, hier…

— Quoi, hier ?

— Il y a eu un léger… accident. »

Hemingway s'assit près du feu. « Qu'est-ce qui s'est passé ? lança-t-il.

— J'ai glissé, je vous ai bousculé et vous êtes tombé.

— C'est ça que vous appelez "me servir de nounou" ? »

Il a retrouvé son humour, nota Robert Stone avec soulagement.

Il sourit.

« Au moins, maintenant, je comprends pourquoi j'ai l'impression d'avoir été roué de coups », dit Hemingway. Puis il ajouta : « J'ai faim.

— Nous allons manger », acquiesça Robert Stone.

Il ouvrit une boîte de sardines. Il avait encore faim, lui aussi, car la galette de blé noir ne l'avait pas rassasié. Sa cuisse et sa hanche le brûlaient. Il se sentait sale. Une véritable loque humaine.

« Et j'ai soif », ajouta Hemingway.

Robert Stone lui tendit une gourde en cuir.

« Non, pas ça, dit Hemingway. Il y a de la gnôle dans mon sac.

— Je ne crois pas que ce soit une bonne idée.

— Je me fous de ce que vous croyez ou de ce que vous ne croyez pas. Donnez-moi mon sac. »

Il a retrouvé son sale caractère. Ça aussi, c'est un bon point.

Robert Stone passa le sac à son propriétaire. Celui-ci fouilla dedans et en sortit du bourbon, le même genre de petite bouteille que celle qu'ils avaient bue sur le pont du vapeur. Hemingway dévissa le bouchon et s'envoya une rincée.

« Je bois depuis l'âge de quinze ans et je peux vous assurer que l'alcool ne m'a jamais déçu, dit-il. C'est bon quand on a travaillé toute la journée et qu'on a la tête lourde. C'est bon quand on a froid et qu'on est trempé. C'est bon avant une bataille, n'importe quel genre de bataille.

— Ouais, ça s'appelle l'alcoolisme.

— Je ne suis pas alcoolique.

— Tous les alcooliques disent ça.

— Je ne suis pas alcoolique parce que je n'ai jamais eu besoin de l'alcool pour écrire. Ou pour la fornication. Ces choses doivent se pratiquer *à froid.* »

Robert Stone eut envie de répliquer : « Si j'en crois mes rapports, cela fait une éternité que vous n'avez ni écrit ni baisé », mais il se contint. Cela aurait été inutilement blessant. Hemingway but encore.

« Bon sang, dire que j'ai été privé de cette bénédiction pendant des mois, dit-il.

— Vous vous tuez à petit feu avec ça. J'ai lu votre dossier médical.

— M'en fous. »

Hemingway tendit la flasque à Robert Stone, qui but à son tour car il avait envie d'oublier la douleur étalée en pommade de feu sur tout son côté droit et cette impression de saleté qui s'incrustait par les pores de sa peau. La chaleur de l'alcool était bienvenue car revigorante.

« Je suis désolé de vous avoir fait tomber, dit-il en repassant la gnôle au vieux.

— Je suis solide, répondit Hemingway. Je ne suis pas encore mort. Bientôt, sans doute, mais pas encore… »

Il but, et c'était une preuve qu'il était bel et bien vivant. L'agent secret décapita une sardine, la prit par la queue en la soulevant au-dessus de sa bouche ouverte, puis la goba. Il donna la boîte à Hemingway, qui mangea, lui aussi, entrecoupant chaque poisson de petites gorgées d'alcool. Robert Stone termina les sardines pendant que son compagnon piochait dans un sachet de fruits secs. L'écrivain lui proposa de boire à nouveau. Il s'exécuta, fermant les yeux pour savourer l'alcool. Il était vraiment soulagé pour le vieux. Après avoir laissé reposer sa langue quelques instants, il but encore.

« Vous vous souvenez pourquoi nous sommes ici, n'est-ce pas ? » risqua-t-il.

Il était soulagé, mais un fond de doute stagnait en lui, et il voulait s'assurer que le vieux avait bien toute sa tête.

« Je cherche ma baleine blanche, répondit Hemingway.

— Hein ?

— Comme le capitaine Achab. Ma baleine blanche à moi, c'est Castro. Et le Che aussi. Je me demande si je ne suis pas plus intéressé par le Che, en définitive. Il m'intrigue. Je ne l'ai jamais rencontré. Et vous, Hooper, quelle est votre baleine blanche ?

— Je ne sais pas.

— Allons, on en a tous une.

— Peut-être…

— Comment avez-vous atterri à la CIA ? demanda brusquement Hemingway. Ils vous ont recruté au sortir d'une grande école de la Ivy League ? »

Robert Stone s'arrêta de manger pour sonder du regard l'écrivain qui grignotait des fruits secs sans le quitter des yeux.

« Je n'ai pas fait de grande école, laissa-t-il finalement tomber.

— Alors quoi ? Pendant la guerre ?

— Vous voulez vraiment le savoir ?

— Je dois reconnaître que ça m'intéresse. »

Un nœud de bois craqua dans le feu. Les flammes dansaient sur place. Robert Stone but un coup et soupira.

« J'ai servi dans la marine de 1943 à 1945. À vingt-trois ans, je commandais mon propre navire. J'étais chargé de faire parvenir du carburant à haut degré d'octane dans les zones de combats. C'était une activité pleine de défis, d'imprévus et de responsabilités.

— Je vois. »

Robert Stone porta un tube de lait concentré sucré à sa bouche et le pressa plusieurs fois. Hemingway attendait la suite stoïquement. Une fois le bouchon revissé, l'agent secret reprit :

« Il faut croire que je me débrouillais bien parce que l'un de mes supérieurs faisait partie de l'OSS et, une fois la guerre terminée, il m'a proposé de travailler pour une nouvelle agence gouvernementale qui était en train de se créer.

— Et vous avez accepté…

— Non. Il y avait une fille qui m'attendait au pays. Une fille et une vie peinarde. Je suis rentré chez moi pour épouser la fille. Nous avons acheté une maison pas loin de Boston, dans une banlieue pavillonnaire comme il y en a tant de nos jours. Mon beau-père dirigeait une agence de publicité qui marchait bien. Il m'a engagé, même s'il ne me portait pas spécialement dans son cœur. J'imagine que tous les pères du monde espèrent toujours ce qu'il y a de mieux pour leur petite princesse, hein ?

— Je ne sais pas, je n'ai eu que des garçons. »

Robert Stone but longuement, les yeux clos, puis reposa la flasque.

« Je suis donc rentré dans cette boîte et j'ai joué à l'employé modèle. J'ai tenu le coup cinq ans.

— C'était si terrible que ça, la vie civile ? »

Robert Stone fixa Hemingway, ricana sombrement et déclara : « Je passais trois heures par jour dans les transports en commun, tout ça pour finir devant mon bureau, à me poser des questions du genre : “Est-ce que les consommateurs préfèrent trouver une araignée en métal ou une grenouille en caoutchouc comme cadeau dans leur paquet de céréales ?” J'ai été conseiller artistique, puis chef de studio. Je voyais défiler des jeunes sortis des Arts décoratifs ou des Arts et Métiers. Ils restaient chez nous le temps d'acquérir un peu d'expérience puis ils se tiraient. Ces gars se croyaient de vrais artistes et n'avaient pas l'intention de faire un boulot alimentaire toute leur vie. Je les enviais pour ça, d'une certaine manière. Mes autres collègues semblaient obsédés par une seule chose : plaire à leur supérieur. L'ambiance était pourrie. Plus je gagnais d'argent, plus j'avais d'impôts à payer, avec une maison plus grande à gérer… On désirait tous une maison plus grande, une voiture plus grosse, une meilleure marque de gin. Une vraie course de rats. Ma vie, c'était… du vent.

— Alors vous vous êtes souvenu de la proposition de votre supérieur, à l'armée ?

— Oui. Je repensais souvent à la guerre. Là, au moins, j'avais le sentiment de faire quelque chose d'important. »

Un animal fit bruisser des feuillages, non loin des deux hommes. Ils se sentaient observés par des yeux faits pour la chasse.

« Et votre femme ? demanda Hemingway.

— Nous avons divorcé.

— Pas d'enfants ?

— Non. Elle ne pouvait pas en avoir. Elle a refait sa vie avec quelqu'un. Un de mes anciens collègues. Je crois qu'elle est heureuse, maintenant.

— Et vous, vous êtes heureux ?

— Je vois du pays. Je me sens utile. C'est important de se sentir utile. Tout le monde n'a pas la chance d'avoir un talent comme le vôtre. »

Hemingway ne répondit rien. Il piochait dans son sachet puis il mâchonnait les fruits secs. Au bout d'un moment, il dit : « Vous avez conscience de défendre un mode de vie que vous détestez ? C'est paradoxal, non ?

— Honnêtement, ça ne m'empêche pas de dormir. Chacun de nous trimballe son lot de contradictions, j'imagine.

— Et puis il y a la "menace communiste" à stopper, pas vrai ?

— C'est ça, moquez-vous. Pourquoi vous n'êtes pas resté à Cuba, si le nouveau régime était si formidable que ça ?

— Raisons personnelles… (Il fit craquer ses articulations en s'étirant.) Merci pour votre franchise, en tout cas. J'aime bien savoir à qui j'ai affaire. »

Robert Stone resta silencieux. « C'est quoi votre vrai nom ? demanda Hemingway.

— Cela ne vous avancerait à rien », répondit son compagnon.

Ils entendirent le bruit tous les deux en même temps et pivotèrent de concert. Des buissons avaient craqué, plus haut sur la pente. Robert Stone porta la main à son fusil.

« À votre place, j'oublierais ça, *señor* », fit une voix dotée d'un accent chantant.

Les deux Américains se levèrent. Ils virent des hommes en treillis vert olive qui descendaient vers eux. Ils étaient une dizaine. Tous armés. Tous barbus. Certains portaient des casquettes, les autres allaient tête nue. La plupart arboraient des cartouchières croisées sur la poitrine, à la manière des soldats de Pancho Villa durant la guerre civile mexicaine, lorsqu'ils posaient sur des daguerréotypes. Robert Stone regarda les hommes puis regarda son fusil resté par terre. Il hésita. Il n'aurait pas le temps de le ramasser, selon toute vraisemblance. Les barbus, eux, auraient dix fois le temps de le transformer en passoire.

« Nous sommes des amis ! jeta Hemingway.

— Des amis, hein ? » gloussa le meneur du groupe.

Il souriait, dévoilant une mauvaise dentition. Il aurait pu être beau, si son sourire n'avait pas été édenté. Il avait des traits fins. Il était jeune et bien découplé, avec les cheveux ramenés en arrière, très noirs, émaillés de quelques reflets, et une barbe moins fournie que celle de ses camarades ; presque un duvet. Il se mouvait avec grâce. Il ressemblait à un danseur de tango qui aurait passé trop de temps dans la jungle.

« *No tenemos muchos amigos norteamericanos*, dit-il sans se départir de son sourire.

— *Soy un amigo de Cuba*, répondit Hemigway. *Soy Ernest Hemingway.* »

Le meneur s'arrêta à quelques mètres du feu de camp. Il tenait son fusil de manière négligente, sans le braquer franchement sur le duo, mais il avait quand même le doigt sur la détente. Les autres barbus s'immobilisèrent également. Leur regard était plus sombre, plus rustre que celui du danseur de tango. Ils n'avaient pas l'air commodes, alors que le danseur, lui, avait l'œil rieur.

« Hemingway, l'écrivain ? lança celui-ci comme si on venait de lui raconter une bonne blague. Le Prix Nobel ?

— En personne, dit Hemingway.

— Et qu'est-ce qui nous vaudrait l'honneur de la visite du grand auteur *norteamericano* ?

— Je suis là en tant que journaliste. (Il montra Robert Stone.) Voici mon photographe, Ron Hooper. Je veux interviewer vos chefs.

— Fidel ?

— Oui. Et le commandant Guevara également. »

Le danseur de tango siffla. « Vous ne manquez pas de culot, *amigo*, dit-il.

— J'ai cette réputation, en effet. »

Le danseur rigola en secouant la tête.

« Je crois que ça ne va pas être possible, mon ami. Non, pas possible.

— Pourquoi ?

— Fidel est bien trop occupé pour donner des interviews à des yankees.

— Moi je crois au contraire qu'il sera très content de me voir. Il m'aime bien. Je l'ai déjà rencontré, vous savez ? Il adore mon roman *Pour qui sonne le glas*. Il m'a dit que c'était son livre de chevet, dans la Sierra Maestra. »

Un barbu d'une trentaine d'années s'avança. Il avait un gros ventre en forme de barrique et son visage était grêlé par une décharge de plombs qu'il avait dû recevoir dans sa prime jeunesse. Il portait une casquette avec un protège-nuque en toile, comme les soldats de la Légion étrangère. Il scruta Hemingway de ses petits yeux porcins.

« *Aquello hombre es El señor Papá*, affirma-t-il.

— Tu es sûr ? » demanda le danseur de tango.

Le gros barbu fit oui de la tête deux fois. Ils discutèrent en espagnol durant une bonne minute. Robert Stone ne comprenait qu'un mot sur deux, mais il réussit néanmoins à saisir l'essentiel de la conversation. Le gros barbu prétendait qu'il avait passé son adolescence à Cojímar, dans les années 1950, et qu'il avait vu plusieurs fois Hemingway durant cette période, dans les bars du village et sur le port.

« Cet homme dit la vérité, approuva Hemingway. Tout le monde me connaît, à Cojímar.

— Admettons, grommela le danseur de tango.

— Je n'ai jamais dit du mal de la Révolution, reprit Hemingway. Je peux vous aider à diffuser vos idées. Comme Herbert Matthews, en 1956. Le président Kennedy prétend qu'il était tout à fait dans son bon droit quand il a envoyé des troupes à Cuba. Vous devez donner votre version des faits au reste du monde.

— Je ne sais pas », dit le danseur.

Il examinait Hemingway avec une attention accrue, le détaillant de haut en bas.

« Nous avons fait un long chemin pour arriver jusqu'à vous, risqua Robert Stone.

— Pourquoi toutes ces armes si vous êtes des journalistes ? demanda le danseur de tango en montrant les deux fusils.

— La région est dangereuse, répondit Hemingway. Nous avons été attaqués par des trafiquants d'armes, sur le fleuve. Ils ont tué l'un de mes meilleurs amis. Gregorio Fuentes, de Cojímar, justement. (Il se tourna vers le gros barbu.) Tu te souviens de lui ?

— *¿Gregorio Fuentes está muerto ?* hoqueta le gros barbu.

— *Sí.* »

Le gros homme paraissait sincèrement désolé. Il branla de la tête et dit : « *Eso es muy triste*.

— *Sí* », acquiesça Hemingway.

Le danseur de tango observait l'échange d'un œil toujours pétillant, mais sans se départir de sa méfiance. Il gonfla ses joues alternativement, comme s'il faisait rouler une balle de golf dans sa bouche.

« Fouillez-les », dit-il à ses hommes.

Les barbus trouvèrent le pistolet caché sous l'aisselle de Robert Stone et le lui confisquèrent. Ils palpèrent les poches avant de sa chemise sans s'arrêter sur le sachet d'herbes empoisonnées. Le gros guérillero qui avait reconnu Hemingway tendit le pistolet à son chef, crosse en avant. Ce dernier le soupesa pensivement.

« Vous êtes vraiment très armés, pour des journalistes, dit-il.

— La région est vraiment très dangereuse, répondit Robert Stone. Deux précautions valent mieux qu'une.

— Où est votre appareil photo ?

— Dans mon sac. Sous la tente. »

Le danseur de tango invita ses compagnons à aller vérifier d'un mouvement du menton. Un homme ressortit de la tente quelques secondes plus tard avec le Leica.

« *Vale*, fit le danseur. *Vale*... » Il écarta les mains et soupira : « Qu'est-ce que je vais bien pouvoir faire de vous, *señores ?*

— Si Fidel apprend que je suis parvenu jusqu'ici et que vous m'avez renvoyé chez moi la queue basse, il sera très en colère, ça je peux vous l'assurer. Et il paraît que ses colères sont légendaires, n'est-ce pas ? »

Le danseur de tango glissa le flingue de Robert Stone à sa ceinture.

« D'accord, dit-il. Vous venez avec nous... (Il tapota la crosse du pistolet avec sa paume.) Mais nous gardons vos armes. » Son sourire édenté s'épanouit de nouveau : « Avec nous, vous ne risquez rien, *señores* ! »

22.

Fidel était de mauvaise humeur. L'incident de la veille le tourmentait. Il était blessé dans son orgueil et remâchait sa colère comme un chewing-gum. Le Che avait beau être son ami, il avait dépassé les bornes. Peut-être avait-il attrapé la grosse tête depuis cette affaire de Trinidad ? Les hommes se battent, les hommes tuent d'autres hommes, ils triomphent puis ils se croient tout-puissants. Schéma classique. Sur Radio Rebelle, les commentateurs ne parlaient que de l'Argentin et de ses exploits guerriers. Trinidad, encore Trinidad. On ne parlait presque pas de Guillermo García qui, pourtant, avait eu sa part de réussite dans la bataille. C'était quand même lui qui avait attaqué la caserne ! Mais le Che était le Che. Une fois, Camilo Cienfuegos lui avait lancé : « Après la Révolution, je te mettrai dans une cage et je toucherai un peso chaque fois que quelqu'un viendra te voir ! Je vais devenir un homme riche. » La plaisanterie en disait long sur la popularité du Che. Il faisait rêver les gens, avec ses allures de beau ténébreux. Les commentateurs de Radio Rebelle lui avaient trouvé un nouveau surnom : le Libérateur. Fidel n'aimait pas ça. Le Libérateur était un surnom traditionnellement réservé à José Marti, son idole, l'apôtre de la lutte pour l'indépendance. Fidel repensait sans cesse à ce que le petit Soviétique graisseux lui avait dit : « Il ne peut pas y avoir deux crabes mâles dans une même grotte. » Fidel était tiraillé. Il aimait le Che comme un frère, mais ce dernier était incontrôlable, et cela posait un sérieux problème. Pour l'heure, son ami était alité. Il luttait une fois encore contre le mal qui lui dévorait la poitrine. Les hommes s'inquiétaient, et Fidel aussi, même si d'un certain côté, la faiblesse du Che représentait pour lui une aubaine : elle lui laissait un sursis pour reprendre la main et réaffirmer son autorité.

Dans un mouvement de résistance, l'élan ne peut être donné que par un seul homme, sinon il se dilue, part dans tous les sens…

C'était une des leçons qu'il avait retenues de la Sierra Maestra. À l'époque, il avait eu beau être isolé dans les montagnes, avec ses barbus en loques, il ne s'était jamais laissé déborder par le Parti orthodoxe ou le PSP. Il avait su tirer les marrons du feu au bon moment.

Repose-toi, mon ami, et laisse-moi gérer les Soviétiques.

Il avait passé une bonne partie de l'après-midi à discuter avec Sergetov. Celui-ci n'avait pas fait mention de la dispute, mais ce souvenir flottait entre les deux hommes tel un spectre embarrassant. Fidel pouvait le lire dans le regard de Sergetov. Il y voyait comme un muet reproche – *Tu ne sais pas tenir tes hommes…* peut-être même une sorte de mépris, et cela lui était insupportable. Il avait du mal à se concentrer sur la conversation. Le Che était présent même quand il n'était pas là. Pourtant, le Soviétique et lui discutaient de choses importantes, des décisions qui allaient compter dans la poursuite de la guerre. Mais le fantôme de l'Argentin parasitait tout.

Tu dois te concentrer sur la stratégie, rien d'autre.

Fidel et Sergetov s'étaient mis d'accord sur les lieux et les dates des prochains parachutages. Et peut-être que cette histoire de troïka à l'ONU se révélerait payante, en fin de compte ? Il fallait se montrer patient, parfois. Le Che n'avait jamais compris ça. Toujours à foncer tête baissée. *¡ Cabeza dura !*

Sergetov dit qu'il partirait le lendemain, avec son escorte. Il était censé rejoindre l'Oriente et débloquer de nouveaux fonds là-bas. L'argent du Kremlin transitait par des comptes fictifs, et il servirait à armer les partisans dans les villes. La multiplication des foyers de lutte empêcherait les yankees de concentrer leurs forces sur l'Escambray. La reconquête s'annonçait longue et difficile, mais Fidel gardait espoir. Il avait foi en sa chance ; jusqu'ici, elle ne l'avait jamais abandonné.

Après l'entrevue avec Sergetov, il interrogea les prisonniers, mais n'apprit rien d'intéressant. García lui avait fait un rapport détaillé sur la situation à Trinidad et dans la région. Les simples soldats ne savaient rien de plus. Leur colonel était resté à Trinidad. Un otage précieux. Fidel ne pensait pas que les yankees tenteraient un débarquement là-bas, du moins pas tout de suite. Ils allaient essayer de négocier, avec cette élémentaire prudence qui les caractérisait.

Le soir venu, Fidel décida de se rendre au chevet de son bras droit. Celui-ci avait dormi pratiquement toute la journée.

Fidel avait bu plus que de raison et à peine touché à son dîner, une poularde pourtant parfaitement dorée, comme il les aimait. L'alcool rendait sa bouche pâteuse, émoussait l'acuité de ses pensées, de même que leur vélocité. Il s'était saoulé pour se donner du courage. Il rechignait à déclencher une querelle, mais il devait rappeler certaines règles de base au Che.

Il prit sa respiration et ouvrit la porte de la cabane.

Son ami semblait au plus mal. Il était allongé sous un drap crasseux et transpirait beaucoup. Sa peau était pâle, même si la lumière chaude de la lampe à pétrole la teintait de jaune. L'ovale blême de son visage se détachait dans la semi-obscurité, flottant comme un ballon clair sur fond sombre. Ses lèvres et le bout de ses doigts avaient pris une coloration bleutée.

« Rien qu'une crise… de plus… » dit le Che.

Cette simple phrase lui avait demandé un gros effort. Il toussa. Sa toux était devenue grasse et il crachait des mucosités dans un mouchoir.

« Tu as besoin de quelque chose ?

— Pour l'instant, non. Il faut attendre que ça passe, c'est tout. »

Fidel se tenait dans l'encadrement de la porte, droit et imposant. Il la referma.

« Tu n'as pas été très diplomate, hier, dit-il. Cet homme, Sergetov, n'est pas n'importe qui. Il peut encore nous servir.

— J'étais furieux, admit le Che. Tu sais comment on nous voit dans le reste du monde ? Comme les petits chiens de l'Union soviétique. Ils… nous demandent de pisser à la porte des yankees, de prendre tous les risques pour eux sans contrepartie. Nous valons mieux que ça. Nous sommes l'avant-garde du socialisme, et j'en ai marre de voir ton pragmatisme ramollir nos idéaux ! »

Fidel ne répliqua pas. Il avait été surpris par la violence de la tirade, et sa longueur aussi. Quand il traversait une crise, le Che parlait rarement. Une quinte terrible le tordit dans son drap. Elle dura longtemps. Quand elle se calma, le malade fixa le plafond, la bouche grande ouverte comme s'il cherchait à faire entrer le plus d'air possible dans sa poitrine oppressée.

« Tu me mets dans l'embarras, mon ami », dit Fidel.

Les pensées dansaient dans son esprit, confuses, à l'image de ses sentiments.

« Les vrais amis se disent les choses, quand… (Le Che toussa.) Quand ça ne va pas…

— Tu ne dois jamais questionner mon autorité devant autrui. Encore moins devant un émissaire des Soviétiques. Un allié. Et, *surtout*, tu ne dois jamais t'opposer physiquement à moi ! »

Cette chose-là au moins était claire et irréfutable. Un pilier solide auquel se raccrocher.

« Je suis désolé, dit le Che. Je n'ai pas fait exprès… je ne voulais pas…

— Tu ne voulais pas quoi ? M'humilier ? C'est pourtant ce que tu as fait. Reste à ta place, Che, et tout se passera bien entre nous. Mais ne t'avise pas de me défier. Jamais.

— Tu prends cet incident trop à cœur. Je te demande pardon.

— Imagine si ce petit homme se met à parler et raconte la scène. Imagine le tort que cela pourrait nous causer !

— Le Soviétique ne parlera pas.

— Qu'en sais-tu ? »

Le Che ne trouva rien à répondre. Il toussa et dit une nouvelle fois : « Je suis désolé. Si c'était à refaire, je garderais mon sang-froid.

— J'aimerais te croire », marmonna sombrement Fidel.

Il s'approcha du lit. Sa grande carcasse oscillante et sa démarche en disaient long sur son état d'ébriété.

Il repensa au dicton : *Dans une grotte, il n'y a pas assez de place pour deux crabes mâles.*

Et les larmes lui montèrent aux yeux.

Non, je ne vais pas pleurer comme un borracho *quand même ?*

« À quoi penses-tu ? demanda le Che.

— Je ne pense à rien, mentit Fidel. J'évoque de vieux souvenirs… Notre première rencontre…

— Chez María Antonia ?

— Oui. » Fidel eut un sourire triste. « Est-ce que tu m'as pris pour un fou, ce soir-là ? lança-t-il.

— Un fou ? Non, pourquoi ?

— Nos rêves étaient fous… J'ai l'impression que tout cela remonte à la nuit des temps, pas toi ?

— Je comprends ce que tu veux dire.

— J'ai l'impression d'avoir vécu mille vies, depuis…

— Oui, moi aussi. »

Fidel ricana dans sa barbe. Un ricanement sombre. Un petit rire d'ivrogne aux relents avinés.

« J'étais fou, et il fallait être fou pour me suivre.

— C'était une bonne folie. »

Fidel avait envie de fumer un cigare, mais il aurait été cruel de le faire sous le nez du malade. Il se contenta de caresser les havanes rangés dans la poche de son battle-dress.

Le Che haletait comme un petit chiot.

« Tu as soif ? demanda Fidel.

— Oui. »

Il donna à boire à son ami, puis celui-ci laissa sa tête retomber en arrière. Sa poitrine se soulevait tel un soufflet de forge, mais un soufflet troué. Il respirait mal.

« Tu souffres ? demanda Fidel.

— Oui, mais ça va passer. Ça passe toujours.

— Peut-être qu'un jour ça ne passera pas.

— Peut-être... Sans doute... Il y a eu tellement de fois où j'ai cru mourir. Je ne les compte plus.

— Tu es brave, Che. Et têtu comme une mule. »

Pourquoi es-tu si têtu, mon ami ? Si entier ?

Il s'assit sur un tabouret en bois, tout près du lit. Le tabouret émit des craquements grinçants. Fidel ressemblait à un père qui s'apprête à lire une histoire à son enfant, une fois la nuit tombée. Il posa sa main sur le front brûlant et mouillé du Che. Ce dernier respirait lentement, avec précaution, pour éviter une nouvelle quinte. Il dit : « Tu sais au fond de toi que j'ai raison, n'est-ce pas, au sujet des Soviétiques ? »

Fidel avait un regard hanté, étrange, lointain, comme s'il voyait quelqu'un d'autre à la place du malade.

Il ne peut pas y avoir deux crabes mâles dans une même grotte...

Il était bouleversé. Le Che fronça les sourcils et sa respiration stertoreuse s'accéléra. Il montra du doigt son paquetage, posé un peu plus loin.

« Mon inhalateur », hoqueta-t-il.

Durant un instant, Fidel hésita. Il ne bougeait pas. Le diable murmurait à son oreille, et il écoutait ses paroles qui coulaient en lui comme du miel.

Bien sûr, si le Che venait à mourir, les hommes seraient désemparés. Pour un temps. Mais, en contrepartie, le *Líder Máximo* resterait le chef incontesté du mouvement. Il pourrait négocier avec les Soviétiques sans pression. Le Che rejoindrait Camilo et Raúl dans les rangs des martyrs de la Révolution. Un martyr mort est parfois plus utile qu'un second trop charismatique et trop remuant.

Deux crabes ; on en revenait toujours là.

C'était… horriblement tentant.

« Mon inhalateur, répéta le Che. J'en ai besoin. »

Ses voies respiratoires s'étrécissaient. Elles allaient se boucher, remplies d'humeurs impossibles à expectorer. Un éclair de panique traversa son regard. Il n'osait pas croire à ce qu'il pensait entrevoir dans les yeux de Fidel. Celui-ci le prit dans ses bras, pressant son visage contre sa large poitrine.

« Je t'aimais », dit-il.

Et c'était la pure vérité, impossible d'en douter.

Le Che tenta de se libérer, mais Fidel le maintenait fermement. Le Che était trop faible, trop malade. Les larmes de Fidel ruisselaient à présent sans aucune retenue. Les mains de son ami se crispèrent dans son dos et griffèrent son treillis, mais il ne relâcha pas l'étreinte pour autant. Il sentait les battements de ce cœur jumeau, collé contre sa poitrine, qui ralentissaient pendant que le Che émettait des râles étouffés. Alors Fidel serra encore plus fort en pleurant tel un petit garçon perdu dans la nuit noire. Les pieds du Che pédalaient par à-coups, froissant le drap qui allait devenir son suaire. Il s'accrochait à la vie. Il y eut un moment paroxystique où son corps parut se tendre, droit et rigide comme une planche, puis il devint tout mou. Fidel attendit une minute ou deux, sanglotant et reniflant. Son pouls battait si fort à ses oreilles qu'il n'entendait plus rien d'autre.

Il ne peut pas y avoir deux crabes mâles dans une même grotte…

Il se détendit enfin et reposa la tête du Che sur son oreiller avec une infinie délicatesse. Le regard de son ami était fixe et sans vie. Accusateur. Il se mordit la lèvre, essuya la morve qui coulait de son nez avec la manche de son battle-dress.

Qu'est-ce que j'ai fait ?

Les pensées s'emmêlaient dans sa tête. Il caressa le front du Che, ses cheveux.

Qu'est-ce que j'ai fait ?

Il n'avait pas besoin de jouer la comédie pour feindre la panique. Il était terrifié. Anéanti.

« Infirmier ! cria-t-il. Infirmier !!! »

23.

Les deux Américains et la patrouille cubaine remontaient le lit encaissé d'un cours d'eau sauvage. Progresser parmi les rochers était pénible, en particulier quand on portait un lourd sac sur le dos. Les articulations fatiguaient vite au niveau des genoux, car elles étaient constamment mises à contribution. Les taches de lumière brillaient sur l'eau qui clapotait entre les rochers en s'écoulant, claire et joyeuse. Au moins les marcheurs pouvaient-ils s'abreuver et remplir leur gourde quand bon leur semblait. La brise ne s'invitait guère parmi les arbres, aussi la fraîcheur du ruisseau était-elle la bienvenue.

Plus haut, les marcheurs arrivèrent en vue d'une cascade qui se déversait dans une large vasque. Celle-ci débordait sur un flanc et donnait naissance au cours d'eau rencontré en aval. Sur la paroi verticale, la roche était grise et striée de nervures noires. L'eau dégoulinait, collée contre la pierre, sous la forme de filets blancs écumeux, ou alors elle rebondissait sur la paroi en un jet de douche continu et produisait un bruit feutré quand elle rencontrait la surface dormante. Les rochers étaient humides, tout autour de la vasque, et l'on devait faire attention à ne pas glisser en posant le pied dessus. Les feuillages se déployaient en éventail au-dessus de ce petit coin paradisiaque, prodiguant un peu d'ombre à qui aurait souhaité se baigner. Le groupe fit halte. On se livra à quelques ablutions, puis il fallut de nouveau repartir.

Les hommes marchaient sur la pente à un rythme lent mais régulier de sherpa. Les arbres autour d'eux étaient très feuillus. Les troncs eux-mêmes disparaissaient sous les feuillages et les plantes grimpantes. Il y avait peu de palmiers. Tout était vert et bruissant. Des oiseaux sifflaient depuis les frondaisons, se répondant les uns aux autres dans un dialogue mélodieux.

La montée passée, ils abordèrent un plateau peu boisé qui ressemblait à une vaste lande. Il y avait quelques nuages dans le ciel. Les nuages projetaient des ombres mouvantes et bien délimitées, des îlots noirs qui dérivaient avec une lente majesté sur le maquis. Le danseur de tango guidait la petite troupe. Il s'appelait Carlito. Il plaisantait beaucoup, même quand la fatigue ralentissait le groupe. Il titillait les guérilleros sans méchanceté. Il choisissait le moment des pauses, ainsi que leur durée, et les hommes s'asseyaient sur des rochers pour manger ou simplement se reposer. C'était tous de rudes gens de la campagne et ils récupéraient vite. Hemingway, lui, en bavait. Le dos voûté, il réajustait son sac qui glissait tout le temps. Il discutait beaucoup avec le gros barbu originaire de Cojímar. Ce dernier était souvent à la traîne, comme lui, et s'appelait César. L'écrivain et César avaient de nombreuses relations en commun, dont Manuelito, l'homme en salopette bleue qui avait fourni le vapeur au *Salto de Hanabanilla*. César fut heureux d'apprendre que Manuelito était en bonne santé, contrairement au regretté Gregorio Fuentes. Ces discussions d'arrière-garde étaient joyeuses, pleines de chaleur humaine, tristes aussi parfois, comme lorsque l'on se remémore une époque de la vie douce et révolue. Robert Stone écoutait parler les deux hommes. Il aimait la musicalité de la langue espagnole. De son côté, César semblait flatté de converser de manière aussi simple et détendue avec une célébrité, Prix Nobel de surcroît. L'écrivain savait se mettre à la portée de tous. Il le faisait sans se forcer, et Robert Stone l'admirait pour cela. Oui, Ernest Hemingway paraissait être un homme authentiquement bienveillant.

Le vieux n'a pas que des défauts, c'est vrai, songeait Robert Stone.

Il se rappelait que, l'autre nuit, l'écrivain lui avait demandé : « Est-ce que vous vous intéressez aux gens ? » Il comprenait mieux le sens de cette question, maintenant. C'était une question vraiment sérieuse aux yeux de Hemingway. Celui-ci accordait de l'importance à ses semblables.

Ou alors il se nourrit des autres dans un but intéressé ? Un but créatif ? Peut-être que ça lui sert ensuite à alimenter ses histoires ?

On disait que les écrivains étaient comme ça : de véritables éponges qui vampirisaient leur entourage et recyclaient tout ce qui leur arrivait, le bon et le mauvais. Mais Hemingway n'avait pas pondu de roman depuis des années et il continuait quand même à s'intéresser aux gens. C'était dans sa nature.

Cette constatation amena Robert Stone à se livrer à un examen de conscience douloureux : avait-il le souci d'autrui ?

Bien sûr, puisque je me bats pour la démocratie, le bien commun, la liberté…

Mais concrètement ?

Il n'avait plus de proches depuis longtemps. Il avait fait le vide autour de lui. La faute à son travail, et à sa personnalité également, inutile de se voiler la face. Il ne se liait pas facilement. Les collègues étaient des collègues et les personnes rencontrées sur le terrain, de simples figurants semblables aux personnages secondaires d'une série d'espionnage qui changent à chaque épisode. Il ne s'attachait à personne. Il remplissait sa mission, verrouillé sur un objectif à la fois. Il traçait sa route en solitaire. Il avait choisi cette existence. Il aimait la marge et l'ombre, la tranquille jouissance des secrets. Hemingway, au contraire, vivait sa vie au soleil, exposé, et il paraissait profiter de chaque moment, de chaque expérience. Robert Stone n'était guère versé dans la spiritualité orientale, mais il devait reconnaître que l'écrivain et lui illustraient à merveille le concept de yin et de yang : oppositions complémentaires.

Quand il ne pensait pas à Hemingway, l'agent secret pensait à ses cibles, Castro et Guevara. Il avait le trac, tel un acteur sur le point d'entrer en scène pour une improvisation.

Sauf qu'on ne tire pas une balle dans la tête d'un acteur si jamais il foire son numéro.

Plus il y songeait, moins il croyait à la solution des feuilles empoisonnées. C'était une ruse peut-être valable pour un scénario de film, mais certainement pas pour une opération menée dans la vraie vie. Tuer un dirigeant politique n'est pas une chose facile. Hitler avait échappé à tous les attentats fomentés contre lui.

Il faut être prêt à se sacrifier, si on veut être sûr du résultat… Et encore, il y a toujours des impondérables.

Robert Stone n'avait aucune envie de se suicider.

Le truc, c'est de se tenir prêt et de guetter le bon moment, si toutefois ce dernier se présente…

Robert Stone marchait en échafaudant des scénarios. Il y avait mille façons de tuer discrètement quelqu'un, si jamais on se retrouvait isolé avec lui. C'était ensuite que ça devenait compliqué : retarder la découverte du corps, maquiller en accident la cause du décès pour se disculper ou alors se fabriquer un alibi… et puis, surtout, préparer l'exfiltration.

Cela fait beaucoup de paramètres à gérer en même temps.

Rien ne lui assurait qu'il aurait les bonnes cartes en main à l'instant décisif.

Ils grimpèrent encore d'un « étage » par un chemin chevrier encombré de roches grises concassées. Arrivés au plateau supérieur – qui ressemblait comme un frère au précédent –, ils s'arrêtèrent pour souffler.

« Nom de Dieu », dit Robert Stone.

L'œil humain est naturellement attiré par le mouvement et, quand il s'était retourné pour admirer le nouveau panorama, il avait vu.

« Qu'est-ce qu'il y a ? glapit Hemingway.

— Ça bouge, en bas. »

Hemingway ne voyait rien, lui ; enfin rien de suspect. Ils regardaient tous les deux vers l'ouest. Le mince bras du fleuve par lequel ils étaient venus n'était pas visible car noyé dans la végétation. Par contre, plus loin encore, sur la droite, on distinguait la tache bleue, paisible et scintillante, formée par l'*Hanabanilla*, à l'endroit où sa superficie était la plus importante.

« Où ça, dites-vous ? fit Hemingway.

— Au sud-ouest », marmonna Robert Stone.

Là-bas, il y avait du mouvement. Beaucoup de mouvement. Carlito et ses hommes s'approchèrent. Ils avaient vu, comme le yankee. Carlito grinça des dents et porta des jumelles à ses yeux.

« Les Marines, commenta-t-il avec pour une fois le plus grand sérieux. Ils se regroupent aux *Cuatro Vientos.* »

Un guérillero pointa son fusil à lunette dans la direction indiquée, comme s'il voulait tirer, alors qu'il cherchait simplement à utiliser la vision grossissante du réticule. Robert Stone fit de même avec son appareil photo. Il régla la focale, zoomant au maximum des capacités du puissant téléobjectif, balaya le décor quelques instants avant de trouver le nuage de poussière en suspension, puis il effectua la mise au point.

« Il y en a combien ? questionna Hemingway.

— Je dirais deux divisions transportées en camion, répondit Robert Stone.

— Ils devront abandonner les camions quand ils parviendront à la montagne, déclara Carlito. Ça va les ralentir.

— Mais pas les arrêter, compléta Hemingway. Ils remplaceront les camions par des mules. Vous êtes sûrs qu'ils viennent par ici ?

— Oui, ça m'en a tout l'air, dit Robert Stone.

— *Maldidos yankees* », cracha Carlito.

Il abaissa ses jumelles. Il n'avait plus du tout envie de plaisanter. Sa pomme d'Adam montait et descendait.

« Je peux ? » fit Hemingway en montrant les jumelles.

Carlito les lui donna et l'écrivain le remercia. Il regarda longuement vers le sud-ouest avant de confirmer : « Deux divisions motorisées. Ils mettent le paquet.

— Je serais étonné qu'ils n'attaquent l'Escambray que d'un seul côté à la fois », dit Robert Stone.

Au nord, le plateau se terminait par une forêt qui masquait l'horizon. Une ligne de crête courait à l'est.

Restait le sud. Le groupe pivota comme un seul homme vers *Topes de Collantes*, le chemin menant à Trinidad. Là aussi, la région était très boisée, mais on distinguait le chemin, par intermittence, à la faveur de trouées.

« *¡ Mierda !* Il y a des véhicules sur la route, constata Carlito.

— Une attaque en règle, dit Robert Stone. Ils vont passer la montagne au peigne fin. Je ne sais pas où est votre quartier général, mais ils finiront par le trouver, soyez-en sûr.

— Nous ne sommes plus très loin, grinça Carlito. Nous allons forcer le pas. Il faut avertir Fidel. »

Ils prirent la direction du nord. Ils marchaient vite, semblables à un groupe de marathoniens qui avancent en soufflant, les bras serrés le long du corps. Hemingway avait rendu ses jumelles à Carlito. Il fermait la marche en compagnie du gros César, comme d'habitude. Il leur restait cinq cents mètres à parcourir avant d'atteindre les premiers arbres quand ils entendirent le bruit des rotors.

« Hélicoptères ! » cria César.

Il regarda autour de lui, à la recherche d'une cachette digne de ce nom. Il n'y en avait pas, à part, éventuellement, des rochers de taille et circonférence variables. Les arbres étaient trop loin. Ou alors il aurait fallu courir à toutes jambes en abandonnant les sacs à découvert, et ce n'était pas une bonne idée. César devait prendre une décision rapidement car le bruit – une sorte de *fok-fok-fok* assourdi – enflait, rebondissant sur la crête à l'est avant de revenir, porté par les vents.

César plongea derrière un rocher. Une fois au sol, il essaya d'épouser le contour du gros bloc de pierre, à sa base. Les autres l'imitèrent. Heureusement, il y avait beaucoup de rochers disséminés sur le plateau. Les battle-dress vert olive des guérilleros pouvaient se confondre avec l'herbe du maquis, et les deux yankees ne portaient pas de couleurs criardes : du beige pour Robert Stone, et du blanc pour Hemingway, mais son pantalon et sa chemise étaient couverts de terre séchée. Le duo se cacha derrière le même bouclier naturel et plus personne ne parla ni ne bougea.

Qui dit « attaque en règle » dit « soutien aérien », songea Robert Stone. *J'aurais dû y penser.*

Les paroles de Carlito tournaient dans sa tête comme les pales des rotors : « Nous ne sommes plus très loin. »

Il touchait au but.

Grand Frère.

Petit Frère.

Ses mains refermées sur les sangles de son sac devinrent moites. Sa joue était collée au rocher et il sentait de minuscules cailloux qui s'effritaient sur sa peau mal rasée.

Les deux hélicos les survolèrent sans ralentir. Le sigle de l'*US Army* était blasonné sur leurs flancs, lettres blanches sur fond kaki. Un soldat yankee armé d'une mitrailleuse était assis sur le côté, les pieds dans le vide. Des rubans de cartouches pendouillaient jusqu'aux patins d'atterrissage. Le soldat portait des lunettes et semblait regarder vers le sud-ouest, c'est-à-dire le coin que Carlito avait appelé *Cuatro Vientos*. Les appareils ne volaient pas très haut et les hommes cloués au sol sentirent le déplacement d'air au passage, puis ils regardèrent les silhouettes bourdonnantes s'éloigner alors que leurs deux ombres glissaient, disparaissant dans des creux pour rejaillir tout de suite après en terrain plat.

Quand les hélicos ne furent plus que des points à l'horizon, et le bruit une nappe sonore déclinante, les guérilleros se relevèrent.

« *¡Vamos !* » cria Carlito.

Ils rejoignirent les arbres et la fraîcheur du sous-bois à petites foulées, puis ils jetèrent leurs sacs par terre, dans les aiguilles de pin, et ils soufflèrent un grand coup. Le sous-bois sentait fort la résine, et le pourtour de chaque arbre était tapissé d'aiguilles mortes. Quelqu'un toussa bruyamment. C'était Hemingway. Il était tout rouge et paraissait sur le point de cracher ses poumons.

« Ça va aller ? demanda Carlito.

— Oui, oui », grogna le vieux.

Il n'aimait pas que l'on s'occupe de lui.

Robert Stone prit le danseur de tango à part.

« À combien sommes-nous du camp ?

— Une bonne journée de marche, répondit Carlito.

— Vous aviez dit "plus très loin" ! s'étrangla Robert Stone.

— C'est comme ça, en montagne, on progresse lentement.

— Le *señor Papá* ne tiendra pas un jour de plus…

— Il faudra bien. Je dois prévenir Fidel et je ne peux pas vous laisser derrière moi, à la traîne. C'est vous qui avez voulu nous suivre, je vous le rappelle.

— Vous n'avez pas de radio ?

— Des talkies-walkies à courte portée. On ne pourra les utiliser qu'à un kilomètre du camp, maximum. »

Robert Stone jeta un regard inquiet à Hemingway, qui revissait le bouchon de sa gourde après avoir bu.

L'écrivain avait deviné que l'on parlait de lui et, se tournant vers les deux hommes, il dit : « Cessez de bavasser comme deux vieilles pies. Ne perdons pas de temps et partons ! »

24.

Néstor avait été tiré de son sommeil au milieu de la nuit. Ce type de réveil n'était jamais agréable, car il signifiait un tour de garde à prendre ou, pire encore, une attaque surprise. Mais Néstor n'était pas de garde cette nuit-là, et il n'avait entendu aucun coup de feu ni aucun cri d'alarme.

Première chose étrange : c'était le commandant Guillermo García en personne qui l'avait réveillé. García lui avait fait signe de se taire, un doigt posé sur les lèvres. Son visage était grave. Dans un murmure, il avait ordonné au cameraman de se lever et de rassembler son équipement en silence, puis il l'avait conduit à la périphérie du campement.

Deuxième chose étrange, Fidel Castro était là. Autour de lui se tenaient plusieurs personnes, dont le petit homme en costume blanc que Néstor avait aperçu de nombreuses fois depuis son retour au quartier général. Une rumeur courait au sujet de cet homme mystérieux venu de la ville : on le disait un espion à la solde des Soviétiques. Les soldats en tenue de camouflage qui l'accompagnaient avaient incontestablement le type slave. Ils n'étaient pas du genre bavard. Pour l'heure, ils entouraient un groupe de six prisonniers américains à qui on avait lié les mains derrière le dos. Les Soviétiques portaient leur sac et avaient les armes à la main. Ils attendaient, stoïques. Tout le monde paraissait attendre quelque chose. Néstor était très impressionné par Castro, sa haute stature ainsi que l'incontestable aura d'autorité qui émanait de sa silhouette. Il était vraiment imposant, et le soi-disant espion paraissait encore plus petit à son côté.

« Voilà, c'est lui, avait déclaré Castro en montrant Néstor.

— Il est de confiance ? avait demandé le petit homme.

— Oui, avait répondu Castro. Il ne dira rien. »

Le chef suprême de la Révolution avait pris Néstor à part pour lui murmurer : « Tu ne devras jamais parler à quiconque de ce que tu vas voir, c'est bien clair ? Tu devras garder le secret. »

Néstor avait opiné.

Troisième chose étrange, et non des moindres, deux guérilleros avaient amené le Che sur une civière, et le Che ne respirait plus.

« Il est mort, avait déclaré Castro, confirmant ainsi les pires craintes du cameraman. Tu dois garder le secret, Néstor, c'est bien compris ? »

Néstor n'y comprenait plus rien. Il y avait bien eu cette alerte, en début de soirée, quand Castro avait crié « Infirmier, infirmier ! » depuis la cabane où le Che se reposait. Puis le *Líder Máximo* était ressorti quelques minutes plus tard et il avait rassuré les guérilleros rassemblés devant l'entrée en affirmant : « Tout va bien, il va guérir. »

Et maintenant le Che était mort.

Néstor n'arrivait pas à y croire.

« Tu vas obéir au *señor* Sergetov, avait ajouté Castro en désignant le petit homme en costume blanc. Tu feras tout ce qu'il te dira, d'accord ? »

Néstor avait de nouveau opiné. Mais il ne comprenait toujours pas grand-chose à toute cette histoire.

Les soldats soviétiques avaient ramassé la civière déposée sur le sol par les guérilleros et, sans plus tarder, Sergetov avait donné le signal du départ.

Le petit groupe marchait depuis une dizaine d'heures, déjà. Les pauses étaient fréquentes, mais elles n'excédaient jamais le temps d'une cigarette. Néstor, quant à lui, avait le sentiment d'évoluer dans un total brouillard fait d'irréalité.

Je dois rêver, c'est impossible, se disait-il.

À intervalles réguliers, il se retournait pour s'assurer de la présence des deux hommes qui marchaient dans son dos, à savoir le duo qui transportait la civière avec le cadavre du Che.

Impossible, se répétait Néstor. *Je fais un cauchemar.*

Le Che était immortel. Invulnérable.

Néstor avait envie de pleurer, il devait faire de gros efforts pour se retenir. Il redoutait que les Soviétiques le voient craquer. Ces derniers discutaient entre eux dans leur langue maternelle, et Néstor captait quelques bribes de ces conversations. Il parlait un peu le russe et avait visionné un nombre considérable de films sous-titrés venus du bloc de l'Est durant ses années passées à l'ICAIC. Sergetov et son second, un soldat bâti comme un char d'assaut, cherchaient un endroit précis pour s'arrêter. Une clairière, apparemment. Ils parlaient également du Che, mais Néstor ne parvenait pas à comprendre ce qu'ils disaient à son sujet. À un moment, le colosse prononça le mot « caméra » en regardant Néstor et celui-ci sentit une mauvaise sueur lui poisser le dos. Cinq minutes plus tard, Sergetov parla des prisonniers américains. Là encore, Néstor eut beau tendre l'oreille, il ne saisit pas le sens des phrases en question. Les prisonniers, eux, avançaient sans rien dire, le menton baissé, en traînant des pieds. Les Soviétiques leur taquinaient les côtes à coups de crosse, de temps en temps, pour les forcer à accélérer le mouvement. Néstor était le seul Cubain de la troupe. Il n'était pas rassuré, mais il repensait aux ordres de Fidel. Il devait obéir à Sergetov sans chercher à comprendre. Alors, il mettait un pied devant l'autre, anxieux et triste. Il revoyait le Che en train de courir sous les balles, dans les rues de Trinidad. Il le revoyait embrassant le front de ce guérillero mourant… mais c'était lui qui était mort, à présent. Néstor n'y croyait toujours pas. Jamais il n'aurait imaginé qu'il puisse survivre au Che.

Je vais me réveiller. Je serai au camp. Et le Che sera toujours parmi nous. Vivant.

Mais le réveil tant espéré tardait à venir.

Ils s'arrêtèrent dans une clairière pleine de fougères. Autour se déployait toute la palette de ce que Cuba comptait comme flore sylvestre, et une brise faisait ondoyer l'herbe. Néstor n'avait pas de montre, mais, à en juger par la position du soleil, il en déduisit qu'il devait être 16 heures, peut-être plus ; en tout cas l'après-midi était bien entamée.

Les Soviétiques distribuèrent à manger aux prisonniers, qui les remercièrent. Les Américains mangeaient en silence. Néstor allait les imiter quand Sergetov lui dit : « Filme ces hommes. »

Néstor sortit la caméra de son sac et filma les prisonniers. On leur avait détaché les mains, et ils mangeaient tranquillement. Certains jetaient parfois un regard timide à la caméra. Ils étaient tous de jeunes soldats avec des bouilles à peine sorties de la glaise de l'enfance. Leurs cheveux étaient rasés derrière et sur les côtés, et taillés dru sur le dessus. Ils avaient presque tous les yeux clairs. Une plaque d'identification pendait sur chaque poitrine et brillait d'une lumière gris argent au soleil. Néstor faisait des panoramiques d'un homme à l'autre. On ne voyait pas les soldats soviétiques qui se tenaient à l'écart de la scène et fumaient, l'arme à la bretelle. On ne voyait pas non plus la civière déposée un peu plus loin.

« Tu peux arrêter », dit Sergetov.

Néstor obéit.

Les prisonniers terminèrent leur ration, et Sergetov passa parmi eux pour leur distribuer des cigarettes. Les prisonniers fumèrent. Ils étaient détendus et jouissaient pleinement de cette pause.

Pendant ce temps, le colosse soviétique déroula une couverture sur l'herbe. La couverture contenait six fusils américains. Le colosse vérifia que les armes n'étaient pas chargées, puis il les distribua aux prisonniers qui avaient terminé leur cigarette. Ces derniers étaient très surpris, et ils n'étaient plus du tout décontractés, maintenant. Sergetov leur parla longuement, à voix basse et en anglais.

On fit lever les prisonniers et on les conduisit à l'autre bout de la clairière. Ils n'avaient pas lâché les fusils.

« Qu'est-ce qui se passe ? demanda Néstor à Sergetov.

— Tu vas les filmer encore, répondit le petit homme.

— À quoi rime cette mise en scène ?

— Ne pose pas de questions. »

Néstor filma les Américains qui se mettaient en rang sur une ligne, au garde-à-vous, le fusil bien droit, le long du corps.

Les soldats soviétiques regardaient tout cela d'un œil goguenard et plaisantaient.

Sergetov cria « arme sur l'épaule » puis « en joue » et les prisonniers obéirent. Ils braquaient leur fusil sur Sergetov, mais celui-ci ne paraissait nullement impressionné. Il avait quelque chose en tête. Néstor ne savait pas quoi, ou plutôt il commençait à se faire une idée et cette idée ne lui plaisait pas du tout.

« Coupez ! » cria Sergetov.

Néstor arrêta de filmer. Le grand costaud passa dans le rang pour récupérer les fusils et on fit rasseoir les Américains au milieu de la clairière. Les Américains échangeaient des messes basses, et le costaud leur cria dessus pour les faire taire.

« Je ne comprends pas, dit Néstor à l'adresse de Sergetov.

— Tu vas comprendre », répondit celui-ci de sa petite voix flûtée.

Deux Soviétiques ramassèrent le corps du Che et le transportèrent jusqu'à un arbre. Ils attachèrent le Che au tronc, debout. Néstor sentit qu'une boule se formait dans sa gorge. Son cœur battait de plus en plus vite.

Non, ils ne vont quand même pas…

La tête du Che retombait lourdement sur sa poitrine. Un Soviétique caché derrière le tronc lui passa une espèce de collet autour du cou et, tirant vers le haut avec son ingénieux système, il lui redressa le menton. Le Che regardait droit devant lui, d'un regard fixe et sans vie, mais, de loin, il avait l'air vivant. On ne voyait pas le fil du collet, qui était très fin, pas plus que le soldat dissimulé derrière l'arbre.

Sergetov montra le bord opposé de la clairière.

« Tu vas te poster ici et filmer, dit-il à Néstor.

— Cette dépouille mérite qu'on la traite avec respect, protesta le cameraman. Le commandant Castro est au courant ?

— Je ne fais qu'obéir à ses ordres. Et tu serais bien inspiré de faire de même, mon garçon. »

Sergetov pointait ses yeux malveillants sur Néstor, guettant sa réaction. Ce dernier était blanc. Il commençait à transpirer et il avait envie de vomir.

« Alors ? » fit l'espion d'une voix dure.

Néstor gagna la position qu'on lui avait indiquée. Ce faisant, il passa devant les prisonniers assis par terre qui le regardaient, l'air complètement perdu.

Six Soviétiques s'alignèrent à côté de Néstor. Ils avaient des fusils chargés, eux. Le costaud commandait le peloton.

« Ne tirez pas dans la tête, dit Sergetov.

— Vous avez entendu ? » cria le colosse.

Les autres répondirent : « OUI, MON CAPITAINE ! »

Non, ils ne vont pas faire ça, pensait Néstor. *Ils ne vont pas le faire…*

« Filme », ordonna Sergetov.

Néstor colla son œil au viseur. Il entendit le grand baraqué qui criait « en joue ». Sa voix paraissait lointaine, sourde et curieusement détimbrée. Puis le colosse cria « feu ! ». Néstor sursauta quand les détonations claquèrent juste à côté de lui, mais il avait cadré assez large pour que le corps du Che reste tout le temps dans le champ. Les impacts mirent en charpie le buste du mort comme si un garnement avait glissé des pétards explosifs dans les poches ventrales de son battle-dress. Son menton retomba sur sa poitrine ensanglantée.

« Coupe », ordonna Sergetov.

Néstor baissa le bras, et sa caméra avec. Il avait les jambes flageolantes, sa vision se piquetait de points noirs.

« Tu ne vas pas tomber dans les pommes, dis ? » jeta Sergetov.

Néstor secoua la tête, et la nausée le gagna aussitôt. Il se détourna. Il ne pouvait plus regarder le cadavre en face.

L'homme dissimulé derrière le tronc sortit de sa cachette et engueula ses camarades en russe. Un éclat d'écorce lui avait entaillé la joue. Les autres rigolèrent de bon cœur.

On fit de nouveau lever les prisonniers et on leur redistribua les armes qui n'étaient pas chargées. Les prisonniers posaient à côté du corps du Che. En proie à un malaise évident, ils ne savaient pas quoi faire de leurs mains ni de leur fusil.

« Filme », soupira Sergetov.

Et il ordonna aux Américains de sourire. Ceux-ci obéirent, mais leurs sourires semblaient factices, alors Sergetov leur cria dessus et ils se forcèrent à sourire davantage. L'un d'eux attrapa le Che par une touffe de cheveux et lui souleva la tête pour bien montrer son visage à la caméra.

« Oui, voilà, très bien », le félicita Sergetov.

Néstor était écœuré. Il filma la sinistre comédie jusqu'à ce qu'on lui dise d'arrêter, puis on allongea le Che sur l'herbe, et il le filma encore une fois avec les Américains tout autour qui posaient comme un groupe de chasseurs se congratulant autour d'une belle prise.

« C'est bon, on a ce qu'il faut », conclut Sergetov.

On confisqua de nouveau les armes inutiles aux prisonniers. Enfin, on les fit mettre à genoux et le colosse passa derrière eux. Il les tua un par un, en leur tirant une balle dans la nuque avec son pistolet. Les prisonniers abattus tombaient face contre terre, sans un cri. Le dernier sanglotait quand la détonation coupa net ses pleurs et ses reniflements. Tout était allé très vite.

Néstor vomit ce qu'il avait dans le ventre, c'est-à-dire pas grand-chose. Les soldats soviétiques se moquèrent de lui, et il sentit un tison de haine fourrager son estomac vide.

« Je ne fais qu'obéir aux ordres du commandant Castro », lui répéta sèchement Sergetov.

Les hoquets s'espacèrent. Néstor essuya sa bouche pleine de salissures et de bave bilieuse.

« Allez, en route », grogna Sergetov.

Les Soviétiques avaient remis le Che sur sa civière. Le groupe repartit, laissant les six cadavres américains dans la clairière sans les enterrer ni même chercher à les cacher dans des buissons.

Le soir venu, les Soviétiques et Néstor installèrent leur campement dans un endroit dégagé. On alluma un feu et les soldats chantèrent une chanson triste bien de chez eux. Puis ils burent de la vodka et rirent sans retenue. Néstor refusa de boire. Il avait déjà eu toutes les peines du monde à ingurgiter sa ration, malgré la faim qui le taraudait. Il se coucha à l'écart du groupe, et surtout le plus loin possible du cadavre du Che qui était posé à même le sol, non loin du feu, sous sa couverture rougie de sang. Néstor avait l'impression que le Che lui adressait de muets reproches par-delà la mort.

Tu les as laissés souiller ma dépouille. Tu les as laissés faire ça ! Je croyais pourtant que tu étais mon ami.

Néstor essaya vainement de trouver le sommeil pendant une heure ou deux.

Il entendait les Soviétiques qui parlaient entre eux.

À un moment, le colosse demanda à Sergetov quelque chose comme « On fait quoi du petit cameraman ? » et Sergetov répondit quelque chose comme : « Fidel a dit : pas de témoins. »

Néstor crut qu'un serpent froid venait de se glisser dans son sac de couchage, tout contre lui.

25.

Hemingway avait tenu le coup, au grand étonnement de Robert Stone, et ce malgré la fatigue accumulée, la courte nuit et les montées difficiles. En revanche, l'écrivain avait cessé de parler avec le gros César dès le début de cette nouvelle journée de marche harassante : plus assez d'énergie ni de souffle pour cela.

Ils parvinrent au quartier général à la nuit tombée. Robert Stone vit tout de suite qu'il y avait des tranchées camouflées à la bordure du campement. Elles étaient recouvertes de panneaux en bambou tapissés d'herbe ou de palmes. Comme une bombe ou une roquette avaient peu de chances de tomber pile dans les trous, ces panneaux protégeaient leurs occupants des débris et des shrapnels.

Astucieux.

Une sentinelle salua la patrouille, puis une autre fit de même et ce fut la ruée générale. Grâce aux talkies-walkies, Carlito avait prévenu le campement de l'arrivée imminente de son groupe. Le cœur de Robert Stone s'arrêta de battre quand Fidel Castro en personne se détacha de la masse d'hommes barbus pour venir à leur rencontre. Il avait les bras écartés, comme prêts pour une étreinte fraternelle, et souriait.

« *Señor* Hemingway, dit-il. C'est un immense honneur !

— Commandant Castro », répondit l'écrivain avec un sourire fatigué.

Les deux légendes se serrèrent la main.

Castro se tourna vers Robert Stone.

« Et vous, vous êtes le photographe, c'est ça ?

— Oui, Ronald Hooper », se présenta-t-il.

Son cœur battait à nouveau avec intensité pendant que Castro le toisait de toute sa hauteur. Robert Stone examina Castro en retour en essayant de garder un air détaché. Il trouva que le *Líder Máximo* avait pris un coup de vieux.

On vieillit vite quand on fait de la guérilla dans la montagne, songea-t-il.

Mais il y avait autre chose, comme une fêlure dans ce visage léonin, un détail indéfinissable qui le chiffonnait.

Castro se retourna rapidement vers Hemingway. À ses yeux, un photographe sans importance ne méritait sans doute pas plus de trois à quatre secondes d'attention.

« Alors c'est vrai ce qu'on raconte, *Don Ernesto* ? Vous voulez m'interviewer ?

— Oui, c'est vrai.

— Ha ha ha ! Écrivain, reporter, pêcheur, chasseur... vous savez tout faire, *señor*, je vous admire beaucoup ! Oui, beaucoup. (Il haussa le ton, s'adressant à ses guérilleros.) Cet homme pourrait même faire général, vous savez ? Tout ce qu'il raconte sur la guerre dans *Pour qui sonne le glas* est vrai ! Il y a très peu d'écrivains qui comprennent la stratégie militaire et aucun ne la comprend aussi bien que cet homme !

— Vous oubliez Tolstoï, risqua Hemingway.

— Oui, vous avez raison. *Guerre et paix* est très bien, de ce point de vue-là. Mais Tolstoï n'a pas décrit la guérilla comme vous. Personne ne l'a fait. (Il montra de nouveau l'écrivain et rigola.) Cet homme sait tout faire, je vous dis ! » Une pause, puis : « Quand nous sommes-nous vus pour la dernière fois, *Don Ernesto* ?

— Il y a plus d'un an. Deux, peut-être.

— Chez vous, à Cojímar, c'est ça ?

— Oui. La compétition de pêche. »

Castro éclata franchement de rire.

« Ha ha, il faudra que je vous raconte quelque chose à propos de cette compétition ! » Il mit la main sur l'épaule du vieil homme. « Je suis heureux de vous avoir parmi nous, *señor* Hemingway. Très heureux. J'espère que vous n'êtes pas trop fatigué ? »

Carlito intervint : « Nous avons fait la dernière journée à marche forcée, commandant. Je dois vous parler en privé. »

Le sourire mourut sur les lèvres de Castro et son front se plissa.

« Pourquoi ?

— Il y a une offensive qui se prépare. »

Castro étouffa un juron dans sa barbe.

« Alors viens avec moi, Carlito. (Il pointa le doigt sur un homme.) Toi, tu vas escorter le *señor* Hemingway et son ami à leurs quartiers ; une cabane propre, d'accord ? Je veux ce qu'il y a de mieux pour nos invités. »

L'écrivain ouvrit la bouche, mais Castro lui coupa la parole : « Nous dînerons ensemble tout à l'heure, *señor*. Pour le moment, je dois m'entretenir avec ce brave soldat que voici. (Il tapa sur l'épaule de Carlito.) Il vous a bien traités, au moins ?

— Oui, très bien », répondit Hemingway. Il eut un bref moment d'hésitation avant d'ajouter : « Je voulais vous demander… Le commandant Guevara est-il là ? J'aurais aimé l'interviewer, lui aussi. »

La fêlure que Robert Stone avait cru discerner réapparut, béante, comme si une faille de la profondeur du Grand Canyon scindait en deux la physionomie du *Líder Máximo*.

« Le Che n'est pas parmi nous, malheureusement, répondit Castro. Il est très malade. J'ai dû le faire évacuer vers Trinidad, hier dans la nuit. »

Ah, merde, pensa Robert Stone. *Pas de Petit Frère, donc…*

« Trinidad ? s'étonna Hemingway.

— Oui. On a repris la ville. Vous n'êtes pas au courant ? »

Carlito et ses hommes poussèrent des exclamations de joie.

« Nous n'étions pas au courant, confirma Hemingway.

— C'est une grande victoire, dit Castro. La première d'une longue série, je l'espère… Cependant, l'état du Che m'inquiète. Nous sommes tous inquiets, ici.

— À cause de son asthme ?

— Oui, il a eu une sévère crise. Mais il sera bien soigné à Trinidad, j'en suis certain ! »

Il avait parlé fort pour que tous les hommes l'entendent et les guérilleros approuvèrent en hochant la tête.

« Je dois vous laisser, messieurs, reprit Castro. J'en suis désolé. Je suis un bien mauvais hôte, aussi excusez-moi, mais je crois que des affaires urgentes m'attendent. Reposez-vous, faites un brin de toilette et nous nous retrouverons tout à l'heure. »

Sur ce, il s'éloigna en poussant Carlito devant lui, et les guérilleros s'écartèrent pour laisser passer les yankees et l'homme chargé de les conduire à leur logement. Celui-ci avait une cicatrice au-dessus de la lèvre, qui dessinait une mince raie blanche au milieu de sa moustache noire, là où les poils n'arrivaient pas à pousser.

« Est-ce que ça vous va ? demanda l'homme, en anglais, après avoir ouvert la porte d'une cabane située au milieu du campement.

— Très bien », dit Hemingway.

Il y avait deux lits bas, qui étaient faits, et une cuvette en fer-blanc, ainsi qu'une armoire en bambou.

« On va vous apporter de l'eau », déclara le moustachu.

Hemingway le remercia puis il déposa son sac et s'écroula sur un lit avant même que le guérillero ait refermé la porte.

« Vous êtes content ? questionna Robert Stone. Vous allez pouvoir la faire, votre interview du siècle.

— J'aurais voulu interviewer Guevara aussi, marmonna l'écrivain.

— On ne peut pas tout avoir, dans la vie, dit Robert Stone, et sa voix était teintée d'une sombre ironie, car il parlait aussi pour lui. Vous ne l'avez pas trouvé bizarre, Castro ?

— Bizarre ? Comment ça ?

— Je ne sais pas… anxieux…

— Il a de quoi l'être avec toute cette invasion sur son île, et il va l'être encore plus quand Carlito va lui annoncer que notre armée encercle la montagne.

— Oui, bien sûr », fit Robert Stone, pensif.

Un guérillero apporta l'eau promise. L'agent secret se débarbouilla. Hemingway, épuisé, avait cédé à la fatigue et ronflait sur son lit.

Robert Stone changea son pansement. La blessure était en voie de guérison définitive et il s'en félicita. Les croûtes le démangeaient, mais il n'avait plus mal. Il décida d'aller faire un tour en attendant le dîner, même s'il se sentait moulu. Il songea furtivement à prendre son Leica avant de renoncer. Pour le moment, sa couverture avait l'air de faire illusion, mais il n'avait pas envie d'attirer l'attention sur sa personne plus que nécessaire.

Il sortit de la cabane après avoir jeté un coup d'œil à l'écrivain endormi. Ce dernier ronflait toujours.

Mains dans les poches, Robert Stone se mit en devoir d'observer le campement d'un regard professionnel. Tout en badaudant, il essayait de deviner la fonction des différentes cabanes. Celle avec une grande antenne devait servir de local radio. Il y avait vraisemblablement une armurerie et une infirmerie quelque part, mais aucune des deux ne se distinguait par des signes extérieurs. Une femme écrivait à la craie l'alphabet sur un tableau noir. Des guérilleros assis sur des rangées de bancs l'écoutaient et prenaient des notes avec le sérieux de jeunes élèves studieux. Un groupe faisait la lessive dans des bassines en fer. Des vêtements essorés pendaient et séchaient au vent, accrochés à des cordes à linge. Un homme expliquait le maniement du fusil à des novices assis sur des bancs en bambou, comme leurs camarades installés devant le tableau noir. Il y avait un magasin avec des piles de treillis, des ceinturons, des chaussures ainsi que divers équipements entassés sur des étagères, derrière un guérillero assigné à une sorte de comptoir. Les hommes faisaient la queue au comptoir pour qu'on leur distribue vêtements et matériel.

Les guérilleros levaient le nez de leurs occupations pour regarder brièvement le yankee, qui leur souriait, mal à l'aise. Les hommes lui renvoyaient une expression vaguement hostile, mais aucun d'eux ne l'apostropha. Après tout, il était l'invité du commandant.

Les flammes des feux de camp dansaient, chaudes et lumineuses. Robert Stone se surprit à repenser aux étés passés chez les scouts, durant son enfance. Les sensations et les images revenaient en bloc, sans qu'il les ait sollicitées. Il aimait la vie au grand air, marcher dans les forêts et faire des jeux de piste avec ses camarades, quand il était gosse, dans l'Idaho. Il se dit que la guerre était un peu un camp scout pour grands enfants, les armes en plus.

Les hommes mangeaient en silence. Ils ouvraient des boîtes de singe avec la lame de leur couteau et mangeaient sans trop prêter attention à l'agent de la CIA. Celui-ci trouva la cuisine principale du camp un peu plus loin. Un homme portant un tablier sale touillait avec une grande cuillère en bois le contenu d'une marmite suspendue au-dessus d'un feu. De la fumée et une odeur de viande épicée sortaient de la marmite.

« Qu'est-ce que vous préparez ? » demanda l'Américain.

Le cuisinier ne comprenait pas l'anglais, aussi Robert Stone montra-t-il la marmite en haussant les sourcils d'un air interrogatif.

« *Ragú*, répondit l'homme. *Para el comandante y sus invitados.* »

Il désignait le yankee avec sa grande cuillère qui dégouttait de la sauce du ragoût.

Il faudrait que ce type détourne la tête un instant, ou alors qu'il soit appelé ailleurs...

Il avait le poison avec lui. Son cœur battait la chamade, et il transpirait, tout en priant le ciel pour que cela ne se voie pas trop. Il se pencha au-dessus de la marmite.

« Je peux sentir ? »

Le cuisinier hocha la tête.

« Ça sent rudement bon », dit-il. Comme le cuisinier ne comprenait pas, il ajouta : « *Bueno.* »

Il levait le pouce, poing fermé, souriant comme un idiot. Le cuisinier hocha la tête de nouveau et recommença à remuer le ragoût.

Bon, il ne bougera pas d'ici.

Et à quoi cela t'avancerait-il, de toute façon ? Comment tu comptes t'arranger pour ne pas manger le même plat que Castro ?

J'aurais pu trouver une excuse, maux de ventre, allergie ou autre chose...

Et le vieux ?

Oui, en effet, ça, c'est un problème.

Tu ne peux pas le mettre dans la combine. Trop risqué. Il croit que tu es là pour veiller sur lui et rien de plus.

Bon, d'accord, alors je fais quoi ?

Ça, c'est ton problème, mon pote ! Cherche la bonne occasion...

Robert Stone était bien avancé. Il salua l'homme au tablier sale d'un mouvement du menton et s'éloigna. Son cœur battait moins vite, mais il transpirait toujours en dépit de la fraîcheur nocturne.

Une occasion… Où et quand vais-je trouver une occasion ?

Il retourna à la cabane et s'allongea pour prendre un peu de repos. Il avait l'impression d'avoir fermé les yeux depuis seulement une minute quand un guérillero frappa à la porte.

« Le commandant vous attend, *señores* ! »

Hemingway se réveilla en grommelant : « Très bien, dites-lui que nous venons. »

Ils se levèrent tous les deux. Hemingway s'aspergea le visage d'eau et se rasa avec du savon et un coupe-chou pendant que Robert Stone changeait de vêtements.

« Vous avez pu vous reposer ? demanda ce dernier.

— Un peu », répondit l'écrivain.

Il s'était coupé à deux endroits en se rasant. Il pressa un mouchoir sur les petites coupures puis enfila des vêtements propres à son tour.

On frappa de nouveau à la porte.

« Votre dîner va refroidir, *señores*… »

Ils sortirent et se laissèrent conduire jusqu'à la cabane du chef. Castro les accueillit chaleureusement. Il s'inquiétait de leur mine fatiguée avec une insistance presque gênante. La table était mise. On avait sorti la vaisselle fine et débouché une bouteille de bon vin.

« Du Château l'Évangile, annonça fièrement le maître des lieux. Vous aimez le vin français, n'est-ce pas, *señor* Hemingway ?

— J'aime tous les bons vins, acquiesça l'écrivain.

— Vous avez vécu en France, je crois ?

— Oui, pendant quelques années.

— Ce vin-là est très bon. Je le réserve pour les grandes occasions. Je suis parti avec une ou deux caisses quand il a fallu évacuer La Havane. J'avais une belle cave là-bas. Pff, c'est tout ce que j'ai pu sauver. Prenez place, mettez-vous à l'aise, je vous en prie. Nous sommes ici entre amis. »

Ils s'assirent. Un guérillero plus soigné que la moyenne assurait le service. Il allait verser les premières gouttes de Château l'Évangile dans le verre de Castro, mais celui-ci dit : « Sers d'abord le *señor* Hemingway. »

L'écrivain goûta le vin.

« Il est bon, hein ? lança Castro.

— Excellent, acquiesça Hemingway.

— Ah, je vous l'avais dit. »

Le guérillero servit les trois hommes. Castro porta un toast à Cuba et ils trinquèrent tous les trois.

« Je sais que vous êtes un ami de Cuba, *señor* Hemingway, dit le *Líder Máximo* en reposant son verre. Vous l'avez toujours été et j'ai toute confiance en vous.

— Oui, c'est vrai, j'aime votre île, confirma Hemingway. Et je regrette ce qui se passe entre nos deux pays.

— Vous connaissez le président Kennedy ? demanda Castro.

— Pas personnellement.

— Mais vous pouvez avoir accès à lui ?

— Je pense, oui.

— Oui, bien sûr, ma question était stupide, pardonnez-moi, *señor*. Vous êtes le grand Ernest Hemingway, vous pouvez rencontrer n'importe qui. »

La flagornerie était si poussée que, pendant une seconde, Robert Stone se demanda si elle ne cachait pas un fond d'ironie, mais non, le barbu semblait vraiment en admiration devant le vieux maître.

Castro reprit : « Si vous voyez le président, dites-lui que je suis un homme raisonnable, d'accord ? Dites-lui que, s'il consent à retirer ses troupes de Cuba, je n'aurai pas le triomphe arrogant. Vous pourrez faire ça pour moi ? »

Ce type est cinglé. Il est sur le point de se faire écraser par des forces militaires très supérieures en nombre et il parle de « triomphe arrogant » ?

« Je pourrais essayer de parler au président, marmonna Hemingway. Mais je ne vous garantis rien. Je n'ai aucune influence sur la politique extérieure des États-Unis.

— Merci, *señor.* Je savais que je pouvais compter sur vous. Vous êtes un grand homme, un sage, et le président Kennedy tiendra compte de vos paroles, j'en suis sûr. (Il leva son verre.) Nous allons faire une belle interview ensemble, vous allez voir, une très belle interview !

— Quand ? demanda Hemingway.

— Demain. Je vous accorderai une heure. Il ne faut pas m'en vouloir, je ne peux pas faire davantage. Nous allons lever le camp très vite et il y a mille choses à organiser. »

Le ton du *Líder Máximo* avait quelque peu abandonné le registre jovial pour se parer de gravité.

« Carlito vous a mis au courant des mouvements de troupes ? s'enquit Hemingway, bien qu'il connût déjà la réponse.

— Oui. J'ai aussitôt envoyé des éclaireurs aux points cardinaux de l'Escambray, avec du matériel radio longue distance. Ils me feront un rapport très vite.

— Vous savez de quelle manière vous allez vous exfiltrer ?

— Pas encore. Mais je parie que le flanc oriental est celui où vos compatriotes ont envoyé le moins d'hommes. Trop escarpé, trop difficile d'accès, vous comprenez ?

— Donc c'est par là que vous essaierez de…

— Oui, sans doute. Il y a des passages cachés dans la montagne. Évidemment, il faut avoir vécu ici pour les connaître… Vous viendrez avec nous, *señores*. Et après, une fois que nous aurons franchi les lignes ennemies, vous irez où bon vous semblera, vous êtes d'accord avec ce plan ?

— Oui.

— Très bien. Vous n'êtes pas mes prisonniers, que les choses soient claires. Vous êtes mes invités. C'est complètement différent. Je veux que vous vous sentiez à l'aise. Mais je ne peux pas vous lâcher dans la nature, comme ça, tant que l'opération militaire n'est pas terminée.

— Bien sûr.

— Parfait, parfait. Et maintenant, mangeons ! »

Ils attaquèrent le ragoût avec appétit.

« Comment vous êtes-vous rencontrés, vous et M. Hooper ? » demanda Castro à brûle-pourpoint.

Robert Stone était pris de court par la question. Hemingway répondit : « C'est le magazine *Esquire* qui nous a mis en relation.

— Ah, d'accord, fit Castro en s'essuyant la bouche avec une serviette. Vous ne vous connaissiez pas avant ?

— Non », répondit Robert Stone.

Il n'aimait pas sentir le vent de la conversation tourner vers lui et eut du mal à avaler.

« Vous avez lu les livres du *señor* Hemingway, bien sûr ? lui demanda leur hôte.

— Pas autant que je le voudrais. »

Ce n'était pas un mensonge. À force de fréquenter l'écrivain, sa curiosité à l'égard de ses histoires s'était développée, et il s'était promis d'essayer un ou deux de ses romans, après cette mission… si toutefois il s'en sortait vivant.

« Vous n'avez pas lu *Pour qui sonne le glas* ? s'offusqua Castro.

— Non, reconnut Robert Stone.

— C'est un roman extraordinaire !

— Vous allez me faire rougir, commandant, intervint Hemingway.

— Je suis sincère, continua Castro. Je parle avec le cœur. J'ai lu et relu ce roman pendant que j'étais dans la Sierra Maestra. C'était mon livre de chevet. J'ai même essayé d'imiter les techniques de guérilla que vous décrivez. Un roman extraordinaire, monsieur Hooper, il faut le lire !

— Je le lirai, promis. »

Castro se retourna légèrement vers sa bibliothèque, très excité : « J'en ai un exemplaire ici même. Est-ce que vous me ferez l'honneur de me le dédicacer ?

— Oui, évidemment, répondit l'écrivain.

— Ha ha ! s'exclama Castro. Vous allez faire de moi le plus heureux des hommes. Je voulais déjà me le faire signer, à Cojímar, quand nous nous sommes vus pour la première fois, mais je l'avais oublié. Quel idiot !

— Le jour du concours de pêche ?

— Oui. »

Robert Stone risqua : « Tout à l'heure, vous nous avez dit que vous aviez une anecdote à ce sujet, si je ne me trompe ?

— Oui, c'est vrai, fit Castro avec un large sourire. Mais je ne peux pas vous la raconter, j'ai trop honte.

— Nous sommes entre amis, vous l'avez dit vous-même, commandant, le taquina Hemingway.

— Vous avez raison, *señor.* »

Castro but un verre, histoire de ménager son effet et de faire attendre un peu ses commensaux.

« Vous vous rappelez que j'ai gagné ce concours, hein ? lança-t-il en reposant son verre.

— Je m'en souviens très bien, confirma Hemingway. Vous aviez pêché ce gros poisson, un marlin si ma mémoire est bonne…

— Tout à fait. Eh bien, figurez-vous que l'animal n'est pas arrivé totalement par hasard au bout de ma ligne !

— Comment cela ?

— Un homme à moi se tenait sous le ponton, avec le poisson dans une cage. Il l'a relâché quand mon tour est venu. Ha ha ha ! Authentique ! Et j'avais un tel appât à mon hameçon que le marlin n'a pas résisté.

— Vous avez triché, commandant ? lança Robert Stone, sidéré par la mesquinerie du procédé.

— Oui, acquiesça Castro. Je n'en suis pas fier, mais j'avais tellement envie de recevoir ce prix des mains du *señor* Hemingway ! »

Il montra un trophée posé dans un coin de la cabane.

« Il a une grande valeur sentimentale pour moi ! Et puis, il faut savoir une chose : j'ai horreur de perdre. C'est pourquoi je ne perdrai pas cette guerre. (Il regarda Hemingway.) Vous pourrez également dire cela au président Kennedy, quand vous le verrez, *señor* : Fidel Castro gagne toujours à la fin. »

Il avait terminé sa tirade d'une voix posée, les yeux pétillants, un léger sourire sardonique au coin des lèvres, et Robert Stone sentit un frisson glacé remonter le long de sa colonne vertébrale.

26.

Néstor marchait sur un sentier comme il y en avait tant dans l'Escambray : étroit, collé à la montagne, avec une montée abrupte à sa droite et un dénivelé encore plus abrupt à sa gauche, presque un à-pic. Le vide donnait sur la cime d'arbres situés une dizaine de mètres plus bas. Il y avait aussi des arbustes qui essayaient de pousser à flanc de falaise, et ils s'accrochaient, opiniâtres, battus par les vents. Le massif s'étageait par socles, comme les différents morceaux d'une pièce montée. Le chemin suivait les contours du socle sur lequel le groupe se trouvait. Si l'on se fiait à la course du soleil, ils allaient vers le nord ; peut-être Santa Clara. Le colosse soviétique ouvrait la marche. Néstor était placé derrière lui et voyait ses omoplates musclées onduler sous la tenue de camouflage. Le colosse avait attrapé un coup de soleil ; sa nuque était rouge comme un crabe. Venaient ensuite Sergetov et les autres soldats.

Néstor repensait au Che. Les Soviétiques l'avaient enterré à l'endroit où ils avaient campé, la nuit dernière. Aucune croix ne marquait la dernière demeure du vaillant chef de guerre. Recouverte de fougères et d'un fouillis de buissons, cette sépulture était indétectable pour un œil non averti.

Néstor n'avait pratiquement pas dormi, car les paroles prononcées par Sergetov, la veille au soir, le hantaient : *Pas de témoins.*

Ils allaient le tuer. Néstor ne savait pas quand, mais c'était juste une question de temps. Ils prendraient son film dont les images seraient ensuite diffusées aux actualités, dans le monde entier : Che Guevara exécuté froidement par des soldats américains, sans procès ni tribunal militaire.

Un beau mensonge !

Et le commandant Castro était au courant. Peut-être même était-il à l'origine de cette odieuse opération de désinformation ?

Pour Néstor, le cauchemar continuait. Il semblait ne pas avoir de fin.

Il regarda encore les arbres, en bas, à sa gauche. Les feuillages ressemblaient à une mer verte se heurtant à la falaise. C'était haut. S'il sautait, il avait toutes les chances de se rompre le cou. Il fallait qu'il prenne une décision rapidement. Bientôt, le sentier quitterait le flanc de la paroi pour s'enfoncer de nouveau dans la forêt et, là, il aurait moins de chances de fausser compagnie aux Soviétiques. Le dos rigide, Néstor sentait le regard de Sergetov braqué derrière lui, picotant sa nuque désagréablement. Peut-être que Sergetov pensait à la même chose que lui. Peut-être qu'il guettait le moindre de ses écarts, prêt à l'abattre. C'était un risque à courir.

Néstor jeta un nouveau coup d'œil sur les arbres et pesa le pour et le contre.

C'était sacrément haut.

Puis il revit l'image des prisonniers tués d'une balle dans la nuque, et leur corps qui tombait, tout flasque, sans qu'ils mettent les mains en avant pour amortir le choc. Il n'avait pas envie de finir comme ça.

Son rythme cardiaque s'accéléra, anticipant l'imminence du saut, mais il n'arrivait pas à se lancer.

À trois, j'y vais…

Il entama le compte à rebours mental. Son cœur battait de plus en plus vite et envoyait des pulsations jusque dans ses tempes. Le moutonnement vert des frondaisons l'hypnotisait.

Un… Zéro…

Il sauta. Aussitôt, son estomac lui remonta dans la gorge.

« Hé ! » cria Sergetov.

Néstor chuta comme une pierre pendant une à deux secondes, peut-être davantage. Il attendait le choc qui, curieusement, ne venait pas. Puis, sans transition, il encaissa un chaos de gifles vertes. Les premiers rameaux craquèrent sous lui. Il bascula de côté. Une branche lui ouvrit l'arcade sourcilière, une autre lui cassa le nez ; une troisième, plus solide encore, lui coupa le souffle. Il fit une culbute en avant, essaya de se rouler en boule pour offrir le moins de surface possible aux chocs. Une douleur lui vrilla les côtes. Il atterrit enfin sur un tapis de mousse et de fougères.

Il était allongé sur le dos. Impossible de bouger. Impossible de respirer. Paralysé, il voyait vaguement les doigts d'or du soleil qui, filtrant des feuillages, jouaient une symphonie dans la gamme des jaunes et des verts. Il entendait les cris des Soviétiques, tout là-haut, par-delà le couvercle des frondaisons. Il entendait aussi le cliquetis des fusils qu'on armait.

Vous ne vous attendiez pas à ça, hein, bande de salopards ? pensa Néstor dans un élan d'euphorie désespérée.

L'air revint dans ses poumons, accompagné par un violent élancement.

Les premiers coups de feu claquèrent. Les Soviétiques tiraient au jugé, et Néstor reçut des feuilles et des branches sur la tête. Autour de lui, le sol se piquetait de petits cratères à chaque nouvel impact.

Néstor roula sur le flanc et étouffa un cri. Il s'était sans nul doute fêlé ou cassé des côtes. Le sang sortant de sa blessure au sourcil se mit à lui couler dans l'œil. Son nez avait pris la dimension d'une courge. Il émettait des pulsations sourdes, pareil à un cœur miniature. Néstor rampa jusqu'à son sac, qui était tombé plus loin. Un rayon de soleil l'éclairait, on aurait dit la douche crue d'un projecteur de théâtre. Les balles continuaient de ricocher à quelques centimètres du cameraman, quand elles ne s'enfonçaient pas dans la terre grasse, pulvérisant des mottes de mousse.

Le jeune homme ramassa son sac et se releva. Ses jambes tenaient le coup. Il ne boitait même pas. Le problème, c'était plutôt les vertiges. La tête lui tournait, et la douleur émanant de ses côtes était intolérable. Il prit appui sur un tronc. Inspirer et expirer lui faisait un mal de chien. Les balles pleuvaient toujours, même si les Soviétiques s'arrêtaient ponctuellement pour glisser un nouveau chargeur dans leur arme. Sergetov criait des ordres en russe de sa voix de fausset qui virait dans les aigus. Un projectile siffla à l'oreille de Néstor, lui frôlant l'épaule. Il avait envie de vomir, comme la veille dans la clairière funeste. Il serra les dents et se força à bouger. Il ressemblait à un ivrogne qui sort d'une taverne, titubant, au petit matin. Après quelques mètres, il se mit à courir. Il ne savait pas si les Soviétiques avaient un équipement d'escalade. Peut-être essaieraient-ils de descendre la falaise sans corde, mais cela lui paraissait peu probable. Trouver un passage pour arriver en bas leur prendrait sans aucun doute beaucoup de temps. Néstor pensait à tout cela pendant qu'il courait, et il essayait d'ignorer la douleur, même si cette dernière avait pris totalement possession de son corps et était sur le point de le faire défaillir. Les bruits de fusils diminuèrent dans son dos, puis ils s'arrêtèrent, soit parce qu'il était suffisamment loin, soit parce que les Soviétiques avaient cessé de tirer.

Néstor stoppa sa course et, genoux pliés, mains sur les cuisses, il tenta de recouvrer son souffle. Lorsque ce fut fait, il essuya comme il put le sang sur ses paupières et son visage, puis dévissa le bouchon de sa gourde et but. L'eau irrigua son corps telle une source fraîche, même s'il respirait toujours péniblement.

Il ne servait à rien d'attendre que la douleur s'estompe ; elle ne passerait pas comme ça. Alors Néstor se remit à courir, pantelant, aiguillonné par son seul instinct de survie.

Néstor se réveilla, étendu de tout son long dans un sous-bois. Il ne se souvenait pas d'avoir perdu connaissance et pourtant il était là, couché par terre, avec l'odeur des plantes imprégnant ses narines et le goût cuivré du sang dans sa bouche.

Il grimaça. Il ne savait pas pendant combien de temps il était resté inanimé. Une heure ? Deux ? En tout cas, il faisait encore jour.

Il avait mal à la poitrine, comme si cette dernière abritait un creuset de forge, et le reste de son corps lui donnait l'impression d'avoir été martelé avec une batte de base-ball. Ses doigts touchèrent le sang séché en plaques sur son visage. Il devait ressembler à un Indien peinturluré pour la guerre. Son ventre émit des gargouillis insistants. Il avait faim. Il trouva une ration dans son sac, l'éternelle viande trop sèche garnie de ses haricots blancs. Il n'avait pas le courage d'allumer un feu pour les faire chauffer et de toute façon allumer un feu n'aurait pas été une bonne idée. Il mangea froid, léchant le fond graisseux de la boîte puis il but un peu d'eau. Sa gourde était presque vide. Il se traîna jusqu'à un arbre et s'adossa au tronc. Il devait réfléchir, ou à tout le moins essayer. Les Soviétiques s'étaient vraisemblablement lancés à sa recherche. Il n'entendait aucun bruit suspect aux alentours. Il vérifia le chargeur de son fusil, cette arme que le Che lui avait donnée quelques siècles plus tôt. Le chargeur était plein et la culasse fonctionnait encore. C'était déjà ça. Néstor n'avait aucune envie de se laisser prendre vivant. Peut-être réussirait-il à emporter quelques Soviétiques avec lui dans l'au-delà avant de se coller une balle dans la tête. Curieusement, il n'avait plus peur de mourir. Une partie de son esprit semblait même réclamer une fin rapide et libératrice. Ne plus souffrir, ne plus se soucier de rien… ce serait tellement bon.

Et puis, soudain, une pensée le frappa de plein fouet : la caméra ! Il fouilla dans son sac, redoutant le pire. Miracle, la Bolex était intacte. Elle ronronnait toujours quand on la mettait en marche. Dans ses entrailles reposait le film maudit. Néstor ne l'avait pas encore extirpé du magasin pour l'archiver dans une boîte prévue à cet effet. Qu'allait-il faire de ces terribles images ? Il n'en avait aucune idée. Il savait juste qu'elles étaient précieuses, aussi bien pour les Cubains que pour leurs ennemis. Elles pourraient peut-être lui servir de monnaie d'échange, le moment venu, si jamais il se trouvait face à l'un ou l'autre des deux camps ?

Il regarda le soleil, par-delà le rideau de la canopée. L'astre était encore assez haut dans le ciel. Néstor essaya de discerner de quel côté des troncs poussait la mousse. Ce détail lui indiquerait le nord.

Bon, d'accord, il est derrière moi… Et maintenant, quelle direction prendre ?

Il venait de l'est et, sans le préméditer, avait dévié vers le sud.

En continuant vers le sud-ouest, je dois pouvoir sortir de l'Escambray en un jour ou deux. Le terrain descend en pente douce, sur ce flanc, et je trouverai bien des paysans aux Cuatro Vientos… *J'ai un peu d'argent sur moi. Ils m'hébergeront.*

Encore fallait-il tenir le coup jusque-là. Néstor n'avait presque plus de vivres ni d'eau, et il était blessé, épuisé.

Tu ne tiendras pas deux jours dans cet état, soupira-t-il intérieurement.

Il avait tellement mal !

Tu as de l'aspirine, dans ton sac, imbécile !

« Mais oui, c'est vrai ! » s'exclama-t-il à voix haute.

Il chercha pendant une bonne minute avant de trouver la plaquette à peine entamée. Il mit un comprimé dans sa bouche, puis un autre. Les avaler fut difficile car il avait la gorge sèche et râpeuse, mais il tenait à rationner son eau au maximum.

Il attendit que le médicament fasse effet, profitant de cette pause prolongée pour recharger ses batteries autant que possible, puis, lorsqu'il commença à se sentir un peu mieux, il endossa son sac – geste trop brusque qui lui arracha un glapissement de douleur – et se remit en marche courageusement.

27.

En cette fin d'après-midi moite et pesante, une activité intense agitait le quartier général. On courait dans tous les sens. On rassemblait les dernières affaires. On s'apprêtait à mettre les voiles.

Comme Castro l'avait prévu, les généraux yankees avaient massé le plus de divisions possible au nord, au sud et à l'ouest. Celles aperçues aux *Cuatro Vientos* avaient déjà entamé l'ascension de l'Escambray, et il leur faudrait sans doute encore une journée avant d'atteindre le camp. Restait le flanc est. Il y avait bien un cordon de sécurité là-bas, mais, à en croire le rapport des éclaireurs, il était plus symbolique qu'autre chose. L'état-major américain doutait que l'on puisse emprunter cette voie. C'était mal connaître Castro.

« Nous partirons ce soir et nous nous exfiltrerons à la faveur de la nuit, avait déclaré le *Líder Máximo* à ses hommes rassemblés. Les yankees n'y verront que du feu. »

Il paraissait sûr de lui. Son calme de façade en imposait.

Robert Stone et Hemingway avaient vécu les préparatifs en spectateurs. Ils attendaient que Castro veuille bien leur accorder l'interview promise, mais les heures passaient et le chef des guérilleros était toujours occupé à gauche ou à droite. Les deux hommes en avaient profité pour faire leur sac et discuter un peu.

« Alors, qu'avez-vous décidé, pour la suite ? avait demandé Robert Stone.

— Quelle suite ?

— On fera quoi, si Castro tient parole et nous lâche après l'exfiltration ?

— On descendra sur Trinidad. Je veux interviewer le Che.

— S'il est encore vivant.

— Je pense qu'il l'est toujours. »

Personne n'avait de nouvelles de l'Argentin, et les guérilleros étaient de plus en plus préoccupés à son sujet.

Robert Stone avait – sans trop d'espoir – demandé l'autorisation de prendre des photos du camp et de ses occupants. Il s'était en toute logique heurté à un refus. Les Cubains ne tenaient pas à ce que pareils clichés viennent ensuite étoffer de futurs avis de recherche.

Vers 17 heures, un *barbudo* annonça aux deux yankees que le commandant était prêt pour l'interview.

« Est-ce que vous avez un magnétophone dans votre local radio ? demanda Hemingway.

— Oui, pourquoi ? répondit l'émissaire de Castro.

— J'ai pris de la bande magnétique avec moi, mais un magnétophone aurait été trop lourd à transporter.

— Je vais voir si on peut vous le prêter. »

Castro donna son accord et l'appareil fut apporté dans sa grande cabane pour l'interview.

« Vous avez assez de lumière ? demanda le *Líder Máximo* à Robert Stone qui effectuait des mesures avec un posemètre.

— Un peu juste. On pourra prendre d'autres photos à l'extérieur ?

— Oui. Nous trouverons un coin tranquille, après l'interview. »

Hemingway avait terminé de charger la bande magnétique. L'appareil enregistreur était posé sur la table où ils avaient mangé la veille et un micro était branché. Castro et l'écrivain s'assirent face à face, de chaque côté du magnétophone. Robert Stone se recula jusqu'au mur et prit un premier cliché : Hemingway gauche cadre, Castro à droite, une fenêtre entre les deux. Il avait ouvert le diaphragme à fond, ce qui réduisait considérablement sa profondeur de champ. La fenêtre au milieu de l'image serait surexposée et les deux hommes, sur les côtés, apparaîtraient pratiquement en silhouettes, mais cela donnait un effet assez joli. Castro fumait un cigare dont la fumée se tortillait en contre-jour. Le bras terminé par le cigare reposait sur un coin de la table, à côté du cendrier. L'autre bras s'agitait quand son propriétaire parlait, et la main libre décrivait d'élégantes arabesques qui suivaient les inflexions des paroles. Après quelques essais visant à régler le son, Hemingway appuya sur la touche *rec* du gros magnétophone et l'interview commença :

E.H. : Commandant Castro, à l'heure où nous enregistrons cette interview, nous sommes sans nouvelles de votre bras droit, le commandant Guevara, dit le Che. Craignez-vous qu'il soit tombé dans une embuscade sur le chemin de Trinidad ?

F.C. : Il est trop tôt pour émettre ce genre d'hypothèses. Je suis comme vous : je ne sais pas. J'attends…

E.H. : Vous êtes inquiet ?

F.C. : Oui, bien sûr. La guerre est une activité dangereuse par essence. Mais je me refuse à imaginer le pire.

E.H. : La disparition du Che serait une perte énorme pour la Révolution…

F.C. : Énorme, en effet. Vous n'avez pas idée à quel point. Le Che, bien qu'argentin d'origine, est un modèle pour nous autres, Cubains.

E.H. : Pouvez-vous nous parler un peu de lui ?

F.C. : C'est un excellent chef de guerre, il l'a encore prouvé dernièrement. Il a magnifiquement exécuté le plan que j'avais conçu.

E.H. : Vous êtes donc à l'origine de cette attaque-surprise sur Trinidad ?

F.C. : Oui, je coordonne toutes les actions de mes troupes. C'est normal, c'est mon rôle. Mais les résultats obtenus par le Che et le commandant García ont dépassé mes espérances. Le Che est un leader-né, vous comprenez ? Il est d'une exemplarité sans faille.

E.H. : Vous pensez qu'il est aussi bon chef de guerre que, disons, politicien ?

F.C. : Vous faites allusion à son rôle en tant que directeur de la Banque nationale de Cuba ?

E.H. : Oui, entre autres. Il y a une anecdote qui court à ce sujet, une sorte de blague. Lors d'une réunion, vous auriez déclaré : « Est-ce qu'il y a un économiste dans la salle ? » Le Che aurait entendu « Est-ce qu'il y a un communiste ? », il aurait soi-disant levé la main et il aurait obtenu le poste. Cette histoire est-elle vraie ?

F.C. : (Rires.) C'est une blague, comme vous dites ! Mais vous connaissez le dicton : « Quand la légende est plus belle que la réalité, imprimez la légende. » Cela vient de l'un de vos réalisateurs, non ?

E.H. : Oui, John Ford, dans *L'homme qui tua Liberty Valence*… Avant de parler de la situation actuelle, pouvez-vous me dire quel bilan vous tirez de vos deux années au pouvoir ?

F.C. : Un bilan très positif. Nous avons créé l'Institut national de l'Agriculture et lancé la réforme agraire, comme promis, une mesure de toute première importance, une véritable réforme antiféodale, je n'hésite pas à le dire. Le concept des grandes exploitations est périmé. Les paysans doivent être propriétaires de la terre qu'ils cultivent. C'était notre grande promesse et nous l'avons tenue. Nous avons également lancé une vaste campagne d'alphabétisation, construit des écoles, des hôpitaux, et commencé à former des médecins… Nous avons baissé le prix des loyers et celui de l'électricité. Ceux qui voyaient en moi et mes camarades des nigauds faciles à manipuler et incapables d'exercer des responsabilités gouvernementales, eh bien, ces gens-là ont dû déchanter. Je m'arrête là car je pourrais vous parler pendant des heures des grands travaux que nous avons entrepris.

E.H. : Vous aviez promis des élections libres…

F.C. : Cela viendra un jour. La situation était trop fragile, au début. Le peuple a accepté ce report de son plein gré. Il aurait pu demander des élections, il ne l'a pas fait.

E.H. : Il aurait pu ? Comment ?

F.C. : Dans les assemblées générales nationales auxquelles participent un million de personnes. C'est une forme de démocratie directe.

E.H. : Pour vous, le bilan était donc cent pour cent positif ? Le Che a fait l'objet de beaucoup de critiques, si je ne m'abuse, lorsque vous lui avez confié les rênes du ministère de l'Industrialisation…

F.C. : Le Che n'était pas un économiste de formation, certes, mais il a travaillé plus que quiconque, et avec le plus grand sérieux. Je n'ai jamais vu une telle capacité de travail chez un homme. Interrogez ses collaborateurs, si vous en avez l'occasion. Tout le monde vous dira la même chose.

E.H. : On sent que vous l'aimez beaucoup.

F.C. : Oui, c'est vrai.

E.H. : Avait-il raison, d'après vous, de faire passer le sucre au second plan en favorisant les industries lourdes ?

F.C. : C'était une nécessité. Nous devions réorienter notre économie en nous diversifiant pour ne pas être asphyxiés par l'embargo nord-américain. L'invasion dont nous sommes actuellement les victimes n'est que le point d'orgue d'une longue série d'agressions. Ces deux dernières années, vos compatriotes ont envoyé des groupes armés brûler des logements, détruire des centres agricoles et industriels. Nos bateaux de pêche ont été victimes d'attaques pirates. Des bombes incendiaires ont été lancées sur nos plantations de canne à sucre. Le 4 mars 1960, les Américains ont fait sauter un cargo français, *La Coubre*, dans le port de La Havane. Cet attentat a fait plus de cent morts et des centaines de blessés. En mars de l'année suivante, une de nos raffineries a été dynamitée. L'ennemi préparait déjà son invasion. Un mois plus tard, ils ont incendié le grand magasin *El Encanto*, au cœur de La Havane…

E.H. : L'origine de ces attentats est-elle avérée ?

F.C. : Oui, tout à fait.

E.H. : Avez-vous des preuves ?

F.C. : Nous les produirons en temps voulu.

E.H. : Pouvez-vous nous parler de la situation actuelle ?

F.C. : Les mercenaires qui ont débarqué sur notre sol en juillet dernier sont à la solde des USA, c'est un secret de Polichinelle. D'ailleurs, les USA n'ont pas tardé à tomber le masque en envoyant leurs troupes peu de temps après. Il s'agit là d'un acte d'agression caractérisé contre un territoire souverain et indépendant.

E.H. : Washington a dit que vous aviez ouvert le feu les premiers sur Guantánamo.

F.C. : Nous ne faisions que nous défendre contre l'envahisseur. Le lieu du débarquement n'a pas été choisi au hasard, vous vous en doutez. Je dois reconnaître que c'était là un plan ingénieux. Infâme, mais ingénieux. Ce que je ne comprends pas, c'est qu'il n'y ait eu aucune sanction de la part de l'ONU.

E.H. : Plusieurs délégations ont protesté. L'Union soviétique a protesté, bien sûr. La Chine aussi. Et de nombreux pays du tiers-monde.

F.C. : C'est là qu'on réalise l'effrayant pouvoir des États-Unis, car malgré cette levée de boucliers, rien n'a bougé. Je suis désolé de vous le dire, *señor* Hemingway, mais vos compatriotes se croient vraiment tout permis. Cette arrogance foule aux pieds toutes les lois internationales !

E.H. : Souhaitez-vous que l'Union soviétique intervienne davantage dans le présent conflit ?

F.C. : Je souhaite avant tout que des solutions diplomatiques soient trouvées, car je suis un homme de paix. Je sais que cela va en faire rire certains : c'est pourtant la stricte vérité.

E.H. : Vous seriez prêt à un cessez-le-feu ?

F.C. : Je n'aime pas la guerre. Elle me fait horreur. Mais ce que je supporte encore moins, c'est l'injustice. Les USA doivent se retirer de Cuba, et sans condition. Ils ne gagneront pas. Il faut que vos lecteurs comprennent cela : notre peuple luttera jusqu'au bout. Dans les villes, dans les campagnes. Derrière chaque palmier, dans chaque sillon tracé par les nouvelles charrues mécaniques offertes par la Révolution, il y aura un Cubain embusqué. Des dizaines de milliers de jeunes Américains seront tués dans ce conflit ; peut-être même des centaines. Tout cela à cause de la folie de quelques personnes qui siègent au Pentagone ! C'est inadmissible !

E.H. : Vous ne mettez pas directement en cause le président des États-Unis ?

F.C. : Le président Kennedy est un homme très intelligent, mais il est encore jeune. Il a été mal conseillé. Il a hérité d'un plan fomenté par ses prédécesseurs. Je pense sincèrement qu'il est aussi triste que moi de cette situation et qu'il aime la paix, lui aussi. J'espère qu'il va recouvrer son bon sens dans un futur proche, car la situation pourrait bien dégénérer…

E.H. : Avec une aide accrue de l'Union soviétique ?

F.C. : Je ne peux pas parler en leur nom, bien sûr, mais je sais que nos frères communistes ne nous abandonneront pas.

E.H. : Des accords ont été passés, concrètement ?

F.C. : Je ne peux pas en parler. Et maintenant, si vous voulez bien m'excuser, *señor* Hemingway, des affaires pressantes requièrent toute mon attention…

Hemingway coupa l'enregistrement. Il paraissait contrarié.

« C'était très intéressant, mais un peu court, commandant, dit-il.

— Je suis désolé, fit Castro en écartant ses grandes paluches. Je ne peux pas faire plus. Trop de problèmes à régler avant ce soir…

— Oui, bien sûr.

— Et les photos en extérieur ? » hasarda Robert Stone.

Il avait tourné autour de la table durant tout l'entretien, prenant successivement Castro et Hemingway de trois quarts face, avec l'interlocuteur en amorce, de dos.

« Oui, oui, les photos, soupira Castro avant d'écraser sa fin de cigare dans le cendrier. Nous allons faire les photos. Je n'ai qu'une parole. »

Son fusil à lunette fétiche était suspendu au mur. Il le saisit et glissa un chargeur plein dans l'arme.

« Suivez-moi », dit-il.

Hemingway récupéra sa bande enregistrée et ils sortirent.

« Nous allons nous mettre à l'écart, ce sera mieux, d'accord ? » lança Castro.

Robert Stone opina.

La voilà peut-être ton occasion, se dit-il.

Il allait se retrouver seul ou presque avec sa cible. Mais il n'était pas armé, et le *Líder Máximo* avait un fusil chargé, lui !

Pas facile… Et je ne sais pas comment Hemingway réagira s'il me voit sauter sur Castro.

L'écrivain marchait derrière Robert Stone. Les deux hommes emboîtaient le pas à Castro, qui avait l'air de savoir où il allait. Les guérilleros dispersés dans le camp chargeaient des animaux de bât ou terminaient d'empaqueter du matériel. Castro leur disait d'activer le mouvement quand il passait près d'eux et les hommes répondaient : « Oui, commandant ! »

Castro emmena ses invités dans une petite clairière située à cinquante mètres du camp. L'endroit était passe-partout au possible, mais bien éclairé, même si la lumière du soleil devenait de plus en plus rasante à mesure que le jour déclinait.

Castro se tourna vers Robert Stone.

« Ici, ça vous ira ?

— Oui, très bien.

— Alors ne perdons pas de temps, allons-y ! »

Robert Stone fit les ultimes réglages pendant que Castro essayait de défriper son uniforme. Robert Stone était à quatre mètres du *Líder Máximo.* Il n'osait pas s'approcher davantage. Pas encore.

Il faudrait que je trouve un moyen de lui prendre son fusil des mains…

Castro adressa un signe à l'écrivain : « *Señor* Hemingway, faites-moi plaisir. Je veux une photo avec vous, pour ma collection privée.

— Bien sûr, commandant », répondit Hemingway.

Le vieil homme se plaça à côté de Castro. Robert Stone recula un peu pour les avoir tous les deux dans le champ, pas trop coupés. Castro mit sa main sur l'épaule de Hemingway. La crosse du fusil reposait de l'autre côté, calée contre sa hanche. Les deux hommes souriaient. Un sourire de papi fatigué pour Hemingway et une version plus carnassière chez Castro. Robert Stone prit un cliché en plan américain, cadré mi-cuisses, puis un autre plus serré. Il en profita pour se rapprocher.

« Le commandant Castro tout seul, maintenant », dit-il.

Hemingway s'écarta.

« Prenez-moi en contre-plongée, avec le fusil, comme ça », suggéra Castro.

Il a des notions de cadrage. Il sait que ça va lui donner un air conquérant.

Le photographe se rapprocha encore un peu. Castro, vu d'en dessous, évoquait une statue guerrière. Il tenait le fusil à deux mains, en diagonale contre sa poitrine. Son regard semblait fixer quelque chose de lointain et de visible de lui seul ; l'avenir, peut-être ?

« Je connais le pouvoir des images, dit Castro en souriant. Il y a quelques années, quand votre confrère Herbert Matthews est venu m'interviewer, dans la Sierra Maestra, vous savez ce que j'ai fait ?

— Non, commandant. »

Robert Stone était accroupi, l'œil collé au viseur, à un mètre de sa cible.

J'y vais ou j'y vais pas ?

Il avait la gorge sèche. Son cœur martelait sa poitrine comme un prisonnier hystérique qui cherche à appeler un gardien.

Si seulement j'avais un flingue à la place d'un appareil photo, tu serais mort, mon pote !

Il savait que des projets de caméra-fusil étaient à l'étude, quelque part dans les labos de la CIA. Cela faisait partie des plans délirants visant à éliminer le *Líder Máximo.*

« Je n'avais qu'une vingtaine d'hommes sous mes ordres quand j'ai rencontré Matthews, poursuivit Castro, inconscient de la menace immédiate. J'ai demandé à mes gars de défiler en cercle, discrètement, autour de moi et de l'Américain, pendant que nous discutions ! Ha ha ha ! Il s'agissait de gonfler notre nombre, vous comprenez ? Matthews a cru que nous étions au moins deux cents, là-haut, et c'est d'ailleurs ce qu'il a écrit dans son papier ! »

Décidément, il aime tricher, se dit Robert Stone, mais il rigola, car il ne voulait pas vexer leur hôte.

Hemingway riait, lui aussi, pendant que les jambes du photographe commençaient à s'ankyloser.

Pas bon si je veux bondir, ça...

Il fallait qu'il se décide : c'était maintenant ou jamais.

Ce fut jamais.

« Voilà, terminé », trancha Castro en sortant brusquement du champ.

Robert Stone faillit en tomber sur les fesses.

« Commandant, encore une ou deux, plaida-t-il.

— Vous avez pris je ne sais combien de clichés, grogna Castro. C'est bon, non ?

— Je ne suis pas sûr des derniers...

— J'ai une guerre à mener, moi, *amigo* ! »

Crétin, tu as laissé passer ta chance, se tança Robert Stone.

Le *Líder Máximo* s'éloignait déjà.

« Quelle conscience professionnelle, monsieur Hooper », grinça Hemingway, ironique.

Ils entendirent alors un vrombissement qui, venant du nord, prenait de l'importance. Les oiseaux s'égaillaient à mesure que le bruit glissait sur les frondaisons, telle une vague ample et menaçante.

« Des avions ! » pesta Castro.

Il n'y avait plus d'aviation cubaine, c'était donc les Américains !

Des cris et des appels montaient du camp et Castro se mit à courir.

« Avec moi ! » jeta-t-il.

Robert Stone et Hemingway couraient, eux aussi, pendant que les oiseaux piaillaient au-dessus de leur tête. Un premier appareil survola la clairière, et sa grande ombre passa en coup de vent.

Castro souleva le panneau d'une tranchée creusée à une vingtaine de mètres des cabanes. Il sauta dans le trou, rapidement suivi des deux yankees. Robert Stone referma le « toit » en bambou. Au même moment, un sifflement éventra le grondement des avions et il y eut un éclatement sec, pas très loin d'eux. Les trois hommes s'aplatirent par réflexe. Robert Stone avait le nez dans la terre, il respirait l'humus frais, et le cœur de la terre battait sous lui.

Il y eut un nouveau sifflement, suivi d'une explosion plus proche et des débris rebondirent en pagaille sur le panneau de protection. Robert Stone se crispa. Un bombardement est ce qu'il y a de pire pour les nerfs d'un homme. Cela ressemble à une grande loterie cosmique : si l'on tire le mauvais numéro, on est mort. Entre deux éclatements sourds, Robert Stone entendait Hemingway qui respirait bruyamment derrière lui. Castro haletait comme un chiot. Recroquevillé, il jetait des coups d'œil terrifiés vers le haut. C'était étonnant de voir sa grande carcasse d'ours trembler, agitée de frissons incontrôlables. Il avait posé son fusil, et de petites taches de lumière piquetaient la terre autour de l'arme. Robert Stone était fasciné.

L'occasion rêvée...

S'il hésitait trop longtemps, il allait rater le coche, comme tout à l'heure.

Il avança le bras, mais une explosion plus forte que les autres secoua la tranchée et il retira sa main, comme s'il venait de la poser sur une plaque chauffante. Castro n'avait rien vu. Il avait lâché un petit cri et s'était recroquevillé davantage. S'il avait pu gratter la terre pour s'y réfugier, il l'aurait fait.

Voilà à quoi ressemble le fier leader de la Révolution sous le feu de l'ennemi, songea Robert Stone.

Il ne voyait pas Hemingway qui était tapi dans son dos. Il entendait des coups de feu isolés et des rafales d'armes automatiques. Maintenant qu'ils se savaient repérés, les guérilleros n'hésitaient pas à tirer sur les avions.

Autant essayer d'abattre un aigle avec une tapette !

Les passages à basse altitude se succédaient, immanquablement suivis par des déflagrations de fin du monde. Il y avait parfois des accalmies, mais elles étaient de courte durée.

Castro était toujours prostré, sa lèvre supérieure agitée d'un tic nerveux.

Très calmement, Robert Stone ramassa le fusil et le braqua sur Fidel Castro.

« Qu'est-ce que vous foutez ? » fit la voix de Hemingway dans son dos.

Castro se tourna de côté et quelque chose de foudroyant passa dans ses yeux quand il comprit. Il jeta un regard d'acier à Robert Stone. Ses traits s'étaient également durcis. En un instant, le masque du chef digne et sans peur retomba tel un couperet.

« Vous n'oserez pas », cracha-t-il.

Robert Stone ne répondit rien. Ainsi placé à bout touchant, il n'avait aucune possibilité de rater sa cible.

« Vous ne pouvez pas me tuer, ajouta Castro avec mépris. Je suis la Révolution. Je suis Cuba !

— Aucun homme n'est une île », répliqua Robert Stone.

Et il pressa trois fois la détente.

Le corps du *Líder Máximo* tressauta à chaque impact avant de s'immobiliser. L'assassin avait tiré de si près que la flamme du canon avait noirci le treillis, là où les taches de sang s'épanouissaient. Les trous charbonneux fumaient.

Hemingway était tétanisé.

« Nom de Dieu, qu'est-ce que vous foutez ? » répéta-t-il, incrédule.

Robert Stone colla le canon du fusil dans la bouche de Castro et appuya une nouvelle fois sur la détente. Un bruit spongieux de cervelle éclatée succéda à la détonation.

Hemingway attrapa Robert Stone par-derrière et le força à se retourner vers lui.

« Vous réalisez ce que vous venez de faire, triple con ?!

— Complètement.

— Vous venez de signer notre arrêt de mort !

— Pas sûr. Mais on a très peu de temps devant nous. »

Robert Stone se dégagea d'une vive bourrade. Hemingway semblait anéanti.

« Alors, c'était ça, votre mission ? lâcha-t-il d'un air sidéré.

— Plus tard, les débats d'idées », grogna Robert Stone.

Il fouilla en vitesse le cadavre encore tiède, trouva des papiers griffonnés dans ses poches, les prit. À l'extérieur, l'enfer continuait.

« Qu'est-ce que vous allez raconter aux Cubains, quand ils vont découvrir le corps ? questionna Hemingway d'une voix blanche.

— Rien du tout. Avec un peu de chance, je serai loin quand ça arrivera. Et vous aussi, si vous avez deux sous de jugeote.

— Hein ?

— Il faut se tirer d'ici pendant que ça pète dans tous les sens. Ça nous laissera un peu d'avance.

— Vous êtes malade… »

Robert Stone fit comme s'il n'avait pas noté l'interruption.

« On va récupérer nos sacs et filer à l'anglaise. Tout de suite ! » Il souleva le panneau. « Vous venez avec moi, ou pas ? demanda-t-il à l'écrivain.

— Je n'ai pas tellement le choix », rétorqua ce dernier avec un rictus haineux.

Ils bondirent tous les deux hors de la tranchée et se mirent à courir sous les bombes.

Le sol se soulevait après chaque sifflement. Des mottes de terre et des palmes déchiquetées retombaient en averse sur les deux hommes. Ils traversaient des nuages de fumée gris anthracite emplis d'un goût âcre. Le bruit des explosions avait de quoi rendre fou. C'était comme de se retrouver au cœur d'un orage avec des coups de tonnerre qui vous suivaient à la trace, où que vous alliez !

Robert Stone aperçut du coin de l'œil un cadavre en bouillie, au fond d'un cratère, un homme qui tiraillait au hasard en insultant le ciel et un autre, replié en position fœtale. Ce dernier mordait un bâtonnet. Il éviterait ainsi de se couper la langue, quand la peur vous fait serrer les dents par réflexe.

Puis Robert Stone vit la cabane, s'y précipita, ouvrit la porte et ramassa le sac qui était posé sur son lit. Il s'obligeait à ne pas penser. Il était passé en mode « survie ». Il se retourna vers la porte, espérant voir Hemingway, mais l'écrivain n'était pas là.

Où est-il passé, ce vieux con ! ?

Un éclatement déchirant lui vrilla les tympans et le monde explosa.

Choc. Débris. Fumée.

Robert Stone se releva dans un chaos de bambous éparpillés, les oreilles sifflantes. Il toussait. La moitié de la cabane semblait avoir été volatilisée. Robert Stone tâta ses membres, un par un. À son grand étonnement, il était encore en un seul morceau. Son corps était sans force et mou… excepté la nuque. Il la sentait toute raide. Le sifflement dans ses oreilles mettait du temps à se dissiper et quelque chose ruisselait sur son visage et son dos. Il se passa la main sur la nuque, le front… C'était de la sueur, et non du sang. Il prit appui sur une paroi encore debout. C'est à cet instant que l'écrivain réapparut.

« Où étiez-vous, bon sang ? » lança Robert Stone.

Sa propre voix semblait flotter hors de son enveloppe charnelle, par-delà la barrière du sifflement. Hemingway répondit quelque chose qu'il ne saisit pas. Peu importait dans le fond. L'écrivain avait l'air indemne, c'était tout ce qui comptait. Hemingway récupéra son propre sac et tira un Robert Stone encore étourdi hors des restes de la cabane. Pour une fois, c'était le vieux qui remorquait le jeune. Ce dernier déglutit, fit claquer sa langue et le sifflement baissa d'un cran. Les deux fugitifs slalomaient entre les cadavres d'hommes ou d'animaux, les cratères et les cabanes épargnées par miracle. Le vent rabattait sur eux un tourbillon de flammèches et de fumée. Une ou plusieurs cabanes brûlaient quelque part. Robert Stone voyait ces images qui défilaient devant ses yeux comme celles d'un cauchemar dont il aurait été curieusement détaché, davantage spectateur qu'acteur.

Puis, tout d'un coup, il vit du vert, encore du vert, et la végétation les avala.

Lorsqu'ils s'arrêtèrent de courir, le fracas des lointaines explosions s'était tu depuis longtemps, et les ténèbres baignaient d'encre la forêt tropicale.

28.

Néstor Almendros ouvrit les yeux en pleine nuit, réveillé par des élancements violents. Le foyer de douleur niché dans sa cage thoracique ne s'était pas éteint. Il le visualisait, rouge vif et pulsant. Il avait sans doute de la fièvre.

Il se redressa, grimaça et but ce qui lui restait d'eau avec deux nouvelles aspirines.

Tu ne vas jamais t'en sortir, pensa-t-il.

Une vague de désespoir menaçait de le submerger. Il était livré à lui-même. Il avait froid, malgré la couverture dans laquelle il s'était enroulé, et surtout très mal. Il ne tiendrait pas le coup bien longtemps.

Quand tu seras vraiment au bout du rouleau, tu sauras ce qu'il te reste à faire…

Il caressa le bois du fusil posé près de lui.

Il paraît que, pour ne pas se rater, il faut mettre le canon dans la bouche.

Il imaginait un grand flash blanc accompagné du bruit de la détonation. Aurait-il le temps de souffrir ?

Moins que si tu crèves de soif à petit feu…

Comment le Che aurait-il réagi, dans une telle situation ?

Le Che était le genre d'homme à lutter jusqu'au bout, à ne jamais baisser les bras…

Mais il était aussi le genre d'homme à croire que l'on pouvait choisir sa mort. Illusions… Le Che n'avait rien choisi du tout : il avait succombé à une crise d'asthme puis on s'était servi de son corps comme d'un vulgaire pantin, et Néstor avait participé à la mascarade !

Une branche craqua à moins de dix mètres. Le bruit était sec et précis, et Néstor attrapa son arme.

« Qui va là ? » cria-t-il, comme s'il était encore une sentinelle montant la garde à la bordure du camp.

Peut-être s'agissait-il d'un animal ? Peut-être que Sergetov et ses hommes avaient retrouvé sa trace ?

Et si c'était un Cubain ?

À dire vrai, la perspective de revoir les guérilleros ne le réjouissait pas davantage que celle de tomber sur un Soviétique. On le ramènerait à Castro… et après ?

Il me fera abattre, en toute discrétion, parce que j'en ai trop vu !

Oui, c'était l'hypothèse la plus probable. Castro avait signé son arrêt de mort sans sourciller, apparemment : *pas de témoins* !

Son regard se déporta sur le sac qui contenait la caméra ainsi que la pellicule impressionnée l'avant-veille.

Le chef suprême de la Révolution avait orchestré la macabre comédie à des fins de propagande, il n'en doutait plus une seule seconde. Comment pouvait-on se montrer aussi cynique et calculateur ? Il avait toujours soupçonné une telle facette chez le *Líder Máximo* – après tout, existait-il un seul dirigeant sur la planète qui fût un angelot aux mains blanches ? –, mais la fausse mise à mort du Che à des fins de récupération politique n'était rien de moins qu'ignoble à ses yeux.

« Si Fidel est derrière tout ça, il a sûrement ses raisons », fit une voix sortie de nulle part.

Néstor écarquilla les yeux. Le Che – son fantôme ? – se dirigeait tranquillement vers lui. La silhouette diffusait une lueur douce et bleutée, ou alors elle ne faisait que réfracter celle de la lune ? Elle écartait les branches sur son passage, détail qui invalidait l'hypothèse du spectre… pourtant la seule plausible, car le Che était mort, et plutôt deux fois qu'une !

Le « fantôme » souriait. Néstor enviait son air apaisé, serein. Son treillis paraissait intact, sans trous ni sang. Pour une fois, les poches n'étaient pas bouffies de carnets, de grenades et de munitions, et le légendaire béret noir coiffait son crâne.

Le Che s'assit à côté de Néstor. « Au moins, continua-t-il, si le film est diffusé, ma mort servira à quelque chose.

— Mais… c'est un mensonge », s'offusqua Néstor.

Il savait qu'il rêvait, voire qu'il délirait, ce qui revenait au même, mais il n'avait pas envie que le spectre disparaisse. Il discutait avec un fantôme sans éprouver aucune frayeur.

Les morts ne ressuscitent pas. Ou alors ils s'appellent Jésus.

Le Che haussa les épaules. Ses yeux jetaient des lueurs d'argent sous la lune.

« Ce mensonge servira notre cause, dit-il. Il est des images qui peuvent faire gagner une guerre. A-t-on le droit de se priver d'un tel atout ?

— Je ne sais pas… Tout cela me paraît… mal. »

Le terme était vague, abstrait au possible, mais résumait parfaitement les réticences du jeune homme.

« Tu as envie que les yankees restent pour toujours à Cuba ? reprit le Che. Tu as envie que ce conflit dure des années ?

— Non, bien sûr, répondit Néstor. Mais la méthode…

— Je vois que tu ne changes pas, mon petit ami. Tu vas encore invoquer Kant ?

— Non, je…

— Tu réfléchis trop.

— Je n'ai pas choisi cette situation.

— Écoute ton cœur. Tu as envie que la mafia revienne avec son argent pourri ? Que La Havane soit à nouveau le bordel de l'Amérique ? Fidel a ses défauts, mais il aime Cuba ; il ne laisserait jamais faire une chose pareille, et moi non plus si j'avais le pouvoir de l'empêcher…

— Fidel veut se servir de vous. De votre mort.

— Ces choses-là te dépassent. Fie-toi à mon jugement. »

Néstor fut saisi d'une irrépressible envie de toucher le Che, de voir si sa main le traversait.

Et si jamais je le touchais vraiment ?

Il secoua la tête.

Cela ne voudrait rien dire. C'est mon cerveau qui fabrique cette image. Je suis en train de dialoguer avec ma conscience.

L'aura froide et blafarde s'était estompée. Le Che avait l'air vrai, palpable. Le pragmatisme de Néstor luttait contre une sorte d'émerveillement enfantin.

« Fidel a dit “pas de témoins”, déclara-t-il après un moment de silence. Il avait l'intention de me faire exécuter.

— Ce vieux Fidel n'est pas un sentimental, je te l'accorde, acquiesça le Che avec un sourire plein de malice.

— Et ça ne vous choque pas ?

— Disons que ça ne m'étonne pas.

— Donc j'aurais dû me laisser descendre comme un chien, comme ces prisonniers qu'ils ont assassinés ? »

Le Che cessa de sourire. « Peu importe ce que tu aurais dû faire », dit-il en prenant un air mi-grondeur, mi-tendre ; un air paternel. Il marqua une pause et poursuivit : « Il convient de savoir ce que tu vas faire maintenant...

— Si je sors vivant de cette forêt.

— Bien sûr, si tu sors vivant de cette forêt. Mais tu vas réussir. J'ai confiance en toi.

— Je suis seul, blessé, perdu et je n'ai presque plus d'eau.

— Quelles étaient tes chances de survivre au grand saut ? Quasiment nulles, n'est-ce pas ? Et tu es toujours là.

— En effet », maugréa Néstor.

C'était facile de voir les choses ainsi lorsqu'on évoluait sous la forme d'un fantôme : on n'avait pas faim, ni froid, ni soif, et on ne subissait pas le martyre à chaque respiration. D'ailleurs, on ne respirait pas !

« Je suis un témoin gênant pour Fidel, contre-attaqua Néstor. Témoin de sa sale combine. Il ne me laissera jamais en paix.

— Si tu arrives à rejoindre une ville, remets le film à l'un de nos partisans puis disparais, fais-toi oublier.

— Pour me protéger de mon propre camp ?

— Rien n'est simple en ce bas monde. Pense au nombre de vies que tu sauveras par ton geste. »

Néstor regarda sa caméra. Il avait tout d'un coup envie de la fracasser contre un arbre. Ainsi, la question serait réglée. Quand il leva de nouveau les yeux sur le fantôme, celui-ci s'était volatilisé.

« Che ? »

Pas de réponse.

Néstor essaya de calmer sa respiration cuisante. Il n'avait plus rien à quoi se raccrocher. Il se mit à pleurer doucement, seul et perdu dans la forêt comme les personnages des contes de fées de son enfance.

Néstor était reparti aux premières lueurs de l'aube. Il avait rassemblé ses affaires et mangé ses derniers biscuits secs avant de se mettre en route. La course du soleil guidait ses pas. Il avançait par à-coups, mû par de longs spasmes. Parfois, sa vision se brouillait et il voyait la lumière morcelée, les feuillages, les ombres et les arbres qui se dédoublaient. La soif le tenaillait. Il suçait sa sueur tout en sachant que son combat contre la déshydratation était perdu d'avance. Il n'avait plus assez de salive pour humecter sa langue, son palais ; ce dernier lui faisait l'effet d'une grotte aride, tapissée de roche nue et sèche.

Vers midi, il sortit de la forêt et se heurta au vide longeant une paroi assez abrupte. La vue dont il jouissait sur le paysage lui confirma qu'il allait dans la bonne direction. Des nuages gris et lourds venaient de l'ouest, poussés par le vent telle une armada de Léviathans. Leur ombre allait bientôt gagner le grand fleuve alangui entre les vertes forêts. Néstor marcha vers le sud, longeant la paroi rocheuse. Il dénicha une faille vingt minutes plus tard. Cette fracture avait sans doute été agrandie au fil des siècles par l'érosion et l'écoulement des eaux de pluie. Des monticules de petits blocs de pierre éboulés rendaient la dénivellation moins raide. Néstor s'engagea dans ce passage avec mille précautions. Il progressait au ralenti, comme une vieille dame. L'extrême inégalité du terrain fatiguait ses chevilles en permanence sollicitées, l'obligeant à s'appuyer comme il le pouvait sur les bords de la faille. Il savait qu'une simple entorse signerait son arrêt de mort.

Il arriva au palier suivant une heure plus tard. Une forêt encore plus dense que la précédente se dressait devant lui. Il s'y engagea pendant que l'orage grondait. Les nuages masquaient complètement le soleil, à présent, et la luminosité sous la canopée avait baissé.

Tu as un fusil. Tu pourrais essayer de chasser ?

Mais cela risquait d'attirer l'attention sur lui. Peut-être que Sergetov le pistait, en ce moment même. Oui, c'était probable. Sergetov voulait récupérer le film. La pellicule avait une valeur inestimable.

Néstor regardait autour de lui, mais il ne voyait pas d'animaux. Il avançait sans discrétion, trébuchant et se relevant. Sa maladresse engendrait une bulle de silence qui se déplaçait à mesure qu'il progressait dans la forêt. La faune ne consentait à reprendre ses activités qu'une fois l'intrus éloigné.

Néstor découvrit une espèce de chenille sans poils sous des feuilles. Il croyait se souvenir que cet insecte était comestible. Surmontant son dégoût, il le mangea en pensant : *Protéines !*

Mais cela ne résolvait pas le problème autrement plus urgent de la soif.

Mon Dieu, faites qu'il pleuve, supplia Néstor.

Sa prière fut entendue lorsque le ciel se déchira pour déverser des trombes d'eau sur l'Escambray.

Néstor riait tout seul, pareil à un dément échappé d'un asile. La pluie tombait sans discontinuer et faisait ployer la végétation. Les gouttes énormes jouaient du bongo sur les feuilles plates. Néstor lécha des filets d'eau qui ruisselaient le long des troncs, en trouva un particulièrement généreux qui lui permit de remplir presque la moitié de sa gourde.

Peut-être allait-il s'en sortir, en définitive ?

29.

L'orage avait cessé, mais les deux hommes étaient trempés. Les vêtements collaient à leur peau, lourds et humides. Ils marchaient sur un terrain plein de fondrières rendues visqueuses par la pluie. Ils s'embourbaient régulièrement.

« Je n'en peux plus, je m'arrête », lâcha Hemingway.

C'était là ses premières paroles de la journée. L'écrivain et Robert Stone n'avaient pas dû échanger plus de trois phrases et demie depuis le début de leur fuite.

Hemingway s'assit sur une grosse souche. Il paraissait lessivé comme jamais. Robert Stone soupira.

« Je vous rappelle qu'il y a sans doute du monde à nos basques et que nous n'avons pas énormément d'avance.

— Je m'en fous. Continuez sans moi.

— Vous savez très bien que je ne ferai pas un truc pareil.

— Et pourquoi ça ? Vous avez rempli votre putain de mission, non ? Vous êtes un héros ! Continuez sans moi.

— Ma mission consiste également à veiller sur vous. »

Hemingway eut un petit rire forcé.

« Ah, oui, c'est vrai, j'oubliais ce détail. Je peux prendre soin de moi tout seul, Hooper.

— Allez, venez », grogna son compagnon en lui tendant la main.

L'écrivain hésitait. Son regard dur ne quittait pas Robert Stone. Il essuyait son front avec un mouchoir, et sa poitrine se soulevait lentement et régulièrement.

Puis quelque chose en lui parut fléchir. « Parut » seulement : il accepta la main offerte et, quand Robert Stone le tira, il profita de l'élan donné pour projeter son poing en avant. Le coup atteignit son compatriote à la pommette et le toucha durement. L'agent secret recula, surpris et sonné, mais encore debout. Il gratifia le vieil homme d'une œillade assassine en touchant sa pommette qui enflait déjà.

« Ça n'avance à rien, dit-il.

— Je vais vous apprendre à me mener en bateau, fils de pute », éructa Hemingway.

Il posa son sac et se mit en garde, prêt au combat, ses deux jambes bien plantées dans le sol, une légèrement en avant, l'autre en retrait. Ses poings faisaient de petits mouvements de rotation au ralenti. Il avait la peau blanche et mouillée, les cheveux détrempés. Il paraissait résolu, en dépit de la fatigue, mais aussi maladroit et pataud dans ses vêtements imbibés.

« Vous ressemblez à un vieux rhinocéros, lança Robert Stone.

— Méfiez-vous des vieux rhinocéros.

— Arrêtez vos conneries. Je ne veux pas me battre avec vous.

— Vous avez peur ?

— De vous ? » Robert Stone pouffa et secoua la tête. Il n'en croyait pas ses oreilles. « Arrêtez ça, reprit-il. Vous n'avez pas besoin de jouer au *señor Papá*, ici ! Il n'y a pas de spectateurs. Juste vous et moi. Alors, ça suffit.

— C'est bien ce que je pensais : vous avez peur.

— Vous êtes vieux, Hemingway. Vieux et malade. Vous ne faites pas le poids.

— C'est ce qu'on va voir ! »

L'écrivain ne voulait rien entendre. Son regard ne désarmait pas.

« Vous allez vous faire du mal tout seul, ajouta Robert Stone. Laissez tomber. »

Pour toute réponse, Hemingway chargea. Son adversaire l'évita d'un pas de côté assorti d'un quart de tour qui ressemblait à l'une de ces passes tauromachiques que le vieux affectionnait tant.

« Cessez de jouer, Hemingway ! »

Mais il en fallait davantage pour décourager le légendaire *señor Papá*. Sans même reprendre sa respiration, il pivota pour décocher un revers à Robert Stone qui l'évita encore une fois, mais vacilla en reculant trop brusquement. Le temps qu'il retrouve son équilibre, Hemingway était de nouveau sur lui. L'écrivain attaqua au tibia, par un coup de pied vicieux qui prit totalement Robert Stone au dépourvu. Il enchaîna avec un crochet à la mâchoire et l'agent de la CIA vit trente-six chandelles !

Le vieux salopard, songea celui-ci en titubant.

Il se mit en garde à son tour. Sa patience avait des limites.

Ah, tu veux jouer à ce petit jeu-là ?

Il savait que l'écrivain avait été un boxeur plus que correct durant sa jeunesse, mais cela remontait quasiment à l'ère jurassique.

« Bien, dit Hemingway, très bien. Je vois que vous avez des *cojones*, finalement.

— Marre de vos conneries machos ! Mon père était comme vous, tiens. Une grande gueule suintant la testostérone.

— J'aurais pu corriger votre paternel tout comme je vais vous corriger. »

Il ne plaisantait pas. Un rictus mauvais barrait son visage et il avait levé les poings à la hauteur du nez, du menton. Il continuait de les faire aller et venir doucement devant son visage. Il avait quelques phalanges et la jointure des doigts écorchées.

« Allez-y, Hooper, poursuivit-il en formant un sourire de squale. Faites-moi plaisir… »

Il attendait la riposte avec une sorte jouissance voluptueuse et masochiste. Robert Stone se détendit d'un coup, mais il avait involontairement téléphoné son assaut des yeux et, cette fois, ce fut le vieil homme qui l'esquiva. Ce dernier cueillit son adversaire derrière l'oreille, cognant des deux poings joints comme avec un marteau. Robert Stone tomba à genoux. Sa tête sonnait le tocsin. Il grimaça et se releva, furieux.

« Vous auriez dû me dire ce que vous aviez l'intention de faire, cracha Hemingway.

— Vous m'auriez mis des bâtons dans les roues, riposta Robert Stone. Je n'avais pas le choix.

— Toujours cette excuse stupide !

— Je vous emmerde ! »

Robert Stone accompagna ses mots d'une feinte à droite, mais Hemingway se déporta du bon côté.

Le vieux n'est peut-être pas si usé que ça. Tant mieux, c'est pathétique de mettre une raclée à un type qui ne sait pas se battre !

Hemingway bloqua une nouvelle attaque et tenta un uppercut, mais celui-ci manquait de force et il toucha son adversaire au ventre sans lui couper le souffle. L'écrivain s'était exposé une seconde de trop ; il le paya d'un coup à la mâchoire. Sans lui laisser le temps de récupérer, Robert Stone essaya un crochet de l'autre main. Il frôla la joue de Hemingway qui était encore vif à la détente en dépit du coup reçu. Les deux hommes reculèrent d'un bond synchronisé. La sueur se mélangeait maintenant à l'eau de pluie sur leur front mouillé. Le vieux avait les traits tirés, mais il semblait encore prêt à se battre. Il n'avait rien d'un nullard. Ce qui ne l'empêcherait pas de perdre, c'était forcé.

« Je pense qu'on pourrait en rester là, suggéra Robert Stone.

— Je ne pense pas », rétorqua Hemingway.

Il lança un crochet du droit qui se brisa contre la défense de Robert Stone. Le crochet suivant, du gauche cette fois, siffla à l'oreille de l'agent de la CIA sans lui infliger le moindre mal. Ce dernier avait un bon jeu de jambes, ainsi que les réflexes d'un homme en bonne condition physique et dans la force de l'âge.

« Castro était une ordure, risqua-t-il. Il méritait ce qui lui est arrivé, ne me dites pas le contraire !

— Alors comme ça vous êtes juge, juré, procureur et bourreau ? Tout ça ? »

Robert Stone restait sur la défensive en espérant fatiguer son adversaire, mais celui-ci, Dieu seul savait par quel miracle, avait encore de l'énergie, et il cognait comme un forcené, insoucieux de s'épuiser.

« Vous savez que je suis dans le vrai, dit Robert Stone entre deux coups. Il fallait décapiter la résistance cubaine une bonne fois pour toutes !

— Tout le monde est persuadé d'avoir raison, c'est le drame en ce bas monde », répliqua Hemingway.

Il essaya de nouveau de viser l'estomac de Robert Stone qui recula en prenant une profonde inspiration. Il était temps de clore ce duel qui s'éternisait un peu trop au goût de l'agent.

Ras le bol !

Il vit une ouverture et fonça. Son uppercut commença à la hauteur du genou pour finir sous le menton de l'écrivain qui partit en arrière. Emporté par son élan, Robert Stone lui tomba dessus, et ils restèrent ainsi tous les deux, haletants l'un sur l'autre, comme deux gros animaux marins échoués sur une plage.

Robert Stone pesait de tout son poids sur le vieil homme. Il espérait qu'il ne l'avait pas trop salement amoché. Il roula de côté, basculant sur le dos avec l'impression que son corps était une plaie béante. Il sentait l'herbe humide sous son dos, ses fesses et ses jambes, ainsi que dans ses cheveux, et voyait un bout de ciel et les myriades de gouttelettes qui tombaient des branches. Certaines d'entre elles s'écrasaient sur sa peau et ses blessures. Elles étaient fraîches et douces.

« Vous êtes content ? » demanda-t-il.

Hemingway ne répondit pas.

« Vous avez eu ce que vous vouliez ? continua Robert Stone.

— Match nul », laissa échapper l'écrivain.

Il parlait d'une voix faible, ou plutôt il grommelait. Il était tourné sur le flanc et de dos par rapport à Robert Stone, qui voyait son buste bouger légèrement à chacune de ses respirations.

« Match nul ? Pfff, je vous ai mis K-O, ouais.

— Je ne suis pas encore K-O.

— Vous êtes à terre depuis deux minutes.

— Vous aussi.

— D'accord, je renonce, très bien, vous avez gagné. Est-ce que ça vous va comme ça ? On peut repartir ?

— Oui. »

Bon Dieu, quel vieil emmerdeur !

Robert Stone se releva et porta la main à son aisselle, par réflexe, mais il n'avait plus de holster à cet endroit. Un jeune Cubain était debout devant lui et braquait un Browning sur lui. Il n'avait l'air pas l'air très redoutable. Son treillis trempé était en loques et il semblait effrayé et exsangue.

Mais c'était lui qui se trouvait du bon côté du flingue.

« On a de la compagnie », dit Robert Stone.

Hemingway se retourna, appuyé sur un coude, vit le jeune Cubain et dit simplement : « Merde. »

Robert Stone leva les bras. Il supposait que c'était ce qu'il devait faire en pareille circonstance. Le jeune Cubain ne disait rien et considérait les deux yankees alternativement. Le canon de son fusil restait pointé sur Robert Stone.

« Bravo, garçon, souffla Hemingway. Tu vas avoir une belle récompense.

— Je ne veux pas de récompense », répondit le garçon en anglais.

Robert Stone et l'écrivain furent aussi surpris l'un que l'autre. Ce dernier se releva et demanda : « Tu parles notre langue ?

— Oui. J'ai fait des études à New York. »

L'agent secret fronça les sourcils. Le gamin n'avait vraiment pas l'air méchant. Cela le rassurait un peu, néanmoins il garda les mains en l'air.

« Qu'est-ce que tu nous veux, alors ? lança Hemingway en essuyant son visage tuméfié et plein de sang.

— Je veux des vivres et quitter cette montagne, répondit Néstor.

— On peut partager nos vivres avec toi… Et nous voulons partir d'ici, nous aussi. »

Robert Stone intervint : « Tu es quoi ? Un déserteur ?

— En quelque sorte, oui.

— Comment ça, “en quelque sorte” ?

— C'est compliqué. Vous pouvez baisser les bras, *señor.* »

Robert Stone s'exécuta.

On entendait des mouches voler, des oiseaux crier, mais à part ça la clairière était étonnamment calme. Le Cubain et les deux yankees s'observaient en silence. L'eau continuait de dégoutter des arbres.

« Pourquoi vous battiez-vous, tous les deux ? demanda Néstor.

— Hum, ça aussi, c'est compliqué, rétorqua Robert Stone. Tu viens du quartier général ?

— Non, j'étais avec une… patrouille. Plus au nord. »

Bien, songea Robert Stone. *Il n'est donc pas au courant de la mort de Castro. Je ne sais pas quels sont ses sentiments à l'égard du* Líder Máximo, *sans doute pas les meilleurs, s'il cherche à fuir l'Escambray, mais bon, dans le doute…*

« Qui êtes-vous ? » demanda Néstor.

Robert Stone lui servit le plat habituel : l'écrivain reporter de guerre et son fidèle photographe. Quand il prononça le nom de Hemingway, Néstor baissa machinalement son fusil.

« Le Prix Nobel ?! »

Toujours cette même réaction.

Celle que Robert Stone attendait.

Bondissant sur Néstor, il dévia le canon du fusil avec une main et amorça un coup de poing de l'autre. Le jeune Cubain voulut éviter le crochet, mais il n'en eut pas le temps. Son doigt pressa la détente, faisant exploser une touffe d'herbe à moins d'un mètre de Hemingway. Néstor se reçut sur les fesses. Il était étourdi et avait lâché son arme. L'Américain la récupéra aussitôt.

« Désolé pour le coup de poing, dit-il, mais j'ai promis une chose à ma mère : ne jamais laisser un inconnu braquer un flingue sur moi.

— J'ai failli me prendre la balle, grogna une voix derrière lui. Merci bien, Hooper ! »

Robert Stone se retourna et lança le Browning à Hemingway, qui l'attrapa au vol, puis il ramassa le fusil à lunette dérobé à Castro.

« Je connais cette arme, dit Néstor, qui passait des coups de langue sur sa lèvre fendue pour éponger le mince filet rouge.

— Vraiment ? siffla Robert Stone.

— C'est celle du commandant.

— Il en a fait cadeau au *señor Papá*. Le commandant est un grand admirateur du *señor Papá*.

— Alors pourquoi est-ce que c'est vous qui portez le fusil, et pas lui ?

— Petit, tu poses trop de questions, soupira Robert Stone. Qu'est-ce qu'on va bien pouvoir faire de toi ?

— On l'emmène, évidemment ! » dit Hemingway.

Son compagnon grimaça.

« On ne peut pas le laisser derrière nous, alors vous voulez quoi ? reprit Hemingway. Qu'on l'abatte ? »

Le vieux a raison, mais je n'avais pas besoin de ça, non, vraiment pas… Une bouche supplémentaire à nourrir, c'est un souci supplémentaire et j'en ai déjà plus que j'en voudrais sur le paletot…

« J'aimerais d'abord que ce jeune homme nous raconte son histoire. Tu es un déserteur, oui ou non ?

— Oui.

— Pourquoi as-tu déserté ? »

Néstor réfléchit. « J'ai vu certaines choses qui m'ont… choqué, répondit-il enfin.

— C'est la guerre, tu t'attendais à quoi ?

— Et puis, surtout, je crois que nous n'avons aucune chance face aux *Norteamericanos*. Ils vont gagner. Je suis jeune et je ne veux pas mourir.

— Ce garçon ne manque pas de bon sens, dit Hemingway. Vous en pensez quoi, Hooper ? »

Robert Stone se mordit la lèvre inférieure puis soupira.

« Bon, d'accord, tu vas venir avec nous, petit. Mais pas d'entourloupe, hein ?

— C'est vous qui avez les armes. Comment est-ce que je pourrais…

— OK, debout. »

Néstor se leva.

« Tu connais la région ? lui demanda l'agent secret.

— Un peu.

— Les *Cuatro Vientos*, c'est de quel côté ? »

Néstor montra le sud-ouest.

« Par là.

— Nous sommes d'accord, approuva Robert Stone. Passe devant, *amigo*. »

Ils se mirent en route ; trois éclopés en piteux état et trempés jusqu'aux os.

30.

Ils marchèrent durant tout le restant de la matinée, Néstor en tête. Il n'y avait plus de pentes raides, les transitions entre chaque palier se faisaient en douceur. Néstor avait mal partout, faim, et il attendait le moment de la pause avec grande impatience. Les deux yankees le pressaient d'avancer aussi vite que possible. On aurait dit qu'ils avaient le diable aux trousses.

Ils ne m'ont pas tout dit, c'est sûr…

Il avait reconnu le célèbre écrivain, en dépit de ses plaies et de ses bosses. Cette partie-là du récit lui semblait crédible. Tout le monde connaissait Hemingway à Cuba. Il était presque un enfant du pays. Quant à l'autre, Néstor demeurait sceptique.

Fidel n'aurait jamais fait cadeau de son fusil fétiche à quelqu'un. Jamais. Il est trop superstitieux pour ça.

Ils s'arrêtèrent au creux d'une cuvette naturelle qui formait comme un entonnoir au milieu d'une pente douce. La pente donnait sur l'ouest. Il y avait des rochers érodés dans la cuvette et un peu de terre rouge tout au fond. L'herbe sur les bords était vert foncé et humide. Les trois hommes s'installèrent dos à l'un des rochers, un grand « spécimen » qui avait la forme d'un menhir à l'horizontale.

Hemingway donna à Néstor l'une de ses rations, que le jeune homme attaqua voracement. Il s'agissait d'une boîte de wahoo avec une sauce espagnole et des haricots froids. Les yankees mangeaient avec moins d'appétit. Ils ne parlaient pas beaucoup, d'une manière générale, et Néstor pouvait déceler sans mal le ressentiment qui infusait entre eux.

Pourquoi se sont-ils bagarrés ? Oh, et merde après tout, c'est leur problème…

Néstor but pour faire passer la nourriture. Il avait mangé trop vite, presque sans mâcher. Son estomac protesta, et il rota un grand coup.

« Pardon, dit-il.

— Pas de souci », dit Robert Stone. Et il rota à son tour.

Néstor sourit, puis demanda : « Vous êtes vraiment photographe ?

— À mes heures perdues.

— Parce que moi, je suis cameraman.

— Sans blague.

— J'ai étudié le cinéma à New York…

— Hon hon… Tu nous l'as déjà dit. »

Robert Stone n'avait pas l'air très intéressé. Il continuait de mâchonner sans lever les yeux de sa ration.

Néstor allait poser une nouvelle question lorsqu'une détonation éclata.

Curieusement, Néstor entendit le coup de feu *après* avoir senti la balle ricocher sur la roche, à deux centimètres de sa main. Les trois hommes se plaquèrent sur la terre rouge pendant que l'écho de la déflagration continuait de flotter au-dessus d'eux, fantomatique.

Robert Stone arma le fusil à lunette. Hemingway l'imita avec le Browning de Néstor.

« D'où est venu le coup de feu ? » lança l'écrivain.

Il paraissait calme, et Néstor se dit que, tout écrivain qu'il fût, il avait déjà dû connaître ce genre de situation plus d'une fois. Robert Stone montra le haut de la pente orientale de la cuvette.

« De là, je crois... »

Ils regardèrent tous les trois dans la même direction et virent un homme courir d'un rocher à un autre, plié en deux. Il portait une tenue de camouflage kaki, avec des taches gris et beige.

Les hommes de Sergetov ! pensa Néstor. *Il m'a retrouvé !*

Quelques instants plus tard, une voix qu'il connaissait confirma ses craintes : « Nous voulons le film, messieurs ! cria Sergetov. Vous nous le donnez, et on vous laisse partir. Très simple. »

La voix du petit homme était aussi horripilante que dans le souvenir de Néstor. Il pensa : *Pas de témoins !*

Il avait l'impression que son cœur battait dans sa gorge.

« De quoi parle ce type ? » aboya Robert Stone.

Néstor ne répondit pas.

« Ils veulent quelque chose que vous avez ? » demanda Hemingway.

Néstor hocha la tête.

« Mais ils ne nous laisseront pas en vie, dit-il.

— Comment le savez-vous ?

— Je les ai vus à l'œuvre.

— Des Soviétiques, c'est bien ça ?

— Oui. C'est à cause d'eux que j'ai déserté.

— Chierie ! » cracha Robert Stone.

Il y eut un nouveau tir, et des éclats de pierre rebondirent sur les cheveux des trois assiégés. Ils étaient abrités derrière le gros rocher en forme de menhir.

Une bonne protection... tant que l'ennemi restait confiné en face.

« C'est idiot ! continua Sergetov. Pourquoi nous entretuer alors que nous pouvons régler cette affaire vite et sans effusion de sang ?

— Ne l'écoutez pas, murmura Néstor à l'adresse de ses compagnons. Ces gens nous abattront sans hésiter. C'est eux que j'essayais de fuir quand je vous ai trouvés. »

La voix de Sergetov s'éleva encore une fois : « Messieurs, je vous demande d'être raisonnables !

— Il ne faut pas faire confiance à cet homme », murmura Néstor.

Il repensa au cadavre du Che, ficelé sur un tronc et criblé de balles, et cette pensée lui serra le cœur.

Qu'aurait fait le Che, s'il avait été comme nous, coincé dans un trou au milieu d'une pente ?

Il se serait battu sans capituler, très certainement. Mais encore ?

Ô saint Che, entends ma prière et fais descendre sur moi un peu de ta sagesse guerrière !

Néstor espérait une parole ou un conseil du fantôme de l'Argentin, malheureusement ce dernier ne réapparut pas.

Il y eut un temps mort assez long puis, soudain, deux Soviétiques bondirent à découvert et se mirent à courir sur le pourtour nord de la cuvette. Deux autres contournaient l'entonnoir par le sud.

« Ils cherchent à nous prendre en tenaille », déclara Robert Stone.

Il commença à tirer sur ceux du nord et en toucha un. L'autre trouva refuge derrière un rocher. C'était le colosse qui avait abattu de sang-froid les soldats américains, dans la clairière. Néstor aurait reconnu sa silhouette musculeuse entre mille. Hemingway imita son collègue en prenant pour cible le duo qui évoluait sur le versant sud. Ses tirs étaient moins précis ; néanmoins, il força le duo à se planquer à l'abri du premier bouclier naturel venu.

« Combien sont-ils ? » demanda Robert Stone à Néstor.

Le jeune Cubain réfléchit. « Huit ou neuf, je ne sais plus. Sans compter leur chef, mais lui, c'est un civil, je crois.

— Civil, mon cul ! » pesta Robert Stone.

Comme s'il avait deviné que l'on parlait de lui, Sergetov cria : « Je ne vous veux aucun mal ! Nous sommes plus nombreux, mieux armés et nous avons l'avantage du terrain ! Rendez-vous, c'est la seule solution… Vous n'avez aucune chance !

— Il n'a pas tort sur ce point, grinça Robert Stone.

— Il faut sortir de ce trou à rats avant qu'ils nous aient complètement encerclés », dit Hemingway.

Robert Stone secoua la tête.

« Vous en avez de bonnes. Essayez, vous allez voir. Ils nous transformeront en écumoire avant qu'on ait fait dix mètres.

— Je reste ici et je vous couvre.

— Vous débloquez, Hemingway !

— Pas du tout. Vous êtes jeunes, tous les deux. Vous courez vite. Vous avez une chance. Je peux vous couvrir tant que Youri et compagnie, là-haut, ne sont pas complètement dispersés.

— Et vous ?

— Cela n'a pas d'importance… »

Robert Stone regardait le vieil homme comme s'il essayait de percer les ruses d'un joueur de poker particulièrement vicelard. Puis ses yeux s'illuminèrent d'un bref éclat.

« Oh, j'y suis... Vous voulez crever, hein ? C'était ça, le but de toute cette équipée ? Les interviews, c'était du flan !

— Là, c'est vous qui débloquez, Hooper.

— Je ne crois pas, au contraire. Vous voulez partir en beauté, vous sacrifier, comme votre héros dans *Pour qui sonne le glas*, hein, c'est ça ?

— Je pensais que vous ne l'aviez pas lu ?

— J'ai vu le film ! »

Un coup de feu tiré du flanc est interrompit la discussion. Les trois hommes sursautèrent en même temps.

« Vous n'avez pas d'arme pour moi ? demanda Néstor.

— Non, désolé », répondit Robert Stone.

Le jeune Cubain se sentait aussi vulnérable qu'inutile.

Je pourrais faire du chantage à Sergetov, se dit-il. *Quelque chose du style : « Si vous continuez à nous tirer dessus, je détruis la pellicule » ? Oui, rien de plus simple. Il me suffit de la sortir de la caméra et de l'exposer au grand jour. Pffuiit, plus de film !*

Une pause, puis : *Et après ? Ils nous tueront et on sera bien avancés...*

Le vent soufflait au-dessus de la cuvette, par rafales amples et longues. On entendait des oiseaux dans le ciel. Leurs cris avaient quelque chose de sinistre et ressemblaient à ceux des busards.

« Ma patience a des limites ! » cria Sergetov.

L'espion du KGB siffla, et les hommes qui avaient entamé la manœuvre en tenaille recommencèrent à courir, ou plutôt à bondir car ils alternaient des ruées très courtes avec des plongées. Robert Stone visa l'homme encore debout au nord – le colosse ! – et le rata. Hemingway s'occupait toujours du flanc sud. Cette fois, il toucha un Soviétique qui écarta les bras en lâchant son arme. Le fusil dévala l'herbe, roulant et rebondissant pendant plusieurs mètres pour finalement s'immobiliser à mi-pente. Néstor surgit de sa cachette sans perdre une seconde et cavala comme un dératé vers l'arme orpheline. Aussitôt, le groupe principal – celui tapi avec Sergetov – le prit pour cible. Il ramassa le fusil. Les mottes explosaient autour de lui avec un bruit mat. À peine avait-il amorcé la course du retour qu'il sentit une aiguille chauffée à blanc s'enfoncer dans son talon. Il chuta en avant.

Alors c'est donc ça que l'on éprouve quand on se prend une balle ?

Le Che avait raison : ce n'était pas si terrible, en fin de compte. Peut-être que l'adrénaline anesthésiait la douleur ?

Il rampa sur plusieurs mètres alors que les balles continuaient de l'encadrer de près. Robert Stone et l'écrivain déclenchèrent un feu d'enfer en direction de l'est, et la fréquence des tirs soviétiques baissa d'un cran.

Néstor regagna l'abri du « rocher menhir » une poignée de secondes plus tard.

« Tu veux te faire tuer, toi aussi ? lui jeta Robert Stone.

— Pas sans combattre », répliqua Néstor.

Il avait mal à présent. Très mal. Et il grimaçait en soufflant comme un phoque.

« Fais voir », dit Robert Stone.

Il lui enleva sa chaussure, faisant jaillir le sang.

« Aaah ! » cria Néstor.

Le fluide écarlate coulait sur la terre : rouge sur rouge ! Robert Stone déchira le bas du pantalon du blessé avec son couteau, puis il lui fit un pansement de fortune.

« Merci, dit Néstor.

— Fouille dans mon sac et vois si tu trouves encore une seringue de morphine », conseilla le *Norteamericano*.

Du coin de l'œil, il avait vu que le colosse planqué au nord avait repris sa progression. Il l'aligna dans son viseur, tira. L'autre tomba. Il crut l'avoir éliminé pour de bon, mais, après deux ou trois respirations, l'homme se mit à ramper en direction du couvert suivant. Robert Stone visa la tête avec soin, cette fois, et tira de nouveau. Le grand Soviétique ne bougea plus. Le claquement des coups de feu était sec, mais leur écho lugubre durait longtemps.

« On en a eu trois, commenta Hemingway.

— Bravo, vous savez compter, railla Robert Stone. (Il renifla.) Ils vont envoyer d'autres hommes sur les flancs ; à leur place, c'est ce que je ferais. (Il donna une tape à Néstor.) Tu tiens le coup ? »

Le jeune Cubain fit « oui » de la tête.

« Occupe-toi du nid à l'est, reprit Robert Stone. C'est de là qu'ils sortiront. C'est de là qu'ils essaieront de couvrir leurs ailiers.

— D'accord », fit Néstor.

Il n'avait pas trouvé la morphine. Tant pis. Il fallait qu'il focalise ce qui lui restait de concentration sur l'objectif que le yankee venait de lui désigner. Il avait l'air de connaître son affaire, celui-là.

Sûrement pas un photographe…

Il réagissait avec calme et méthode, comme le Che ; c'était réconfortant.

« Qu'est-ce que vous allez faire, quand vous serez à court de munitions ? » cria Sergetov.

Bonne question, se dit Néstor.

Il vérifia le chargeur de son arme. Il était plein.

Durant une minute ou deux, une accalmie étrange plana sur le cirque rocheux. Plus personne ne bougeait. Néstor en profita pour boire à sa gourde, aussitôt imité par ses compagnons.

Le cameraman récapitula : un homme au sud, plus rien au nord, et le reste des Soviétiques à l'est, avec Sergetov. Ils devaient être au moins quatre planqués là-bas.

Il était plongé en plein dans ses calculs mentaux quand il vit la grenade s'envoler et décrire une jolie courbe, bien régulière et élégante, dans le ciel bleu. Le projectile rebondit au fond de la cuvette, au milieu du creux tapissé de terre rouge, et Robert Stone se précipita pour la ramasser. Les Soviétiques avaient commencé à lui tirer dessus dès qu'il avait bougé. Aucune balle ne le toucha. Néstor et Hemingway ouvrirent le feu en direction de l'est pour couvrir le yankee. Ils ne touchèrent personne non plus, mais au moins l'ennemi se baissa. Côté sud, le seul survivant de la manœuvre de contournement se mettait à canarder leur flanc droit.

Robert Stone avait eu le temps de ramasser la grenade. Il la jeta vers l'homme isolé, mais elle explosa à mi-pente, sans blesser personne. Robert Stone regagna le rocher-menhir en deux enjambées. Il était tout rouge et transpirait beaucoup.

« Ça se complique », souffla-t-il.

Il ne pensait pas si bien dire car, quelques secondes plus tard, les Soviétiques passèrent une main de chaque côté de leur propre rocher, chacune tenant une grenade dégoupillée. Les deux explosifs dévalèrent la pente orientale de la cuvette en roulant et en rebondissant, puis ils passèrent à gauche et à droite des assiégés avant de finir dans le trou, tout au fond de l'entonnoir, juste derrière eux. Robert Stone bondit une nouvelle fois et les deux camps ouvrirent le feu en même temps, l'un pour le protéger, l'autre pour l'abattre. Le Soviétique planqué au sud entra également dans la danse. Robert Stone sentit une balle lui emporter un morceau de chair au niveau de l'oreille, ce qui ne l'empêcha pas de ramasser les deux grenades. Il avait joué au base-ball dans sa jeunesse et avait même payé une partie de ses études universitaires grâce à ses talents de lanceur. Il lança les projectiles l'un à la suite de l'autre, avec un mouvement de feinte par en dessous, à la Carl Mays. La première grenade explosa trop tôt, mais la seconde tomba juste derrière le rocher-bouclier du Soviétique planqué au sud. Robert Stone vit l'éclair de la déflagration suivi de la fumée noire en même temps qu'il entendait un cri de douleur déchirant. Hemingway, de son côté, toucha un autre Soviétique, peut-être Sergetov en personne. Son tir de barrage conjugué à celui de Néstor obligea l'ennemi à se mettre à couvert une fois de plus.

Robert Stone plongea entre ses deux alliés. Son oreille blessée pissait le sang.

« Je n'ai plus de balles », déclara Hemingway d'une voix morne.

Néstor vérifia son arme et dit : « Plus qu'une moitié de chargeur.

— Pareil pour moi, fit Robert Stone.

— Vous êtes blessé, dit Hemingway.

— Ce n'est pas grave », répondit son compagnon. Le sang coulait sur son cou et son épaule droite. « Ce qui m'inquiète surtout, ce sont nos munitions, dit-il en grimaçant.

— Vous entendez ? demanda Néstor.

— Quoi ?

— Un hélicoptère, on dirait. »

Ils tournèrent la tête vers le nord. Il n'y avait pas un, mais quatre hélicoptères, des Huey vert olive qui grossissaient, encore et encore.

« Ils viennent sur nous », commenta Robert Stone en s'autorisant un sourire de soulagement.

Hemingway agita le bras : « Ici ! ICI ! »

Une balle ricocha sur le rocher-menhir, et Robert Stone força l'écrivain à se baisser.

« Planquez-vous, nom de Dieu ! Ils nous ont vus, c'est bon... »

Le vacarme des rotors devenait infernal. Le souffle des pales balayait le fond de la cuvette, soulevant de la poussière rouge et couchant les herbes au sol. Néstor toussa et ferma les yeux. Il était aveuglé par le nuage de poussière.

C'est quoi, ce bruit ?

Une sorte de vrombissement d'abeilles se superposait au rugissement des rotors, un second bruit plus strident, métallique. Néstor ouvrit les yeux. Une averse de douilles tombait devant lui, brillant au soleil comme une nuée d'insectes caparaçonnés de laiton et rebondissant sur l'herbe et la terre. Néstor aperçut le canonnier de flanc, debout dans la découpe de la porte latérale de l'hélico de tête, les mains rivées aux poignées de son M60 ! Les balles allumaient des chapelets d'étincelles sur le rocher derrière lequel les Soviétiques s'abritaient. L'un des hommes de Sergetov essaya de fuir. Le haut de son corps disparut en pleine course dans un nuage de buée écarlate puis les jambes retombèrent d'un côté et le tronc de l'autre.

Les Soviétiques déposèrent les armes et levèrent les bras au ciel. Néstor nota que l'écrivain avait bien touché Sergetov : ce dernier, blessé à l'épaule, grimaçait tandis qu'une de ses mains pendouillait le long du corps.

Les hélicoptères se posèrent autour de la cuvette dans un maelström de bourrasques décuplées. Aussitôt leurs patins d'atterrissage vissés au sol, ces appareils vomirent un flot de soldats américains qui sautaient au rythme des « *go-go-go!* » éructés par leurs sous-officiers. Les hommes portaient des lunettes noires et des gilets pare-balles. Le grondement des rotors se transforma en mugissement puis en plainte hachée. La tempête se calmait. Néstor et les deux yankees sortirent de leur cachette. Néstor boitait, appuyé sur son arme.

En un instant, les Soviétiques furent jetés à terre, mains derrière la tête. Les Marines leur criaient de ne pas bouger et les insultaient. Ceux qui avaient encore des armes de poing sur eux furent rapidement désarmés.

Une fois la zone sécurisée, un dernier soldat – un officier – descendit de l'hélicoptère qui avait ouvert le feu sur les Soviétiques. Il portait des lunettes de soleil, comme les autres *Norteamericanos*, ainsi qu'un chapeau de cow-boy. Il en avait d'ailleurs la dégaine et roulait des mécaniques en mâchant un chewing-gum.

« Je le reconnais, celui-là, dit Robert Stone.

— Qui est-ce ? demanda Hemingway.

— Le général Cartwright. »

Ce dernier marcha jusqu'aux trois rescapés. Il serra la main à Robert Stone et à l'écrivain.

« Enchanté, monsieur Hemingway, dit-il. Je suis heureux de vous voir.

— Pas autant que nous, général, répondit le Prix Nobel. La cavalerie arrive toujours à temps, hein ?

— On fait ce qu'on peut », sourit Cartwright. Il se tourna vers Robert Stone : « Heureux de vous voir également… Hooper. »

Hemingway parut tiquer, car Cartwright avait hésité durant une demi-seconde sur le patronyme à employer.

« Vous êtes blessé, mon vieux, constata le général.

— Une égratignure », répondit Robert Stone.

Cartwright avisa Néstor, qui n'avait pas ouvert la bouche et se tenait en retrait.

« C'est votre prisonnier ?

— Non, répondit Hemingway.

— Pourtant, il a tout d'un barbu.

— Il a combattu à nos côtés. »

Cartwright hocha la tête. « Si vous le dites… »

En haut de la cuvette, les Marines avaient relevé les Soviétiques et les poussaient à la queue leu leu vers l'un des hélicoptères. Un infirmier vint jusqu'à Robert Stone avec tout un tas de compresses et de pansements, mais celui-ci le repoussa et grogna : « C'est bon, ça va aller. Occupez-vous plutôt de ce garçon. »

Il avait montré Néstor du doigt. L'infirmier quêta l'approbation de Cartwright par un regard et le général opina du Stetson.

L'infirmier s'accroupit devant Néstor et commença par lui faire une piqûre de morphine. Le jeune Cubain sentit que la douleur diminuait presque instantanément. Il claudiqua jusqu'à un rocher et s'assit.

« Comment ça se passe, là-haut ? questionna Hemingway en désignant les sommets du massif.

— Les hommes de Castro sont en déroute, annonça Cartwright. Nous tenons l'Escambray.

— Castro est mort, déclara froidement Robert Stone.

— Vous êtes sûr ?

— À cent pour cent.

— Et le Che ?

— On ne sait pas. Ils l'ont transféré à Santa Clara.

— Le Che est mort, lui aussi », dit Néstor, et tout le monde se tourna vers lui.

Il était toujours assis sur le rocher. L'infirmier lui faisait un bandage propre avec une compresse et de la gaze. Néstor déglutit. Il avait parlé avant de réfléchir, mais il ne le regrettait pas, en tout cas, pas encore. C'était sorti tout seul, peut-être à cause de la morphine qui lui donnait l'impression de planer, peut-être pas. Sergetov lui jeta un regard noir avant d'être poussé dans l'hélicoptère des prisonniers.

« Le Che est mort d'une crise d'asthme, enfin je le suppose, continua le jeune Cubain. (Il montra les Soviétiques.) Et ces hommes, là-haut, ont voulu faire croire qu'il avait été exécuté par des Marines. »

Voilà, se dit-il, *les dés sont jetés. Pour le meilleur et pour le pire. De toute façon, ils auraient fouillé dans mon sac, ils auraient trouvé le film et il aurait fallu s'expliquer…*

Cartwright ôta ses lunettes. Il avait l'air éberlué, tout comme Robert Stone et l'écrivain.

« Qu'est-ce que c'est que cette histoire ? lâcha-t-il.

— J'ai tout filmé, répondit Néstor. La caméra est avec le reste de mon équipement. »

Les yankees échangèrent des regards incrédules. Le général se pencha sur le sac de Néstor, fouilla dedans et en sortit la Bolex 16 mm.

« Ils m'ont forcé à filmer, reprit Néstor. Ils avaient l'intention de me tuer, tout ça avec la bénédiction du commandant Castro.

— Castro était au courant ?!

— Oui, vous poserez la question au Soviétique qui a le bras blessé. Il en sait plus que moi. C'est un espion, je crois. »

Cartwright regardait la caméra comme s'il tenait le Graal entre ses mains.

« Je n'arrive pas à le croire, dit-il.

— Tout est sur la pellicule, affirma Néstor.

— Je n'arrive pas à le croire quand même… »

Néstor haussa les épaules. Son pied était complètement bandé, à présent. Il se sentait libéré d'un poids, et très triste en même temps. Une immense lassitude l'envahit. C'était la fin. Le bout du chemin. Il aurait donné son bras gauche pour dormir dans un vrai lit, avec de vrais draps, et prendre une douche.

« Qu'allez-vous faire de moi ? demanda Néstor au général.

— Dans un premier temps, vous allez être débriefés, messieurs, répondit celui-ci. On comparera vos dépositions… Puis on avisera. »

Il s'était adressé aussi bien à Néstor qu'à ses deux compatriotes.

Néstor poussa un soupir intérieur et jeta un regard vers le bord de la cuvette, là où les premiers hélicos décollaient en faisant un boucan de tous les diables. Le fantôme du Che se dressait en haut de la pente. Les bourrasques artificielles se déchaînaient autour de lui, mais sa chevelure noire ne bougeait pas. Il avait le hiératisme d'une statue sainte et fixait le jeune homme d'un regard dur.

Qu'as-tu fait ? semblait-il dire.

Ce qui me semblait juste, répondit mentalement Néstor.

Et le spectre disparut.

Épilogues

La corvette américaine avait quitté le port et mis le cap vers l'endroit où le golfe formait une ligne sombre. Néstor était sur le pont du petit navire, une couverture passée sur les épaules. Il serrait dans ses mains un café fumant dont la chaleur lui réchauffait les paumes à travers le plastique du gobelet. Néstor but, se brûla la langue, souffla et but encore. On l'avait tiré du lit au milieu de la nuit pour le jeter dans la corvette, direction la Floride. Il se tourna vers Cuba, son pays, sans savoir s'il le reverrait jamais un jour, et un étau invisible lui broya le cœur.

La terre s'éloignait. La corvette venait de dépasser la forteresse du Moro avec ses vieilles pierres et son phare. L'aube était grise et terne, et la mer avait pris elle aussi la couleur du plomb fondu. Des barques de pêche étaient déjà sorties. La corvette croisait des esquifs en train de pêcher la lotte sur les fonds rocailleux. Les mouettes pirouettaient et criaillaient.

Néstor inspira profondément l'air iodé. Il regardait l'île qui rapetissait tout en revivant dans sa tête la semaine écoulée.

Les yankees l'avaient bien traité. La base de Guantánamo était équipée de tout le matériel médical possible et imaginable. Médecins et infirmières s'étaient relayés pour soigner ses blessures et soulager la douleur. Les militaires s'étaient montrés extrêmement courtois, d'une manière générale. L'homme le plus sec, un civil, sans doute un agent de la CIA, lui avait posé les mêmes questions sept jours durant. Les interrogatoires se déroulaient dans une petite pièce grise et nue, et l'agent de la CIA portait un costume gris et avait le teint… gris. Néstor avait raconté tout ce qu'il avait vu ou entendu durant son périple, de l'Escambray jusqu'à Trinidad, sans chercher à travestir la réalité, et l'homme en gris avait pris beaucoup de notes, même si les entretiens étaient enregistrés avec un gros magnétophone à bande. Le troisième ou le quatrième jour, on avait conduit Néstor dans une salle de projection. L'homme de la CIA était là, ainsi que des militaires plus décorés qu'un arbre de Noël qui avaient tous des visages stricts et aiguisés. Néstor avait reconnu Cartwright, le général arrivé en hélicoptère ; ce dernier l'avait salué poliment. La lumière s'était éteinte puis la projection avait débuté : les Marines en train de manger, le Che attaché à un arbre, le peloton d'exécution bidon, la salve fatale puis les soldats posant avec le guerrier mort. Néstor avait détourné les yeux au moment des coups de feu, car il ne voulait pas revoir ces images. Les officiers lui avaient demandé : « Est-ce bien le film dont vous nous avez parlé ? » et il avait répondu par l'affirmative, puis les hommes de la police militaire l'avaient ramené à ses quartiers.

Le jour suivant, on l'avait conduit à La Havane. Il était consigné dans sa chambre d'hôtel et les interrogatoires avaient repris. Toujours les mêmes questions, toujours les mêmes réponses. Néstor faisait preuve d'une patience à toute épreuve. Il avait l'impression que les interrogatoires seraient sans fin… jusqu'à cette nuit où on l'avait réveillé pour lui annoncer : « On vous transfère à Fort Lauderdale.

— Quand ça ?

— Maintenant. »

Néstor songeait à tout cela en regardant Cuba, dont les reliefs se découpaient sur la ligne d'horizon. Le fantôme du Che n'était pas revenu lui rendre visite. Tant mieux. Il n'aimait pas l'idée d'avoir à rendre des comptes à un spectre. Il ne voulait plus rendre de comptes à personne, d'ailleurs. Jamais. Il avait agi en son âme et conscience et souhaitait désormais être maître de sa destinée. Il ne savait pas ce qu'il allait devenir. Son avenir était flou et incertain. Tout ce qu'il savait, c'était qu'il avait des fourmis dans les jambes.

J'aimerais aller en Europe, se dit-il.

Durant les moments précédant la bataille de Trinidad, il s'était fait le serment de visiter la France, si jamais il s'en sortait vivant.

Oui, j'irai voir la tour Eiffel…

Il se sentait à la fois heureux et triste, revenu de tout et prêt à tout. Il se tourna vers le large, contemplant l'immuable océan Atlantique. Sa vie était aussi mouvante et instable que l'eau. Une mouette poussa un cri. Un sourire mélancolique émergea sur le visage du jeune Cubain.

Robert Stone laissait ses pas le guider dans les rues de la vieille ville. Enfin, pas tout à fait. Il savait qu'il marchait vers le *Floridita*. Peut-être y trouverait-il l'écrivain ?

Les rues n'étaient pas encore très animées. Des fourgons à glace venaient livrer leur approvisionnement aux bars, et des costauds déchargeaient les gros blocs blancs et froids. Ils parlaient entre eux et rigolaient. Plus loin, des hommes remontaient des enseignes au néon sur la façade de tripots ou de boîtes à strip-tease.

Tout va recommencer comme avant, se dit Robert Stone. *La mafia va revenir, avec ses putes et ses casinos. L'argent sale va être à nouveau blanchi. Texaco, la Standard Oil et la United Fruit vont récupérer leurs billes.*

C'était le but du jeu, non ?

Je suppose.

Alors quoi ? On dirait que ça te chagrine ? Tu aurais voulu que Castro continue sa Révolution ?

Non… Je ne sais pas.

Il fallait te poser la question avant de lui coller trois balles dans le buffet et une dans le ciboulot.

Et les Cubains, dans tout ça ?

Les régimes passent ; les gens restent dans la même merde. Tu ne l'as pas encore compris ?

Alors à quoi je sers ?

Tu réfléchis trop, ce n'est pas bon pour ton travail.

C'est la faute au vieux, tout ça.

Ce n'est pas bon pour ton travail.

Peut-être que je me fais trop vieux, moi aussi.

Peut-être…

Il poussa la porte du *Floridita* et reconnut tout de suite la silhouette de Hemingway, tassée au bar, au fond de la salle. Une musique jazzy sortait du juke-box, seul objet clinquant dans la salle plutôt sombre. Le saxo égrenait des notes plaintives et mélancoliques. Robert Stone s'avança entre les chaises et les tables désertées et s'assit sur un tabouret, à côté de l'écrivain. Celui-ci buvait un gin.

« Tiens, Hooper, dit-il. Comment allez-vous ? » Il avait l'air à peine surpris.

« J'ai toujours mal à la mâchoire, grogna l'agent secret. Vous tapez dur.

— Moi aussi, j'ai toujours mal, espèce de salopard… Et votre oreille ? »

Robert Stone toucha machinalement le pansement collé sur ce qui restait de la partie inférieure de son lobe. « Ça va. Vous partez quand ?

— Je décolle demain, et vous ?

— Aujourd'hui… sauf s'il leur prend encore l'envie d'écouter ma version des faits pour la cinquantième fois.

— Ah ? Je pensais que, vu votre statut, ils vous auraient épargné tout ce cirque… Alors ils vous ont cuisiné, vous aussi, vos potes de la CIA ?

— Ouais, ils m'ont mis à toutes les sauces. Et je dois rédiger un rapport.

— Bien sûr. »

Le barman observait les deux yankees du coin de l'œil en essuyant ses verres, un torchon sur l'épaule.

« Vous retournez à Ketchum ? questionna Robert Stone.

— Oui, Mary m'attend là-bas. Et vous, *hombre* ? Vous partez pour une nouvelle mission ?

— J'irai où on m'enverra. Personne ne m'attend nulle part.

— Ce n'est pas trop dur ?

— Non. Je bouge tout le temps, comme les requins. Vous devez savoir ça, n'est-ce pas ? Dès qu'ils s'arrêtent de nager, ces animaux-là coulent à pic. »

Hemingway acquiesça en silence.

« J'imagine que vous êtes satisfait, enchaîna son compagnon.

— Pourquoi ?

— Votre interview… Cartwright m'a dit qu'elle allait être publiée dans *Esquire.*

— Ah, ça.

— Vous aviez déjà le Nobel ; vous allez décrocher le Pulitzer. »

Hemingway rigola. « Peut-être… sauf que je m'en fiche. J'aurais tellement voulu interviewer le Che… Vous avez vu que Trinidad a été reprise par nos troupes ?

— J'ai entendu ça, à la radio.

— Les castristes ne se remettront jamais de la perte de leurs chefs.

— Ouais, ça m'en a tout l'air.

— Quel merdier…

— Ouais. »

Un ange passa. Hemingway hésita puis demanda : « Et vous, Hooper, est-ce que vous êtes satisfait ?

— De quoi ?

— De ce que vous avez fait.

— Je ne sais pas. »

Hemingway hocha la tête. Robert Stone parut faire un effort, comme s'il cherchait désespérément à en dire davantage, à produire une réponse plus éclairante, mais il se borna à lâcher : « Je ne sais vraiment pas. »

L'écrivain termina son verre. « C'est quoi votre vrai nom ? » lança-t-il.

L'autre sourit. « Stone. Je m'appelle Robert Stone.

— Enchanté, Robert Stone. »

Les deux hommes se serrèrent la main.

« Je vous offre un verre, si vous voulez, Stone. Ou deux. Ou dix.

— Avec plaisir. »

Et l'agent de la CIA se souvint d'un passage de *Casablanca* où Claude Rains déclare à Bogart : *Louis, je pense que ceci est probablement le début d'une belle amitié.*

Notes de l'auteur

L'idée du roman *La brèche* m'était venue à la suite d'une image. J'avais vu, comme dans un rêve, un drone moderne survoler un champ de ruines arpenté par des soldats de la Seconde Guerre mondiale. Pour *Le commando des immortels*, l'image-matrice était un peloton d'elfes perdus dans la jungle et, pour *Zoulou kingdom*, une horde de guerriers sortant de la brume et déambulant dans Piccadilly Circus. L'image vient, puis une réaction en chaîne se produit, plus ou moins fulgurante, plus ou moins féconde : personnages, thèmes et péripéties se greffent sur ce noyau de départ. Les notes s'empilent dans un carnet pendant que la documentation fait la même chose sur ma table de chevet.

Concernant *Aucun homme n'est une île*, j'ai imaginé des Marines évoluant dans un décor typiquement cubain, et j'ai pensé, avec la gourmandise du gamin qui contemple une vitrine de pâtisseries les poches pleines de fric : *Je vais faire mon Vietnam aux Caraïbes !*

Après ? Il suffit d'avoir un peu d'imagination et beaucoup de logique. Ou l'inverse. *Pourquoi des Marines à Cuba ? Le débarquement de la brigade 2506 a réussi et ils aident les anticastristes (donc, allons-y pour une uchronie !). Ce serait marrant d'avoir Castro et Guevara, traqués dans la montagne ! Et Hemingway ? Il était encore vivant à l'époque ? Non… Merde. Il me faut*

Hemingway. Alors, dans mon histoire, il ne se suicidera pas et jouera les reporters de guerre. Puisque nous sommes dans une uchronie, pourquoi pas ?

Et ainsi de suite.

C'est aussi simple que ça.

Mettre en place l'histoire est facile et amusant. Je n'ai pas l'impression de travailler. J'écoute de la musique de film (ici, ce fut *Underfire* de Jerry Goldsmith) en prenant mon bain ou en faisant la vaisselle, et je joue avec la grosse boîte de Meccano mental que je viens de m'offrir.

Écrire le livre, c'est autre chose. Certains passages coulent tout seuls ; d'autres sont tellement mauvais qu'ils ont l'air d'avoir été tapés par un bébé chimpanzé très intelligent, mais un bébé chimpanzé quand même ! La plupart de ces passages s'améliorent petit à petit, au fil des réécritures. Certains finissent à la corbeille. Le processus est long, laborieux, parfois pénible. Je me lasse à la moitié du bouquin, ou aux deux tiers, et je dois redoubler de vigilance pour ne pas bâcler le travail. La fin est très difficile à réussir. La plupart du temps, je suis lessivé, comme mes personnages, quand j'arrive à ce stade du récit, et je me plante. Je devrais peut-être écrire la fin quand je suis encore frais, cependant, même si je la connais très souvent à l'avance, la conclusion est tributaire de ce qui précède d'une manière tellement organique que j'ai du mal à la rédiger « à froid ». La fin est toujours un défi.

Le style, à présent.

J'essaie de trouver une petite musique différente en abordant chacune de mes histoires, même si je sais que les tics qui n'appartiennent qu'à moi seront là au final (ce fameux style, paraît-il, « *ci-né-ma-to-gra-phi-que* » ; je viens de l'audiovisuel, on ne se refait pas). Ici, il me semblait évident que Hemingway devait être la *voix* du récit, même s'il n'en est pas le narrateur. J'ai donc lu ou relu l'œuvre du maître, nouvelles et correspondance incluses, pour m'en imprégner, et c'est avec un vif plaisir que j'ai essayé de restituer son… parfum littéraire. Moi qui traque d'habitude les répétitions et les phrases à rallonge, je me suis régalé à mettre des « et » ainsi que des « Robert Stone » partout, de manière totalement décomplexée, pendant que mon dictionnaire des synonymes prenait la poussière dans un coin.

Mes sources sont détaillées ci-dessous :

Prologue

La liste des livres posés sur la table de nuit de Hemingway est tirée de la biographie de Jeffrey Meyers, *Hemingway* (Belfond, 1998). Il en va de même pour les circonstances entourant son suicide (clinique Mayo, entre autres).

1.

Je passe rapidement sur les liens tissés entre Cuba et la mafia, mais il existe un très bon livre sur le sujet : *Nocturne à La Havane* de T.J. English (La Table Ronde, 2010).

2.

Plusieurs biographies de Castro existent. Le lecteur curieux peut se reporter à celle de Serge Raffy, *Castro, l'infidèle* (Fayard, 2003 ; Le Livre de Poche, 2007), en sachant qu'elle est plutôt à charge contre le personnage, et rééquilibrer ensuite avec celle d'Ignacio Ramonet, que je cite plus bas. À vous de vous forger votre opinion (la mienne est faite, et aisément devinable, je crois, à la lecture de mon livre). L'expression « Torquemada vindicatif » vient de Raffy.

3.

Les opérations de la CIA en Iran et au Guatemala sont fort bien résumées dans les chapitres 22 et 23 de l'ouvrage *Les fifties* de David Halberstam (Seuil, 1995), ainsi que la contradiction développée plus loin dans mon roman : peut-on défendre la démocratie par des moyens antidémocratiques ?

La liste des blessures et celle des derniers voyages de Hemingway sont issues des appendices inclus dans la biographie de Jeffrey Meyers. La déclaration de soutien de l'écrivain à l'égard du régime castriste est authentique.

4.

Néstor Almendros, futur chef opérateur de Truffaut, de *Kramer contre Kramer*, oscarisé pour *Les moissons du ciel*, a donc réellement existé. Cependant (et contrairement à ce que j'ai essayé de faire avec Castro, le Che ou Hemingway), je n'ai pas cherché à coller à la personnalité de cet illustre Cubain d'origine. « Mon » Néstor Almendros sert de révélateur au personnage du Che. Hemingway a la même fonction (« Jiminy Cricket », en gros) auprès de Robert Stone. Cela étant dit, de nombreux éléments (le passage à l'ICAIC, le court-métrage *Gente en la playa*, la philosophie de l'éclairage, etc.) sont véridiques et proviennent de l'autobiographie d'Almendros, *Un homme à la caméra* (Hatier, 1980), livre que j'avais dévoré durant mon adolescence, peu avant d'entreprendre des études de cinéma.

Concernant Guevara, ma principale référence a été *Che*, de Pierre Kalfon (Seuil, 1997), biographie très complète et remarquable, qui n'escamote pas les zones d'ombre du personnage.

Le souvenir de Néstor lié au meeting honorant la mémoire des victimes de l'attentat de *La Coubre* fait bien sûr référence au légendaire cliché pris par Alberto Korda ce jour-là.

Certains propos du Che, tenus durant la partie d'échecs (l'un des rares loisirs du *comandante*), sont tirés de son manuel *La guerre de guérilla* (Flammarion, 2010).

5.

Le chat Boise, également appelé Boy, est présent dans le magnifique roman d'Ernest Hemingway *Îles à la dérive* (Folio, 2011), l'un des moins connus mais peut-être mon préféré.

La mention faite par Hemingway d'un espion qui l'aurait accompagné durant ses aventures en 1942 est un clin d'œil au personnage fictif de Joe Lucas (l'alter ego de mon Robert Stone) créé par Dan Simmons dans *Les forbans de Cuba* (J'ai lu, 2002), roman que j'avais lu il y a quelques années et qui m'a, cela ne vous surprendra guère, durablement marqué.

6.

L'anecdote de la caisse de munitions et de la trousse de médicaments est authentique et tirée des Mémoires du Che intitulés *Souvenirs de la guerre révolutionnaire* (Maspero, 1967), récit très intéressant où le narrateur ne se met pas spécialement en avant.

Castro mentionne les procès publics dans son long dialogue avec Ignacio Ramonet, *Biographie à deux voix* (Fayard, 2007). Il en déplore, tout comme le Che dans mon histoire, les débordements (chapitre n° « Premiers pas, premiers problèmes », p. 196-197). C'est quasiment son seul acte de contrition durant cette interview-fleuve où le journaliste semble acquis à sa cause.

10.

Les techniques de guérilla (embuscades, etc.) prônées par Castro viennent également de sa *Biographie à deux voix* (chapitre n° « Che Guevara » p. 155 et chapitre n° « Leçons d'une guérilla » p. 182).

12.

L'entraînement au tir et l'entretien d'un fusil sont décrits en détail dans *La guerre de guérilla*.

L'anecdote du Che blessé et attendant la mort en songeant à un roman de Jack London est véridique. Il en parle dans ses *Souvenirs de la guerre révolutionnaire*.

14.

Une scène de peloton d'exécution similaire à celle de ce chapitre est décrite dans les *Souvenirs de la guerre révolutionnaire*. Pas de clémence pour les informateurs ou les déserteurs.

15.

Hemingway parle rarement d'écriture. Les plus beaux passages concernant sa philosophie du travail sont contenus dans le roman posthume *Le jardin d'Éden* (Folio, 2003).

16.

Guevara évoque en détail les cocktails Molotov jumelés à des fusils de calibre 16 dans *La guerre de guérilla*, schéma à l'appui.

Benigno, de son vrai nom Dariel Alarcón Ramírez, est un personnage authentique. Il raconte son épopée en Bolivie aux côtés de Guevara dans *Les survivants du Che* (éditions du Rocher, 1995).

18.

Guevara évoque la possibilité d'une invasion de Cuba par les États-Unis dans les appendices de son manuel *La guerre de guérilla*. Les conseils de résistance qu'il donne au peuple m'ont servi de modèle pour la rédaction du discours de Trinidad.

La scène où Guevara baise le front d'un homme mourant m'a été inspirée par une anecdote racontée par Castro, p. 169 de sa *Biographie à deux voix*.

20.

« *Nikita mariquita* » est un slogan que l'on vit éclore dans les rues cubaines à la suite de la fameuse crise des missiles de 1962. Cet incroyable feuilleton diplomatique est relaté en détail par Claude Delmas dans *Cuba, de la révolution à la crise des fusées* (Éditions Complexe, 2006). On se reportera également à cet ouvrage pour son analyse des relations entre la petite île des Caraïbes et le grand frère soviétique.

Les désaccords entre Fidel et le Che quant à l'attitude à adopter face au bloc communiste ne sont un secret pour personne. Ces divergences se soldèrent par une rupture entre les deux hommes, après le célèbre discours d'Alger, texte où l'Argentin s'en prenait ouvertement à Moscou. Ma version de leurs joutes oratoires exacerbe sans doute leur conflit idéologique, mais elle se base sur un fond de réalité. Les Soviétiques reprochaient au Che sa stratégie « maoïste » visant à créer des conflits pareils à celui du Vietnam partout dans le tiers-monde. La théorie (fantasme, pour de nombreuses personnes) du « *foco* » (le foyer) est exposée dans *La guérilla du Che* (Points Seuil, 2008) par Régis Debray, qui fit partie de la tragique odyssée bolivienne.

Fidel parle par deux fois de la témérité excessive du Che au combat, dans ses entretiens avec Ignacio Ramonet, p. 155 et 170 de l'édition précitée.

22.

Le meurtre du Che par Fidel peut paraître au premier abord peu crédible. Et pourtant ! Il s'agit pour moi de transposer dans cet épisode – de manière certes, et c'est un euphémisme, exacerbée, là aussi – « l'assassinat politique » accompli par le *Líder Máximo* le jour où il rendit publique la lettre d'adieux que son ami lui avait écrite, peu avant son départ au Congo. En lisant cette lettre, Castro empêchait tout retour possible du Che dans la vie politique cubaine. Une grotte, deux crabes… La disparition de Camilo Cienfugos, l'autre icône de la Révolution, reste également entourée de nébulosités et propice à nombre de conjectures.

25.

Les tranchées de protection étaient monnaie courante, autour des camps des *barbudos*. Guevara les mentionne dans *La guerre de guérilla*.

Castro clame haut et fort son admiration pour Hemingway, s'attardant plus particulièrement sur *Pour qui sonne le glas*, p. 185 de sa *Biographie à deux voix*.

L'anecdote du concours de pêche truqué est authentique.

27.

Castro développe le bilan de ses premières années au pouvoir dans la fameuse *Biographie à deux voix*. Il parle également longuement des actions clandestines lancées contre lui dans le chapitre n° « Les conspirations commencent », p. 224 et 225. La blague « Y a-t-il un communiste/économiste dans la salle ? » et l'anecdote avec Herbert Matthews sont toutes les deux citées dans le même livre.

La peur de Castro face aux bombardements aériens vient d'un témoignage oculaire (et donc sujet à caution), celui de l'opposant Huber Matos, envoyé au bagne pour vingt ans car il désapprouvait le virage communiste pris par la Révolution. Matos relate tout cela dans ses Mémoires *Et la nuit est tombée* (Les Belles Lettres, 2006).

Épilogues

Mes dernières phrases sont souvent des clins d'œil ou des citations issues d'un autre roman ; ici, il s'agit de *L'exorciste*, de William Peter Blatty.

Christophe Lambert
Octobre 2013

11445

Composition
NORD COMPO

Achevé d'imprimer en Slovaquie
par NOVOPRINT SK
le 4 avril 2016.

Dépôt légal : avril 2016.
EAN 9782290072196
OTP L.21EPGN000514N001

ÉDITIONS J'AI LU
87, quai Panhard-et-Levassor, 75013 Paris

Diffusion France et étranger : Flammarion